HAN KANG
DEINE KALTEN HÄNDE

Liebe Kolleginnen und Kollegen
in Sortiment und Presse,

gern überreichen wir Ihnen dieses Leseexemplar und wünschen Ihnen eine anregende Lektüre. Über Ihre Rückmeldung an *leserstimmen@aufbau-verlag.de* würden wir uns freuen.
Rezensionen bitten wir Sie hinsichtlich des geplanten Erscheinungstermins Mitte Februar 2019 **nicht vor dem 15. Februar 2019** zu veröffentlichen.

Mit freundlichen Grüßen
Ihr Aufbau Verlag

PROLOG

1

Bevor ich ihn persönlich kennenlernte, hatte ich seine Werke schon dreimal zufällig gesehen. Wenn man bedenkt, dass er kein bekannter Bildhauer war und ich mich nicht besonders für Bildhauerei interessierte, kann man das durchaus als außergewöhnlich bezeichnen.

Das erste Mal begegnete ich seinen Arbeiten vor fünf Jahren in der Stadt Gwangju, an einem Tag im Frühsommer. Damals besuchte ich meine Tante, die ältere Schwester meiner Mutter, die wegen einer halbseitigen Lähmung im Krankenhaus lag. Während wir uns unterhielten, sah ich die ganze Zeit nur das linke Auge an, die linke Seite der Lippen und die linke Wange, die unverändert schienen. Ich wollte gerade gehen, da fing sie an zu weinen. Auch aus dem halb geschlossenen rechten Auge flossen Tränen über die verzerrten Lippen. Sie hat sie wahrscheinlich nicht gespürt. Meine Cousine begleitete mich zum Aufzug.

»Ich danke dir, dass du den langen Weg hierher auf dich genommen hast.«

»Keine Ursache. Wir sind doch eine Familie.« Ich lächelte matt.

»Dieses Jahr ist wirklich wie verhext. Auch die kleine Tante ist so überraschend von uns gegangen.«

Sie sprach von meiner Mutter.

Wir fassten uns bei den Händen und standen uns eine Weile wortlos gegenüber. Als sich die Türen des Aufzugs mit einem Läuten öffneten, ließ meine Cousine mich los und trat einen Schritt zurück.

»Komm gut nach Hause.«

»Iss ordentlich. Gerade jetzt musst du gesund bleiben.«

»Keine Sorge. Ich bin topfit.« Sie beugte ihren Arm und tat so, als würde sie ihren Bizeps spielen lassen. Ein gezwungenes Lächeln huschte über ihr rundliches Gesicht.

Im Aufzug schob ich mich zwischen einige Besucher und einen Mann im Rollstuhl, dessen Infusionsflasche von einer Frau gehalten wurde. Noch bevor sich die Türen zwischen uns ganz geschlossen hatten, drehte sich meine Cousine um und ging in Richtung Krankenzimmer, anstatt die wenigen Sekunden des Abschieds auszuharren. In dem kurzen Augenblick, in dem sie ihren Kopf zur Seite wandte, sah ich ihren abwesenden Blick. Über ihren Augen lag ein wehmütiger Schatten, den sie mir gegenüber nicht gezeigt hatte.

Eigentlich hätte ich ein Taxi zum Busbahnhof nehmen müssen, stattdessen setzte ich mich auf eine Bank in der Eingangshalle des Krankenhauses, von wo aus der Taxistand zu sehen war, und beobachtete die Sonnenstrahlen. Die Nachricht von der Einlieferung meiner Tante hatte mich nachts erreicht, als ich gerade am Schreibtisch saß. Ich war dann am frühen Morgen sofort mit dem Expressbus losgefahren, und meine Müdigkeit jetzt überraschte mich nicht.

Ich war wohl mit offenen Augen eingeschlafen. Als ich zu mir kam, fiel mir ein Plakat auf, das an einer der Säulen der Eingangshalle klebte. »Ausstellung neuer Kunst aus Gwangju«, stand dort. In der Mitte war ein längliches Ei abgebildet, eine nicht sonderlich ansprechende Marmorskulptur. Darunter waren in chinesischen Schriftzeichen die Namen der acht teilnehmenden Künstler abgedruckt. Der etwas unzeitgemäße Eindruck, der von der einfachen

Aufmachung des Plakats herrührte, wurde noch dadurch verstärkt, dass neben den unten aufgeführten Sponsoren auch der Name des Krankenhauses stand.

Ich musste bis neunzehn Uhr bei einer Monatszeitschrift einen Text abgeben. Die Abgabefrist war schon drei Tage zuvor abgelaufen und auf meinem Anrufbeantworter hatte der zuständige Redakteur mehrmals, erst drängend, dann flehend, schließlich vorwurfsvoll, die Nachricht hinterlassen, dass man nur noch auf meinen Artikel wartete – was absolut unglaubwürdig war. Ob ich den Text noch am selben Abend oder am nächsten Morgen abschicken würde, machte auch keinen großen Unterschied mehr.

Ich fuhr mir mit der Zunge über die trockenen Lippen und blickte auf die vor mir liegende Stadt Gwangju, in der ich mich nun so unerwartet aufhielt. War ich übermüdet, erschienen mir die Umrisse der Dinge häufig seltsam verschoben. Mein Gehirn arbeitete verlangsamt, irgendeine Gehirnregion jedoch schien besonders aktiv zu sein. In solchen Momenten hatte ich manchmal starke Sinneswahrnehmungen. Vielleicht rührte daher das plötzliche Verlangen, nach draußen in die Sonne zu gehen. Nach kurzem Zögern am Eingang des Krankenhauses folgte ich der Wegbeschreibung auf dem Plakat.

Außer über meine Mutter und meine Tante, die hier geboren und aufgewachsen waren, hatte ich keine Verbindung zu dieser Stadt. Nachdem ich der Straße ungefähr zehn Minuten gefolgt war, erreichte ich die Galerie. Die Sonne brannte und mein Hals schmerzte, als hätte ich eine Handvoll Nadeln geschluckt.

An diesem Vormittag mitten in der Woche war ich die einzige Besucherin. Am Tisch mit dem Gästebuch saß eine Angestellte, tippte etwas in den Computer und bedachte mich mit einem kurzen, teilnahmslosen Blick.

Auf dem Marmorfußboden war mit weißem Papierklebeband in großen Linien der Schriftzug »Eingang« geklebt. Die Schriftzeichen, durch die Fußabdrücke der Besucher schon verschmutzt, führten zu einer hellgrauen provisorischen Wand. Ich trat dahinter und stand vor einer riesigen Videoinstallation. Über fünf Bildschirme flimmerten im Abstand von ungefähr drei Sekunden Augen, Nasen, Münder, Ohren und Stirnen von Menschen verschiedenen Alters und Geschlechts. Diese Art Kunst war gerade in Mode. Ohne den Titel des Werkes und den Namen des Künstlers groß zu beachten, ging ich weiter, in den Ausstellungsraum. Er war relativ dunkel, voll mit Videoinstallationen und Siebdrucken. Ich wollte gerade an einen der Drucke näher herantreten, der die gegenüberliegende Wand fast völlig bedeckte, als ich plötzlich erschaudernd stehen blieb. Eine Gänsehaut lief mir über den ganzen Körper, als hätte etwas meine rechte Wange gestreift. Ich wandte den Kopf in die Richtung, aus der diese Empfindung zu kommen schien, und sah mich ihr gegenüber.

Der Skulptur eines Paares.

Aneinandergelehnt saßen sie in einer dunklen Ecke und hielten sich bei den Händen. Nein, korrekt wäre zu sagen, sie hatten sich bei den Händen gehalten. Die Haut der beiden war weiß, die Köpfe fehlten. Der Körper des Mannes war einigermaßen erhalten geblieben, der Frau jedoch hatte man Arme und Schultern abgetrennt. Nur eine Hand lag auf dem Knie des Mannes. An den Stellen, an denen der Frau die Schultern und die Handgelenke abgerissen worden waren, klaffte Schwärze.

Ich betrachtete aufmerksam ihre weiße Hand, die von dem Mann gehalten wurde. Sie wirkte wie die Spur einer Hand. Das war keine Hand mehr.

Die englischsprachigen Erklärungen zu Künstler und

Werk standen fettgedruckt an der weiß gekalkten Wand des dunklen Raumes.

Jang Unhyong
Häutung

Peeling off skin
Lifecasting Gips, Fiber Reinforced Plastics 1996

Beim Lifecasting oder der Körperabformung entsteht das Werk aus einem Gipsabdruck, wie etwa bei der Fertigung einer Totenmaske. Diese Skulptur war demnach aus einem Gipsabdruck von lebendigen Menschen gefertigt worden. Ich betrachtete den schlaffen Bauch dieser Frau ohne Gesicht, ihre Schultern, die Hand. »Verstehe«, murmelte ich. Deshalb waren die Poren und Fältchen in der Haut so deutlich zu sehen. Dann trat ich näher an den aufgerissenen Nacken des Mannes heran.

Ein schwarzer Hohlraum.

Die Gipshülle bestand aus einzelnen Teilen, vom Künstler miteinander verbunden, wie man vielleicht Teile eines abgezogenen Fells zusammennäht. Anstatt die Verbindungsstellen sorgfältig zu bearbeiten, hatte er sie lediglich grob mit Gips verschmiert. Das war sicherlich Absicht, wie bei diesen Kleidungsstücken, die mit den Nähten nach außen getragen werden. Der Mann sah aus wie ein von Frankenstein geschaffenes unförmiges Monster, wie ein zerfetzter Leichnam, dessen Einzelteile wieder zusammengestückelt worden waren.

Während ich in die Dunkelheit dieser Körperhüllen blickte, ließ mich eine unerklärliche Kälte frösteln. Die Körper erinnerten mich an jahrtausendealte Mumien, nur dass sie Mumien von lebenden Menschen waren. So saßen die beiden in diesem erstickend ruhigen Ausstellungsraum und hielten sich bei ihren abgerissenen Händen. Die Hand der Frau, ohne Verbindung zum Leib, schien gleichsam zu Staub zu zerfallen und diente doch beiden als Halt.

Als ich tief versunken aus der Galerie trat, versetzte mir die unbarmherzige Mittagshitze dieser südlichen Stadt einen Schlag. Unvermittelt kam mir der tote Körper meiner Mutter in den Sinn, der an die Hülle einer Zikade erinnert hatte, als man sie wusch und ankleidete. Ich dachte auch an das zweigeteilte Gesicht meiner Tante.

Was der Bildhauer dieser Skulptur letzten Endes hatte zeigen wollen, war wahrscheinlich nicht die zerfetzte Hülle, sondern ihr nachtdunkler Hohlraum.

2

Im September des darauffolgenden Jahres hatte ich im Seouler Stadtviertel Insa-dong eine Verabredung zum Mittagessen. Die Straße war wegen eines Straßenfests gesperrt. Ich sah einer Performance zu, in der ein sehr ernst dreinblickendes Paar getraut wurde. Die Braut trug ein mit Tusche beflecktes Brautkleid und der Bräutigam einen Frack, dessen Rücken mit Löchern übersät war, als hätte man gerade mit einem Messer auf ihn eingestochen. Da mir bis zu meiner Verabredung noch Zeit blieb, spazierte ich in Richtung des Stadtteils Jongno. An einem Verkaufsstand stellte man vor den Augen der Passanten Reiskekse her, wie sie die königliche Familie der Chosun-Dynastie gegessen haben soll. In einer selbst gebauten, sich drehenden Maschine buken Kunststudenten kleine bunte Kuchen, die den männlichen und weiblichen Geschlechtsteilen nachempfunden waren. Ich ging weiter und gelangte schließlich zu einer Gruppe von Skulpturen, die mitten auf der Straße aufgebaut war.

Beim Betrachten genoss ich den warmen, trockenen Sonnenschein des frühen Herbstes. Neben einem langen Baumstamm, in den die Form einer liegenden Acht gehauen war, hatte man eine riesige schwarze Hand aufgestellt. Sie war so groß wie die öffentliche Telefonzelle ein paar Schritte weiter. Auf den ersten Blick wirkte sie gewöhnlich. Der Künstler schien auf die Wirkung zu zielen, die überdimensionale Vergrößerungen menschlicher Körperteile beim Betrachter üblicherweise hervorrufen. Als ich daran vorbeigehen wollte, ließ etwas mich innehalten.

Die Hand sah aus wie mit aller Kraft zur Faust geballt. Da sie jedoch im Handgelenk nach hinten weggeknickt war, wirkte sie unsicher. Ich hatte das Gefühl, sie ließe sich leicht öffnen, sobald eine andere Hand – vorausgesetzt, es gäbe solch eine riesige Hand – sie dazu zwingen würde. Die Faust schien aus einem waghalsigen Entschluss geboren und aus dem demütigenden Wissen, dass die Niederlage unausweichlich war.

Ich entfernte mich langsam von der Bronzehand, auf die eine Schicht dunkelgrauen Teers grob aufgetragen war. Mit etwas mehr Abstand sah es so aus, als hätte jemand die Hand aus der Asche eines verbrannten Riesen geholt, ein Rest Fleisch und Knochen. Die Botschaft, dass jegliche Anstrengung sinnlos sein müsse, war eindringlich. Die Nüchternheit, mit der sie vorgebracht wurde, schreckte mich ab.

Ein junger Mann mit einem kurzen Pferdeschwanz verteilte Flyer. Ich nahm einen und dachte, dass mir der Name des Künstlers irgendwie bekannt vorkam. Gerade als sich die Tür des Cafés öffnete, in dem ich verabredet war, fiel mir ein, wo ich diesen Namen schon einmal gesehen hatte.

Kaum zu glauben, aber das war vor mehr als einem Jahr gewesen.

Ich wählte einen Fensterplatz. Die merkwürdigen Skulpturen waren fast vergessen, kaum dass ich Platz genommen hatte. Stattdessen kam mir die Erinnerung an meine Tante, die im Rehabilitationszentrum von Gwangju lag, und an meine Cousine, die mittlerweile hochschwanger war. Ich schob diese Gedanken beiseite und blickte meiner Studienfreundin Sunyoung freudestrahlend entgegen, die gerade mit einem zauberhaften Tuch und einem ebenso bezaubernden Lächeln das Café betrat. Sie war inzwischen am Theater.

3

Im nächsten Frühjahr kam Sunyoungs zweites Drama auf die Bühne. Die Premiere fand an einem Samstagnachmittag statt. Sunyoung hatte eine Nachricht auf meinem Anrufbeantworter hinterlassen, obwohl sie mir schon eine Einladung geschickt hatte.

»Du kommst heute, ja? Sonst wird dich meine Rache ein Leben lang verfolgen.«

Die Daehakro-Straße war voller Liebespaare, die trotz der Kühle frühlingshaft gekleidet waren. Eigentlich hätte ich schon da sein sollen, doch über dem Schmökern in meiner Stammbuchhandlung an der Haehwa-Kreuzung hatte ich die Zeit vergessen. Ich tauschte die Einladung gegen ein Ticket ein und beeilte mich, in das kleine Theater zu kommen. Sunyoung eilte mir in einem eleganten Anzug entgegen.

»Ich dachte schon, du kommst nicht!«

Ihre Augen leuchteten, sie nickte jemandem zu, nahm ein Programmheft und reichte es mir.

»Du wirkst nicht sonderlich nervös«, stellte ich überrascht fest.

»Ich? Ich lebe doch von meinem Selbstbewusstsein«, erwiderte sie ausgelassen.

Ein alter Herr mit einer Baskenmütze klopfte Sunyoung auf die Schulter.

»Ach, Sie sind es!« Sie strahlte ihn an, genau wie davor mich. Und zu mir gewandt, sagte sie: »Wir sehen uns nach der Vorstellung.«

Ich lächelte, berührte kurz ihren Arm und betrat den Theatersaal. Nach der Aufforderung, die Handys auszuschalten, begann das Stück.

Eine Weile verfolgte ich konzentriert die Handlung. Es ging um Liebe und Abhängigkeit, um die problematische Beziehung zwischen einer jungen, verheirateten Frau und einem unverheirateten Mann. Die Geschichte war zwar etwas abgedroschen, die Dialoge jedoch kamen ohne viele Worte zum Wesentlichen, und die Hauptdarstellerin spielte ihre Rolle hervorragend. Als sie ihren Mann, in Tränen aufgelöst, anschrie, wischte sich eine Frau neben mir – sie war vermutlich in den Vierzigern – mit einem Taschentuch über die Augen. Ich nahm mir vor, Sunyoung nach der Vorstellung davon zu erzählen, und wandte den Blick wieder der Bühne zu. Da fiel mir etwas Merkwürdiges auf.

Der ledige Mann im Theaterstück war von Beruf Bildhauer. In seinem Atelier – in dem er während des ganzen Stückes nicht arbeitete, sondern lediglich in Erinnerung an die Frau leidenschaftliche Monologe hielt – standen drei Skulpturen.

Da ich in der ersten Reihe saß, konnte ich die Skulptur, die meine Aufmerksamkeit erregt hatte, genau betrachten. Dieses Requisit schien zum Theaterstück, in dem die künstlerische Schaffenswelt des Hauptdarstellers kaum eine Rolle spielte, gar nicht zu passen. Man musste eher befürchten, dass es Befremden auslösen, vom Stück ablenken und somit stören könnte.

Es handelte sich um den lebensgroßen Abguss eines Menschen. Die Körperlinien waren durch Schnitte in der Vorder- und Rückseite hervorgehoben. Der Innenraum der weißen, dicken, grob geschnittenen Konturen war hohl. Der Kopf fehlte, die Beine waren geschlossen und die Arme hingen leicht angewinkelt an der Seite. Ich bemerkte an der Haltung der Füße, dass die Skulptur ursprünglich nicht gestanden, sondern gelegen haben musste: Sie hingen ohne jegliche Anspannung gerade nach unten. Jemand musste die Skulptur aus dem Liegen aufgerichtet haben. Kurz darauf entdeckte ich auch die Sehne, die zu ihrer Befestigung vom Boden zur Decke gespannt war.

Ich konnte meine Augen einfach nicht von dem Hohlraum der Skulptur abwenden. Wieso nur? Was war daran so außergewöhnlich?

In diesem Moment durchfuhr es mich, als hätte mir jemand mit einer stumpfen Waffe auf den Kopf geschlagen: Ich hatte mich getäuscht. Das war kein aufgeschnittener Abguss, sondern der Abdruck eines Körpers. Auf den Betrachter wirkte es, als würde ein wirklicher Körper aus dieser Hülle heraus auf ihn zutreten. Die grobe Oberfläche, die ich für die Außenseite einer Skulptur gehalten hatte, hatte einen Menschen umhüllt. Beweis dafür waren die umgekehrten Linien der Wölbungen des menschlichen Körpers: Die Dellen der Brüste, der sanft nach innen gewölbte Bauch, zwei Vertiefungen der Knie, die Neigung des Venushügels und eine Handvoll Haare zeigten den Schoß. All das konnte ich genau sehen.

Die Haare waren echt. Jemand hatte einen Gipsabdruck von einem lebendigen Menschen genommen.

Darin glich diese Skulptur jener Skulptur, die ich in der

Ausstellung in Gwangju gesehen hatte. Obwohl die Posen unterschiedlich waren, war auch dies hier eine Hülle, die jene andere Hülle, die menschliche Haut, umschlossen hatte.

»Eine die Hülle umhüllende Hülle«, murmelte ich wie im Fieber vor mich hin.

Von diesem Augenblick an konnte ich mich nicht mehr auf das Theaterstück konzentrieren. Ich bedaure bis heute, nicht zu wissen, welches Ende die Liebesgeschichte des Paares gefunden hat. Bis sich die Schauspieler dem applaudierenden Publikum ein zweites Mal zeigten, starrte ich unablässig auf die Skulptur. Ich hatte nur noch einen Gedanken, mich zu vergewissern, ob derjenige, der diese Skulptur geschaffen hatte, identisch war mit dem Künstler, dessen Arbeit ich in Gwangju gesehen hatte. Und wenn ja, wollte ich herausfinden, warum er immer wieder diese Hüllen schuf.

4

An jenem Abend begleitete ich Sunyoung noch zur Premierenfeier. Ich gehörte nicht zu den Menschen, die Freude daran hatten, sich zwischen Fremden aufzuhalten. Aber mich trieb die Hoffnung an, dort auf den Bühnenbildner zu treffen.

In einer kleinen Kaffeebar schob die Gesellschaft drei Tische zusammen und man setzte sich. Als Sunyoung mich der Runde vorstellte, fragte mich der Kinnbart tragende Regisseur, wie ich das Stück gefunden hätte. Nach kurzem Zögern antwortete ich ehrlich, dass ich mich am Ende nicht mehr hatte konzentrieren können, weil all meine Aufmerksamkeit von einem Requisit in Anspruch genommen worden war.

»Ach, tatsächlich?«

Alle machten große Augen und der Bühnenbildner errötete leicht. Ein am Tischende sitzender Mann schmunzelte still vor sich hin. Er war vielleicht Ende dreißig, trug eine silberne Brille mit kleinen Gläsern, war schlank und strahlte eine kühle Ruhe aus.

»Welches Requisit meinen Sie?«, fragte der Bühnenbildner mich.

»Die Skulptur am linken Bühnenrand, die hohle …«

»Als Schriftstellerin haben Sie natürlich ein gutes Auge.« Der Regisseur lachte laut auf.

Ich hatte den Eindruck, dass sich hinter seinem Lachen ein durchdringender Blick verbarg. Er empfand mich vermutlich als unhöflich, zumal wir uns zum ersten Mal sahen.

»Das ist der Typ, der das Ding geschaffen hat, das Sie so in seinen Bann zog«, tat er belustigt und zeigte auf den Mann am Rand der Gruppe.

»Mein Name ist Jang Unhyong.« Seine tiefe Stimme war wohlklingend. Er schmunzelte immer noch.

»Eine der für die Aufführung vorgesehenen drei Skulpturen wurde heute beim Transport beschädigt, sodass ich Herrn Jang um Ersatz bitten musste«, sagte der neben ihm sitzende Bühnenbildner, als müsse er sich entschuldigen.

»Er hat mich mit zwei Freikarten bestochen.«

Die Worte Jang Unhyongs brachten die ganze Gesellschaft zum Lachen. Die Stimmung war ausgelassen. Nur der Bühnenbildner sah mich immer noch verlegen lächelnd an und fügte hinzu: »Es kann sein, dass die Geschlossenheit der Skulpturengruppe etwas darunter gelitten hat. Ich war, um ehrlich zu sein, die ganze Zeit nervös deswegen.«

Der Regisseur machte ausladende Gesten: »Sag nicht so was! In dieser kurzen Zeit hast du etwas erstaunlich Passendes gefunden. Nein, etwas viel Besseres sogar. Das Werk, das beim Transport beschädigt wurde, war auch lebensgroß und hatte fast die gleiche Haltung. Ein Abbild des Verlangens nach Freiheit, die Arme in beide Richtungen ausgebreitet.«

Darauf wusste ich nichts zu sagen. Zwar hatte ich nicht die Gelegenheit gehabt, beide Figuren zu sehen. Was ich aber von Jang Unhyongs Werk kannte, hatte mit so einem schwammigen Wort wie Freiheit nichts zu tun.

Mich wunderte, dass Sunyoung gestand, dieses eine Requisit gar nicht groß wahrgenommen zu haben. Neben dem Bühnenbildner mit seinem schuldbewussten Kommentar schien ich der einzige Mensch zu sein, der der Skulptur überhaupt Aufmerksamkeit geschenkt hatte. Bald wandte die Runde sich anderen Themen zu. So konnte ich den am Rand sitzenden Jang Unhyong in aller Ruhe betrachten.

Sein Äußeres war eher durchschnittlich. Nichts an ihm ließ auf diese unheimlichen Skulpturen schließen. Gesicht und Kleidung waren so unauffällig, dass ich nicht sicher war, ihn auf der Straße wiedererkennen zu können, sollte ich ihm am nächsten Abend zufällig begegnen. Sein Gesicht war länglich und schmal, die Stirn eben, als hätte er sie zeitlebens nie in Falten gelegt, und um die Augen lagen diese netten Fältchen, wie sie Menschen haben, die gern lachen. Er war mir sympathisch, aber das war alles.

Er lachte tatsächlich immer laut mit, selbst wenn jemand einen weniger lustigen Witz erzählte. Als wolle er dem Betreffenden damit eine Freude machen. Etwa so, wie es ein älterer Bruder für ein jüngeres Geschwisterkind tun würde.

Manchem mochte seine Art überheblich erscheinen, sein höfliches und verbindliches Auftreten jedoch verdrängte diesen Eindruck. Auf Fragen antwortete er mit einem aufrichtigen Lächeln und einer einnehmenden Stimme. Meistens war nicht er es, der ein neues Gesprächsthema anschnitt, und die Leute schienen ihn zu schätzen.

Gegen Mitternacht löste sich die Gesellschaft locker plaudernd auf. Man ging zur Toilette, telefonierte oder setzte sich an einen anderen Tisch, um unter vier Augen etwas zu besprechen. Die Stimmen waren lauter geworden, jemand weinte. Einer saß tief eingesunken in seinem Sessel wie in einer Badewanne und rauchte eine Zigarette nach der anderen. Jemand regte sich über etwas auf und verließ schimpfend die Bar.

In dieser lärmenden Unruhe konnte ich mich endlich zu Jang Unhyong setzen.

»Sie kommen aus Gwangju?«

»Woher wissen Sie das?«

»Vor zwei Jahren im Frühling habe ich dort zufällig eines Ihrer Werke gesehen.«

»Ach so, das.« Er lachte bescheiden, und die feinen Fältchen um seine Augen traten stärker hervor.

»Was ich Sie schon die ganze Zeit fragen wollte«, sagte ich, wie immer mit der Tür ins Haus fallend. »Sie nehmen Abdrücke von Menschen?«

»Richtig.« Seine Antwort kam ebenso direkt.

»Warum?«

»Wie bitte?«

»Warum verwenden Sie für Ihre Werke die Abdrücke von Menschen?«

Anstelle einer Antwort lachte er. Ich lachte nicht mit, sondern wartete auf seine Antwort. Die wollte ich hören, selbst wenn es nur einer der üblichen Kommentare aus einem Kunstkatalog werden würde. Ich wollte genau hinhören, um wirklich zu verstehen. Da es wegen der Musik und des Stimmengewirrs sehr laut war, starrte ich mit großen Augen in sein Gesicht, um kein einziges Wort zu verpassen, um den Augenblick nicht zu verpassen, in dem die Wahrheit wie eine kleine Flamme auflodern und kurz darauf verschwinden würde.

»Wenn Sie so interessiert sind, darf ich Sie doch sicher um einen Gefallen bitten«, erwiderte er sanft und trotz des Lärms nicht lauter. Ich las seine Lippen, um überhaupt etwas verstehen zu können. »Ich habe Schwierigkeiten, an Modelle heranzukommen.«

In seinen ruhigen Augen lag dieselbe Nüchternheit, die mir bei der riesigen Hand in Insa-dong aufgefallen war. Was verbargen diese ruhigen Augen?

»Wären Sie bereit, mir auszuhelfen?«

»Wie bitte?«

»Ich bin sowieso gerade auf der Suche nach einem schlanken Modell wie Ihnen.«

Ich lachte. Doch er hatte es ernst gemeint.

»Wollen Sie nicht?« Seine ruhige Stimme, die sich an dem Lärm um uns herum überhaupt nicht zu stören schien, ließ mir eine Gänsehaut über den ganzen Körper laufen. Dieses Schaudern hatte ich schon in dem dunklen Ausstellungsraum in Gwangju erlebt. Das Bild der Körperhülle, bei der alle Poren und Falten deutlich zu sehen waren, kam mir in Erinnerung und legte sich über sein Gesicht.

»Nein«, antwortete ich ruhig und direkt, wie um seinen Ton nachzuahmen.

Als hätte er die Antwort schon gewusst, zeigten seine Augen und seine Lippen immer noch das friedliche Lächeln eines verständnisvollen älteren Bruders.

Meine Gänsehaut aber blieb. Ich hatte die unklare Ahnung, dass diese Ruhe in seinen Augen kein friedliches Inneres widerspiegelte, sondern sich wie ein dünnes Häutchen über etwas Unheimlichem spannte.

5

Fast fünf Monate später erhielt ich einen Anruf von einer mir unbekannten Frau. Ich war gerade stark erkältet, was bei mir selten vorkam, und der Abgabetermin für eine Erzählung stand unmittelbar bevor.

»Sie kennen den Bildhauer Jang Unhyong, nicht wahr?«

Ich hielt den Telefonhörer zwischen Schulter und Ohr geklemmt und antwortete nicht sofort. Stattdessen starrte ich auf den blinkenden Cursor auf dem Bildschirm meines Computers und drückte auf Speichern. »Ich habe ihn flüchtig kennengelernt. Weshalb fragen Sie?«

»Nun ja … Er ist mein Bruder.«

Ich stützte meine heiße Stirn in eine Hand und wartete darauf, dass sie weitersprach.

»Wenn es Ihnen keine Umstände macht, würde ich Sie gern treffen und mit Ihnen sprechen.«

Ich mag keine komplizierten Geschichten, die mich nur unnötig Kraft kosten. Zugegeben, Jang Unhyong hatte einen starken Eindruck bei mir hinterlassen, aber eben auch einen zwiespältigen, und ich hatte keine Lust, in irgendwas hineingezogen zu werden. Darüber hinaus drängte der Abgabetermin für meine Erzählung. Ich hielt den Hörer mit einer Hand zu, um mich zu räuspern, setzte mich aufrecht und erwiderte: »Das geht bestimmt auch am Telefon. Erzählen Sie.«

Am anderen Ende der Leitung herrschte Stille. Ich

streifte meine Haare zurück, rieb meine brennenden Augen mit der Faust und hörte sie sagen: »Er ist seit letztem April als vermisst gemeldet.«

Nun war es an mir zu schweigen.

»Ich habe alle Orte abgesucht, wo er hätte hingehen können, und auch alle Menschen getroffen, die er hätte treffen können. Bis auf Sie.«

»Na ja, ich bin …«

Ich wollte ihr deutlich machen, dass ich nicht zu den Menschen gerechnet werden konnte, an die ihr Bruder sich wenden würde, aber sie redete hastig weiter: »Mein Bruder hat ein Manuskript hinterlassen.« Sie stockte atemlos. Dann fuhr sie aufgeregt fort: »Alle, die in dem Manuskript erwähnt werden, habe ich getroffen. Sie ausgenommen. Ich rufe Sie als Letzte an, weil … weil Sie am wenigsten vorkommen. Ich weiß, mein Anruf kommt sicherlich sehr überraschend für Sie, aber …«

Sie schien nebenbei etwas zu trinken, kurz danach war ihre Stimme viel ruhiger: »Mein Bruder war mir immer fremd. Als er verschwand, hatte ich das Gefühl, gar nichts über ihn zu wissen. Ich habe versucht, über sein Manuskript einen Zugang zu ihm zu finden. Es zu lesen, war nicht einfach für mich. Ich verlange nicht, dass Sie ihn finden. Sie sind ja Schriftstellerin. Lesen Sie und sagen Sie mir irgendetwas dazu. Was Ihnen einfällt, egal, was. Ein winziger Anhaltspunkt oder eine Ahnung genügt schon. Es ist auch nicht schlimm, wenn es mir bei der Suche nach meinem Bruder nicht weiterhilft. Ich möchte ihn nur ein einziges Mal verstehen können.«

Ihre Worte ergaben für mich keinen Sinn. Die Aufrichtigkeit in ihrer Stimme jedoch berührte mich. Plötzlich fühlte ich mich beklommen. »Wie schon gesagt, ich habe ihn vor ein paar Monaten lediglich durch einen Zufall …«

Aber sie unterbrach meine unentschlossene Antwort mit einem kurzen Dank und legte auf.

6

Wenn ein Abgabetermin näher rückt, werde ich ein anderer Mensch. Meine Schritte werden schneller und oft führe ich Selbstgespräche. Ich verschlinge Unmengen an Essen und gönne mir mehrmals am Tag ein kurzes Schläfchen. Vorfälle, die normalerweise ziemlich lange in meiner Erinnerung bleiben würden, werden nach wenigen Minuten uninteressant für mich. Alle Erinnerungen aus meinem menschlichen Dasein verblassen – mein Ich stirbt sozusagen – und es bleiben nur die Romane, an denen ich schreibe, und die Person, die diese Romane schreibt.

Hinzu kommt, dass ich ein Mensch mit wenig Energie bin. Es wäre schön, wenn ich mit siebzig oder achtzig Prozent meiner Energie etwas erschaffen könnte, aber selbst hundert Prozent genügen nicht. Ich muss gewissermaßen hundertzwanzig Prozent meiner Kräfte mobilisieren, damit ein Roman entstehen kann. Das klingt nach einem qualvollen Vorgang, aber ganz so ist es nicht. Mein Geist wird zu einer scharfen Klinge. Mein Kopf ist klarer denn je und mein sonst eher schwächlicher Körper hat ungeahnte Kräfte. Diese Anspannung hält an, bis ich für meinen Text ein Ende gefunden habe, mit dem ich einigermaßen zufrieden sein kann.

Unter solchen Umständen war es unmöglich, den Anruf einer fremden Frau im Gedächtnis zu behalten. Ich hatte den Lektor immer wieder gebeten, mir doch noch ein klein wenig mehr Zeit zu geben, so sehr war ich noch mit meiner Erzählung beschäftigt, die ich tatsächlich erst zehn Tage nach dem Abgabetermin zum Abschluss brachte. Nachdem ich sie gegen Mitternacht per E-Mail abgeschickt hatte, fiel ich in einen komaartigen Schlaf, aus dem ich erst am nächsten Tag gegen elf erwachte.

Ich stützte mich auf meine Hand, die sich wie die Hand einer Fremden anfühlte, und stand auf. Dann öffnete ich die Vorhänge. Inzwischen war es kälter geworden, die äußeren Fensterscheiben waren zugefroren. Vielleicht lag es daran, dass die Anspannung von mir abgefallen war, jedenfalls hatte ich wieder leicht erhöhte Temperatur. Dabei hatte ich geglaubt, genesen zu sein. Geistesabwesend blickte ich auf das zugefrorene Fenster, als mir plötzlich einfiel, dass der dritte Todestag meiner Mutter heranrückte.

Da klingelte es.

»Wer ist da?«

»Ein Einschreiben für Sie.«

Ohne mich zu beeilen, zog ich mir etwas über, griff nach meinem Unterschriftsstempel und ging die Wohnungstür öffnen. Das Gesicht des Postboten war mir bekannt. Ich nahm ein Päckchen mit zwei Belegexemplaren eines Verlages und ein großes, mit grünem Klebeband sorgfältig zugeklebtes Kuvert entgegen und schloss die Tür. Mein Blick fiel auf den Absender des schweren Kuverts: Jang Haesuk.

Der Name sagte mir nichts. Mit der Schere, die auf dem Schuhschrank lag, öffnete ich das Kuvert und entnahm ihm einen dicken Skizzenblock mit einem senffarbenen Deckblatt. Beim schnellen Durchblättern sah ich, dass bis auf die letzten Bögen alle Seiten in einer schönen, fließenden Handschrift fast lückenlos beschrieben waren. Erst da wurde mir klar, von wem die Sendung stammte.

7

Mir war nicht danach, in dem Skizzenblock zu blättern, also ließ ich ihn erst einmal mitsamt Umschlag auf dem Schuhschrank liegen. Sollte mich die Frau wieder anrufen, wollte ich alles unberührt zurückgeben. Nach meiner Einschätzung war das die beste Lösung.

Doch noch bevor es Abend wurde, siegte meine Neugier. Nach einem späten Frühstück hatte ich mich erst um die angehäuften Wäscheberge gekümmert und meinen Schreibtisch aufgeräumt, auf dem kein Fingerbreit mehr Platz gewesen war. Einmal dabei, hatte ich jede Ecke meiner Einzimmerwohnung aufgeräumt. Zwischendurch fasste ich mir immer wieder an die fieberheiße Stirn. Dann wurde es auch schon Abend.

Ich hatte keinen Appetit, vielleicht wegen der Erkältung. In den letzten Tagen hatte ich sehr viel gegessen, jetzt war mein Körper wie verkatert. Nach langer Zeit hatte ich den Fernseher wieder eingeschaltet, aber nur, um ihn kurz darauf auszuschalten und das Radio aufzudrehen. Auf keinem der Sender kam etwas, das meiner Stimmung entsprach. Sowieso war mir jedes Geräusch zu viel. Das lag sicher am Fieber.

Ich lief in meinen Pantoffeln ruhelos den Flur auf und ab, bis ich vor dem Schuhschrank stehen blieb. Nach einem kurzen Zögern hob ich das Kuvert auf.

Ich holte den Skizzenblock heraus und schlug das Deckblatt auf. Die erste Seite zeigte die Bleistiftzeichnung einer nackten, in Embryonalstellung kauernden Frau mit langen wirren Haaren. Ihre mit aller Kraft geballten Fäuste stützte sie auf den Boden. Darunter stand in einer schönen, fließenden Handschrift:

Ihre kalten Hände

Ich zog mir Pullover und Hose über, drehte die Heizung weiter auf und steckte mir die Haare hoch. Dann setzte ich mich an den Schreibtisch und knipste die Tischlampe an. Ich begann zu lesen.

IHRE KALTEN HÄNDE

VORWORT

Warum?«, fragte mich die Schriftstellerin H., als gehe sie davon aus, dass es eine Antwort auf diese naive, kecke Frage geben könnte, und werde bereitwillig alle von mir ausgespuckten Worte für bare Münze nehmen. Ich hatte den Eindruck, dass ihre Augen durch meine Haut, meine Eingeweide und Adern hindurch zu meiner Seele, die selbst ich nicht kannte, vorstoßen wollten. Ich habe solche Augen nie gemocht. Ich halte sie für bemitleidenswert. Solche Menschen, die ihren ganzen Körper zum Ausdrucksmittel der Wahrheit machen, an die sie glauben, können auch beim besten Willen kein Pokerface aufsetzen. Solche Menschen ziehen mich nicht an.

Nur, dass mir ihr mitleiderregendes Wörtchen »warum« die ganze Taxifahrt von der Kaffeebar nach Hause nicht aus dem Sinn ging. Der genaue Tonfall und der Klang ihrer Worte wurden immer schwächer und verschwanden schließlich. Die Person, die gesprochen hatte, und die Situation wurden ausgeblendet. Nur das einzelne Wort »Warum« war geblieben. Ich lächelte bitter.

Warum?

Warum ist die Mitte meines Lebens so absolut hohl?

Als das Taxi in eine scharfe Kurve fuhr, ballte ich meine Hände zu Fäusten, als wollte ich E.s glatten Leib darin wie ein Blatt Papier zerknüllen. Ähnelten die Augen von H. tintenschwarzen Glaskugeln, erinnerten die von E. an die Oberfläche eines dunklen Spiegels. Was hinter diesem

Spiegel steckte, wusste ich nicht. Bis das Taxi in der Gasse hielt, musste ich an mein Gesicht denken, wie es sich in E.s Augen gespiegelt hatte: mit einem verzerrten Lächeln.

Ich weiß nicht, was ich von jetzt an schreiben werde. Aber eines weiß ich: Diese Dokumente sind keinesfalls die Antwort auf das Warum, vielmehr wird man das Gegenteil erfahren.

**Erster Teil
Die Finger**

DER ONKEL

Meine erste Erinnerung stammt aus Gwangju. Die Stadt ist mittlerweile eine Großstadt, damals konnte man sie mit dem Bus innerhalb von zehn Minuten durchqueren.

Ich lebte in einem traditionell gebauten Haus, das mit finanzieller Unterstützung der Familie meiner Mutter errichtet worden war. Es gab vier Zimmer, eine schmale Holzveranda und eine Küche im alten Stil. In dem geräumigen Hof standen immergrüne Kamelien. Ein kleines Nebengebäude gehörte auch dazu. Bevor die modernen zweistöckigen Häuser gebaut wurden, zählte unser Haus zu den größten in der Seitengasse.

Mein Großvater mütterlicherseits leitete eine Lederfabrik. Man konnte ihn zwar nicht als vermögend bezeichnen, aber sein Besitz reichte, um ihn in der Gegend zu einem einflussreichen Mann zu machen. Meine Großmutter brachte fünf Kinder zur Welt, die drei ältesten starben jedoch früh, sodass nur ein Geschwisterpaar übrig blieb, meine Mutter und mein Onkel. Für seine einzige Tochter war meinem Großvater nichts zu schade. Er brüstete sich auch bei jeder Gelegenheit mit seinem Schwiegersohn, der als Professor an einer privaten Universität in Gwangju lehrte.

Mein Onkel lernte frühzeitig, wie man trank und sich prügelte, und brach die Oberschule ab. Zu diesem Sohn war mein Großvater streng und kalt. Trotz aller Schläge, trotz aller nachdrücklichen Versuche von außen, meinen

Onkel zur Räson zu bringen oder zu besänftigen: Er bekam sich einfach nicht in den Griff. Er ließ sich die Haare lang wachsen, zog von einer Billardhalle oder Kneipe zur nächsten und versuchte vergeblich, in der Abendschule seinen Abschluss nachzuholen. Schließlich wurde er zum Wehrdienst eingezogen. Hätte sich mein Großvater für ihn eingesetzt, hätte mein Onkel sicherlich einen besseren Posten bekommen können. So aber wurde er an vorderster Front stationiert. Es war der Wille des Großvaters, dass sein Sohn mit Schwierigkeiten zu kämpfen haben sollte, um so auf den rechten Weg zu finden.

Die Erwartungen des Großvaters wurden nur zum Teil erfüllt, denn mein Onkel hatte zwar mit Schwierigkeiten zu kämpfen, es waren jedoch zu viele. Ihm wurde so übel mitgespielt, dass sein Lebenswille für immer gebrochen war. Eines Tages hängte er bei einer kurzen Ruhepause seinen Stahlhelm über die Mündung seines geladenen Gewehrs. Als er weitermarschieren wollte und nach dem Stahlhelm griff, löste sich ein Schuss, bei dem er seinen rechten Daumen und die oberen Glieder des Zeigefingers verlor. Eine Entschädigung bekam er nicht. Stattdessen kam er wegen des Verdachts mutwilliger Selbstverstümmelung zwecks vorzeitiger Entlassung aus dem Dienst vor das Militärgericht. Achtzehn Monate verbrachte er hinter Gittern. Nach seiner Freilassung widmete er sein Leben dem Alkohol und anderen Ausschweifungen.

Meinen Onkel konnte man wirklich nur als hässlich bezeichnen. Sobald ihn meine jüngeren Schwestern sahen, machten sie Anstalten loszuheulen, selbst mitten im fröhlichsten Spiel. Wenn mein Onkel auch nur versuchte, sie in den Arm zu nehmen, begannen sie fürchterlich zu schreien und sich mit Händen und Füßen zu wehren.

»Quäl die Kinder nicht! So ein widerlicher Mensch aber

auch! Denk doch mal nach, warum die Kinder bei deinem Anblick anfangen zu weinen!«, fuhr ihn voller Verachtung seine Frau an, die immer ordinär geschminkt war.

Doch nicht nur meinen Schwestern ging es so. Als Sechsjähriger wurde ich Zeuge, wie mein stockbetrunkener Onkel mit einem Obstmesser auf meinen Vater losging. Er hatte ihn bei der Brust gepackt, sodass der Hemdkragen meines Vaters senkrecht einriss. Mein großer, schlanker Vater rannte ohne Schuhe und mit flatterndem Hemdkragen auf den Hof und durch das Tor, gefolgt von dem etwas kleineren und stämmigeren Onkel, der, was die Geschwindigkeit anging, meinem Vater in nichts nachstand. Seit diesem Vorfall habe ich meinem Onkel nie wieder ein Lächeln geschenkt.

»Was ist das für ein Benehmen!«

Ich erinnere mich an den blechern klingenden Ausruf, den meine Mutter in der frischen Abendluft ausstieß.

Das Einzige, was mich an meinem Onkel faszinierte, waren seine Finger. Nein, es ist nicht richtig, zu sagen, es waren »seine Finger«. Denn mit eigenen Augen hatte ich seine rechte Hand, an der Daumen und Zeigefinger fehlten, nie gesehen. Ich wusste davon nur, weil ich den Gesprächen der Erwachsenen gelauscht hatte.

Das war eigenartig, wenn man bedachte, wie oft wir uns sahen. Zum Beispiel am Todestag meiner Großmutter, der der Zorn schmerzhaft in den Leib gefahren war und die noch vor ihrem sechzigsten Geburtstag starb. Auch an den alljährlichen traditionellen Festen sah ich den Onkel. Und in den vielen Nächten, in denen er betrunken zu uns nach Hause kam, um seine Aggressionen an meinen Eltern auszulassen. Wie hatte er diese exponierten Körperteile verstecken, mit welcher Handbewegung die Aufmerksamkeit von ihnen ablenken können?

Jedes Mal, wenn im Haus der Eltern meiner Mutter die Gedenkfeier für die Ahnen stattfand, beobachtete ich seine rechte Hand mit allergrößter Aufmerksamkeit. Den ekelerregenden Alkoholgeruch, der seinem Körper stets entströmte, ertrug ich still. Schwankend zündete er den Weihrauch an und nahm einen Schluck Reiswein von der Tafel für die Ahnen. Wenn ihm danach war, tätschelte er meine kühle, abweisende Wange. Obwohl ich jede seiner Bewegungen genau verfolgte, konnte ich nie etwas Auffälliges entdecken. Wenn es Zeit war, nach Hause zu gehen, blickte ich perplex zu seinem dunklen Gesicht auf und dachte mir: Wie präzise und geschickt er doch die Kunst des Verbergens beherrscht.

Er hatte eine derbe Sprache und in seinem Blick lag Hass. Sein Charakter war bösartig genug, um ihn mit einem Messer auf seinen Schwager losgehen zu lassen. Wie kam es, dass dieser Mann andererseits so empfindsam und perfektionistisch war?

Irgendwann fing ich an, bei allen mir über den Weg laufenden Menschen Zweifel zu hegen, ob sie nicht auch etwas verbergen – eine große Narbe unter den Haaren, ein Muttermal am Knöchel oder eine exakt gearbeitete Prothese. Doch ihre Kunstfertigkeit im Verbergen war immer so grandios, dass all dies von mir niemals entdeckt wurde.

Jedes Mal, wenn ich mir diese verborgenen Details vorstellte, bebte mein junger Körper vor Aufregung. Ich brannte darauf, sie zu sehen. Ich wollte den Menschen die verletzliche Hülle abziehen, um ihr Inneres zu sehen.

DAS LÄCHELN

Der erste Gegenstand meiner Beobachtungen war meine Mutter.

Die Proportionen ihrer etwas zu knubbeligen Nase und der dünnen Lippen passten nicht so richtig zusammen und ihre Augen wirkten, seit sie sich die Lidfalten hatte operieren lassen, irgendwie unruhig. Aber weil sie sich sorgfältig zurechtmachte und Wert auf ein gepflegtes Äußeres legte, sah sie schon recht hübsch aus.

Am Wochenende kam uns manchmal ein befreundetes Ehepaar besuchen, der Mann war Zahnarzt. Sie unterhielten sich gemütlich mit meinen Eltern und gingen wieder.

Einmal, als meine Mutter in der Küche war, sagten die beiden mit gedämpften Stimmen:

»Die Frau von Herrn Professor Jang hat so einen angenehmen Charakter.«

»Das stimmt. Sie lächelt immer.«

Aber es stimmte nicht. Meine Mutter, so wie ich sie kannte, lächelte nicht immer. Wenn wir keine Gäste hatten oder wenn mein Vater nicht da war, konnte ihr Gesichtsausdruck hart sein. Selten hatte sie ein freundliches Wort für uns, also für mich, meine Schwestern, meine Tante – die jüngste Schwester meines Vaters, die damals bei uns wohnte – und die Haushaltshilfe, die im Nebengebäude wohnte. Wenn meine jüngste Schwester plappernd an ihr hing, runzelte sie die Stirn, als wäre ihr das lästig. Dabei erschienen Grübchen auf ihren rundlichen Wangen. Seitdem habe ich keinen anderen Menschen gesehen, der beim Stirnrunzeln Grübchen bekommt.

Keineswegs war sie kalt, aber sie konnte mit einem kindlichen Gemüt einfach nicht gut umgehen. Ihr war alles zu viel: der Lärm und die Unordnung, die meine Schwester und ich produzierten, die großen und kleinen Ungeschicklichkeiten, dass wir überall kleckerten und alles klebte. Das bedeutete aber nicht, dass sie den Ärger offen zeigte. Es war jedoch augenfällig, welch große Mühe sie sich geben musste, um das alles zu ertragen. Was sie von ganzem Herzen liebte, war zum Beispiel ein Abendessen mit anderen Ehepaaren, für das sie sich mit schönen Kleidern und Schmuck herausputzen konnte, ein Einkaufsbummel am Monatsende durch die Kaufhäuser mit alten Schulfreundinnen oder auch die Zeit, in der sie Kataloge durchblättern und dabei ihre sorgfältig gelegten Stirnlocken verspielt durch die Finger gleiten lassen konnte.

Im Unterschied zu dem in meiner Erinnerung gespeicherten war ihr Gesichtsausdruck auf den Schwarzweißfotos aus jener Zeit, die noch mit konventionellen Kameras aufgenommen worden waren, immer der gleiche. Zwar ist sie auf jedem Foto anders gekleidet und frisiert, ihr großes Lächeln jedoch ist über alle Seiten der Fotoalben unverändert. Ihre Augen sind dann schmaler und die regelmäßige obere Zahnreihe und das rötliche Zahnfleisch kommen strahlend zum Vorschein, als wäre das Gesicht einzig und allein für dieses Lächeln da. Sogar bei schlechter Laune konnte sie so lächeln.

Selbst damals, als ein vom Großvater geschickter Bote die Nachricht überbrachte, dass ihre Mutter – die ihre Tochter über alles geliebt hatte – im Sterben lag, begleitete sie den Angestellten der Lederfabrik meines Großvaters mit einem freundlichen Lächeln bis zum Tor. Ich stand neben ihr und war schockiert. Dieses Lächeln war ganz und gar wie immer. Ihre Augen schmaler, um Augen und Mund lagen deutliche Falten, die oberen Zähne leuchteten in dem roten Zahnfleisch.

Da kam mir zum ersten Mal der Gedanke, dass dieses Gesicht einer Maske glich.

Einer weißen Maske.

Einer lächelnden, harten Maske.

Auch wenn dieses Lächeln schnell wieder aus ihrem Gesicht verschwand, sein Abbild hat sich mir wie ein unheimliches Phantombild tief eingeprägt.

Die Grundschule, in die ich im darauffolgenden Jahr eingeschult wurde, lag drei Busstationen von unserem Haus entfernt. Entgegen der Erwartung meiner Mutter, dass mich mein Vater mit dem Auto zur Schule bringen und von dort auch abholen würde, ließ mich mein Vater zu Fuß gehen. Nach seiner damaligen Überzeugung waren in der Erziehung Mäßigkeit und Strenge wichtig. Ich aber liebte meinen Schulweg. Damals gab es noch nicht so viel Verkehr auf den Straßen, die Luft war sauber. Außerdem freute ich mich auf meine Klassenkameraden, mit denen ich mich gut verstand.

An einem Herbsttag desselben Jahres war der Himmel schon seit den frühen Morgenstunden bedeckt. Gegen Schulschluss begann es zu nieseln. Ich hatte gerade Klassendienst und mir beim Putzen dummerweise Zeit gelassen. Als ich dann mit ein paar Freunden aus dem Schulgebäude trat, schüttete es wie aus Eimern.

»Was machen wir?«

»Was fragst du? Wir rennen!«

Ein Freund hielt sich den Schulranzen über den Kopf und rannte los. Der nächste folgte ihm. Nach einigem Zögern nahm auch ich die Beine in die Hand. Als wir den Sportplatz überquert hatten, waren wir bereits bis auf die Haut durchnässt. Das kühle Regenwasser rann mir über den Nacken den Rücken hinunter. Ich lächelte aus einem unbestimmten Gefühl der Befreiung und spürte das Regenwasser auch zwischen den lächelnden Lippen. Es schmeckte kalt und rein.

»Hey, Unhyong, worüber freust du dich denn so?«

»Du hast es doch noch am weitesten bis nach Hause!«

»Willst du mit zu mir kommen und einen Regenschirm ausborgen?«, fragte mich einer der Freunde, als wir uns gegenüber dem Schultor unter dem Dachvorsprung des Schreibwarenladens für eine Weile unterstellten.

»Das geht schon«, antwortete ich lächelnd. »Wenn ich renne, bin ich schnell zu Hause.«

Wir hoben die Schulranzen wieder über unsere Köpfe und stürmten in den Regen. An einer Gabelung riefen wir uns gegenseitig Tschüss zu und jeder stob in die Richtung davon, in der sein Zuhause lag.

Ich prustete und keuchte. Wenn ich zu erschöpft war, stellte ich mich unter. Nicht einmal die Hälfte der Strecke war ich gelaufen, als ich meinen Übermut zu bereuen begann. Ich war völlig durchnässt und begann zu frieren. Das war das erste Mal, dass mir die Strecke bis nach Hause weit erschien. Das Regenwasser war inzwischen bis zu meiner Unterwäsche durchgedrungen und lief an meinen Beinen hinunter. Meine Turnschuhe waren voller Wasser und gaben bei jedem Schritt ein lautes, schmatzendes Geräusch von sich.

Endlich stand ich vor unserem Tor. Nach dem Klingeln musste ich lange warten, bis unsere Haushaltshilfe mit einem Regenschirm herauskam. Wie um mich zu ärgern, war der Regen gerade in diesem Augenblick schwächer geworden.

»Um Gottes willen! Wie ist denn das passiert?«, fragte sie mit weit aufgerissenen Augen.

Ich klapperte mit den Zähnen und zitterte am ganzen

Körper. Im Schutz des Regenschirms trat ich ins Haus. Auf den Terrassensteinen unter dem Dachvorsprung vor der Veranda standen zahlreiche Stöckelschuhe und große Herrenschuhe, ungefähr ein Dutzend Paare. Aus der Wohnstube schallte lautes Lachen. Die Schiebetür der Wohnstube öffnete sich und meine Mutter, geschminkt und in einem hellblauen langen Kleid, trat mit einem strahlenden Lächeln auf die Veranda. Erst als sie in Richtung Küche eilte, wahrscheinlich um der Haushaltshilfe eine Anweisung zu geben, entdeckte sie mich.

»M-Mama, i-ich bin von der Schule zurück«, grüßte ich sie fröstelnd und mit klappernden Zähnen. Sie kam mit raschen Schritten auf mich zu und beugte sich zu mir herunter.

»Wie konnte das passieren?«, zischte sie mit verhaltener Stimme. Sie runzelte die Stirn und auf ihren Wangen erschienen die Grübchen, wie mit einem gespitzten Stift hineingedrückt.

Unsere Haushaltshilfe half mir aus den Turnschuhen und mischte sich ein: »Na, so was! Sie haben wohl heute früh nicht die Wettervorhersage gesehen, wenn Sie ihm keinen Regenschirm mitgegeben haben. Das Kind hat ja ganz blaue Lippen.«

Ich saß am Rand der Veranda und zog die nassen Strümpfe aus. Die Zehen waren vom Wasser ganz faltig aufgequollen und rötlich verfroren.

Meine Mutter zog plötzlich heftig an meiner Hand. »Komm mit in dein Zimmer.«

»O-ohne mich zu waschen?«, stotterte ich verlegen.

Sie warf einen kurzen Blick in Richtung Wohnstube, zerrte an meinen Arm, als ich noch zögerte, und scheuchte mich vor sich her in mein Zimmer am Ende der Veranda. Kaum hatten wir es betreten, schloss meine Mutter die Tür hinter uns und schaltete das Licht ein, weil es wegen des Wetters so dunkel wie zur Abenddämmerung war. Dann begann sie mir meine tropfende Kleidung auszuziehen.

»Das war dumm von dir, auch wenn du noch ein Kind bist … Warum musstest du bei solch einem heftigen Regen zu Fuß laufen? Du hättest in einem Laden warten müssen, bis der Regen aufhört. Was sollen die anderen sagen, wenn sie dich so sehen? Stell dir vor, du wärst jemandem begegnet!«

Während ich nackt mitten im Zimmer stand, stöberte meine Mutter lange in einem Schubfach meiner Kommode. Endlich holte sie Unterwäsche und Kleidung für mich heraus, warf sie mir vor die Füße und fauchte: »Zieh dich an, aber schnell!«

Dann verschwand sie aus dem Zimmer, ohne sich noch einmal umzudrehen. Dabei lief sie auf Zehenspitzen um die großen Pfützen herum, die aus meiner Kleidung gelaufen waren. Anschließend hörte ich sie in der Veranda zur Haushaltshilfe sagen, dass sie zuerst den Quittenschnaps in die Wohnstube bringen solle.

Ich streifte die mir hingeworfenen Kleidungsstücke über meine gefrorenen Gliedmaßen, holte die Bettdecke aus dem Schrank, rollte mich ein und legte mich hin. Die Leuchtstoffröhre brannte noch, und ich dachte immer wieder, dass ich aufstehen und sie ausmachen müsste. Dann schlief ich ein. Manchmal glaubte ich mich im Schlaf stöhnen zu hören. Irgendwann kam die Haushaltshilfe ins Zimmer, um aufzuwischen und meine Sachen zum Waschen zu holen. Aber vielleicht war sie es auch nicht. Wenn ich zwischendurch kurz aufwachte, konnte ich die Stimmen und das laute Lachen der Leute aus der Wohnstube hören. Und die hohe Stimme meiner Mutter.

Ich wusste nicht, wie spät es war, als ich, in kalten

Schweiß gebadet, an der Stelle des Zimmers aufwachte, die durch die Fußbodenheizung besonders warm war. Ich richtete mich ein wenig auf. Die vier Ecken des kleinen Zimmers drehten sich sanft im Kreis. Mein Hals brannte. Ich war durstig und stand auf.

Auf der Suche nach der Tür tastete ich mich an der Wand entlang. Sobald ich die Tür ein wenig aufgeschoben hatte, spürte ich auch schon den erschreckend kalten Luftzug in meiner Kleidung. Schlagartig war ich wach und trat auf die kalte Holzveranda.

In dem Moment öffnete sich die Wohnstube und die Gäste traten auf die von einer Glühbirne beleuchtete Veranda. Einige kamen von der Toilette, die sich im Nebengebäude befand, und gingen in die Mitte des Hofes. Es sah ganz danach aus, als würde sich die Gesellschaft auflösen.

Meine Mutter stand auf der Schwelle zur Wohnstube und war die Erste, die mich entdeckte, wie ich da verloren am Rande der Veranda stand. Schnell trat sie auf mich zu, bückte sich etwas, strich meine zerzausten Haare glatt und fragte leise: »Warum bist du aus deinem Zimmer gekommen?«

»Ich habe Durst.« Meine heisere Stimme erschien mir fremd.

»Geh wieder rein, ich bringe dir ein Glas Wasser, sobald ich kann«, flüsterte sie.

Ein Mann mittleren Alters, der sich gerade mit einem Schuhlöffel die Schuhe anzog, sprach mich an: »Du bist groß geworden, Unhyong.«

Eine Frau in den mittleren Dreißigern, mit Brille und Hochsteckfrisur, fragte mit hoher Stimme: »Du meine Güte, was fehlt dir? Wie siehst du denn aus?«

Meine Mutter wandte sich ihr zu und erwiderte freundlich: »Ach, er hat sich eine Erkältung geholt, das ist nichts Schlimmes.« Dann sah sie auf mich herunter und fragte: »Unhyong, verabschiedest du die Gäste?«

In diesem Moment sah ich das Lächeln meiner Mutter. Ihre Augen waren schmal, ihre ebenmäßigen Zähne in dem warmen, rosafarbenen Zahnfleisch leuchteten hell in ihrem Mund, als wären sie von innen beleuchtet. An jenem Nachmittag war das ihr erstes freundliches Lächeln mir gegenüber.

Ich blickte wie geblendet zu ihr auf. Weil mir schwindlig war, schien ihr weißes Gesicht in der Höhe zu schweben, wie die an der Decke hängende Glühbirne.

»Auf Wiedersehen!« Mit zitternden Schultern verbeugte ich mich vor den Gästen. Das war kein Schüttelfrost. Zum ersten Mal übermannte mich dieses schwer zu beschreibende Gefühl, eine Art Furcht.

Das Gesicht meiner Mutter an jenem Abend konnte ich lange Zeit nicht vergessen. Ich wuchs mit zweierlei Gefühlen für sie auf: Einerseits war ich dankbar, wenn sie sich als Mutter um mich kümmerte – dass sie mir etwas zum Essen und Anziehen gab und mich pflegte, wenn ich krank oder verletzt war –, aber dann war da auch eine Angst, die ich niemandem erklären konnte.

Dem Lächeln, das meine Mutter als Zeichen der Vergebung zeigte, nachdem sie mit mir oder meinen Schwestern geschimpft hatte, konnte ich nicht trauen. Manchmal vergaß ich dies in meiner Unbedachtheit, bis mir wieder einfiel, was ich hinter dieser weißen Maske erspäht hatte. Dann fühlte ich, wie etwas in mir zu Eis gefror.

Ich bemühte mich, zu einem vernünftigen Kind zu werden, das keine Dummheiten machte. In Wirklichkeit jedoch lernte ich, unbedingt die Erwartungen meiner Umwelt zu erfüllen und niemals meine wahren Gefühle zu zeigen.

Als ich klein war, wurde meine Mutter von allen für eine adrette, höfliche und herzensgute Frau gehalten. Dass sie adrett und höflich war, stimmte. Was einen herzensguten Menschen ausmachte, wusste ich nicht. Das ist bis heute so. Ich weiß noch immer nicht, was es bedeutet, ein herzensguter Mensch zu sein.

DAS SCHWEIGEN

Mein Vater galt ebenfalls als herzensguter Mensch.

Er arbeitete an der Universität und wurde gemocht und verehrt. An den traditionellen Feiertagen kamen ihn seine Studenten besuchen und brachten ihm Obst oder Rindfleisch. Am Lehrertag quoll die Wohnstube über vor Nelken und Geschenken, das Telefon klingelte bis spät in die Nacht.

»Wirklich! Was machst du so?«

Kurz nachdem er sich am Telefon mit einem ruhigen »Hallo« gemeldet hatte, landete er immer bei den gleichen Worten. Seine Freude und Überraschung bei seinem »Wirklich!« wirkten echt und wurden von niemandem in Zweifel gezogen.

Dieser Ausruf sagte alles: »Selbstverständlich erinnere ich mich an dich, es freut mich, von dir zu hören. Wie schön, dass du nach so langer Zeit wieder anrufst.« Bei zehn Anrufen unterschied sich ein »Wirklich!« kein bisschen vom anderen.

Zu Hause war er ein verantwortungsbewusstes Familienoberhaupt. Sein gesamtes Gehalt brachte er meiner Mutter in einem ungeöffneten Umschlag. Nie lud er überfallartig Freunde oder Kollegen zu später Stunde zu sich ein – was bei anderen Männern damals durchaus üblich war.

Mein Vater war noch sehr jung, als sein Vater starb. Zu Wohlstand kam er, ohne etwas geerbt zu haben. Als er als Lehrer an einem Gymnasium zu arbeiten begann, sorgte er schon für seine Mutter in der Heimat und für seine kleinen Geschwister. Nachdem er geheiratet hatte, bekam er über seinen Schwiegervater, der mit dem Chef der Universitätsstiftung eng befreundet war, eine Stelle an der Universität. Kurz danach holte er seine jüngste Schwester zu uns und ließ sie im Nebengebäude wohnen. Sie ging zur an die Universität angeschlossenen Mittelschule. Jeden Abend rief er seine in der Heimat allein zurückgebliebene alte Mutter an. Um seine Schwester kümmerte er sich wie um eine Tochter. Manchmal half er ihr bei den Hausaufgaben und ließ dreimal pro Woche einen Englisch-Nachhilfelehrer für sie kommen.

Selbst gegenüber Menschen, die ihm mehr schadeten als nutzten, war mein Vater freundlich. Er konnte nicht Nein sagen und niemand hörte je ein böses Wort von ihm. Mein Onkel mütterlicherseits war wohl der einzige Mensch, der meinen Vater nicht mochte. War er betrunken, beschimpfte er meinen Vater als Heuchler. Aber da mein Onkel nun einmal war, wie er war, wurde meine Mutter nicht hellhörig. Auch für mich war es unvorstellbar, meinen Vater jemals infrage zu stellen.

Die Mahlzeiten wurden gewöhnlich schweigend eingenommen, außer wenn Gäste mit am Tisch saßen. Zu hören war nur eine diffuse Mischung aus den Geräuschen, die jeder beim Schlucken seiner Suppe, beim Kauen der Beilagen und beim Weglegen der Stäbchen machte. Selten wurde kommentiert, ob das Essen ausreichend gesalzen oder schmackhaft war. Selbst wenn man eine Beilage gereicht bekommen wollte, wurde nicht gesprochen. Meine Mutter hielt immer die Augen gesenkt und konzentrierte sich auf ihren Löffel. Mein Vater kaute andächtig und mit geschlossenem Mund. Seine Wangen wirkten dabei so hart und zäh wie Leder. Ich mochte diese beklemmende stille Zeit nicht. Meine Schwestern waren noch sehr klein und wirkten regelrecht eingeschüchtert von der Atmosphäre. Ohne jegliche Quengelei leerten sie ihre Reisschüsseln.

An einem dieser Abende öffnete meine Mutter nach der still eingenommenen Mahlzeit ihren Kleiderschrank, während unsere Haushaltshilfe mit dem Geschirr in die Küche verschwand. Sie holte aus dem Schubfach ein Kleid, an dem noch das Etikett hing, und reichte es meiner Tante. Es war fliederfarben, Kragen und Saum waren mit einer zarten Spitze geschmückt. Meine Tante wies es schroff zurück.

»Warum möchtest du es nicht?«

»Es gefällt mir nicht.«

»Ich möchte es dir gern schenken, und du sagst, dass es dir nicht gefällt, ohne es einmal anprobiert zu haben. Was soll denn das?«

Meine Tante ging damals in die zwölfte Klasse. Sie hatte sehr große Schneidezähne, fast Hasenzähne. Damit kaute sie immer auf ihren Lippen. Ihre spröde Stimme stand in Kontrast zu ihrem niedlichen Gesicht.

»Das ist aus dem Designerladen von Gang Haeja. Ich habe es so ausgesucht, dass es zu deinem Teint und deinem Typ passt.« Meine Mutter redete mit schmeichelnder Stimme, aber den in ihren kalten Augen funkelnden Ärger konnte sie nicht verbergen.

»Wenn es dir so gut gefällt, kannst du es ja selber anziehen. Warum hast es überhaupt gekauft, wenn es dir zu teuer war?«

Meine Tante war ein vorlautes Mädchen, selten gehorsam oder freundlich. Trotzdem war diese gereizte Reaktion an jenem Tag irgendwie überzogen. Sie legte nach: »Du wolltest doch nur vor meinem Bruder freundlich tun, ist es nicht so? Nur dafür hast du den Moment abgepasst, in dem nach dem Essen alle noch in der Wohnstube sind. Du hättest mir das Kleid genauso gut in meinem Zimmer geben können.«

Aus dem Gesicht meiner Mutter verschwand das Lächeln. Meine nächstjüngere Schwester wollte gerade den Fernseher einschalten, hielt aber mitten in der Bewegung inne. Meine jüngste Schwester, die mit kleinen Murmeln spielte, blickte verwirrt zu uns auf.

»Warum tust du mir das an? Ich mache doch alles für dich. Selbst wenn ich sehr müde bin, bringe ich dir jeden Abend Obst, weil ich weiß, wie hart du lernen musst.«

An dieser Stelle wurde meine Mutter von der Tante unterbrochen: »Wer sagt denn, dass ich das möchte! Ich kann nicht konzentriert lernen, weil ich nie weiß, wann du reinkommst. Weißt du überhaupt, wie ich es hasse, wenn du in mein Zimmer kommst und dich überall umschaust? Wahrscheinlich bist du dir gar nicht im Klaren darüber, was für ein unangenehmer Mensch du bist!«

Meine Mutter geriet nicht in Wut. Stattdessen zeigten sich in ihrem blassen Gesicht Ekel und kühle Verachtung. Das war immer so: Wenn sie meine Tante anschaute, lag in ihren Augen eine deutliche Abscheu, als würde sie auf einen Bettler herabsehen, der mit dreckigen Händen an ihrem Kleidersaum hing.

Meine Mutter wandte sich meinem Vater zu. Sie hegte keinerlei Zweifel, dass ihr Mann seine Schwester streng zurechtweisen würde, so wie er es immer tat, wenn es kleine oder große Konflikte zwischen ihnen gab. Voller Stolz und in freudiger Erwartung hob sie ihr Kinn. Mein Vater blickte völlig gelassen von einer zur anderen. Unter seinen dichten Augenbrauen lagen seine ruhigen und friedlichen schmalen Augen. Dann öffnete er den Mund: »Ihr macht viel zu viel Aufhebens um eine Lappalie. Ist dir nicht peinlich, dass deine Schwägerin, die deine Tochter sein könnte, so mit dir reden muss?«

Da sah ich, wie meiner Mutter der Mund, der außer beim Essen und Sprechen immer wohlgeformt und fest verschlossen war, offen stehen blieb.

»Wenn ich es genau betrachte, habe ich dich bisher noch nie in geschmackvoller Kleidung gesehen«, fügte er seelenruhig hinzu.

Ich musste unwillkürlich schlucken, was mir umso lauter in den Ohren klang, da es im Zimmer totenstill war. Ich bemerkte zum ersten Mal, wie beängstigend eine ruhige Stimme wirken konnte. Sie war gewaltiger und grausamer als jedes Gebrüll.

Meine Tante erhob sich und schritt auf die Schiebetür zu, als hätte sie auf diese Worte gewartet. Bevor sie die Tür hinter sich schloss, warf sie meiner Mutter noch einen triumphierenden Blick zu. Nicht jeder sah, dass deren Lippen schwach zitterten. Sie starrte nur auf meinen Vater.

Er aber griff, als würde er das nicht bemerken, nach der Tabakspfeife in seiner Hemdtasche. Während er sie anzündete, hob er seinen Kopf und blickte in das Gesicht seiner Frau.

Wie soll ich seinen Blick beschreiben?

Vielleicht sieht man so aus der Distanz auf Kakerlaken oder Ratten. Sie sind zwar ekelerregend und schmutzig, aber weit entfernt. Man bewahrt die Ruhe, fühlt aber doch eine gewisse Abneigung. Es lohnt nicht die Mühe, sie zu jagen, da sie einen aus der Entfernung ohnehin nicht angreifen können. Aber ihr Anblick stört. Man kann nur abwarten, dass sie aus dem Blickfeld verschwinden. Das ist alles, was man tun kann. Mit hochgezogenen Augenbrauen und einem sanften Lächeln um die Mundwinkel.

Zum Neujahrsfest des darauffolgenden Jahres kamen ehemalige Schüler und Studenten meines Vaters zu Besuch. Sie brachten Rinderrippchen, Obst, Whisky und vieles andere mit. Mein Vater empfing sie mit einem gütigen Lächeln. Meine Mutter servierte Tee auf einem kleinen Tisch und schälte Obst für die Gäste. Hinter ihr steckten meine Schwestern und ich die Köpfe zusammen und puzzelten.

»Wenn ich Sie so ansehe, bekomme ich große Lust zu heiraten«, sagte ein Mann mit Brille. »Ja, dieses Jahr solltest du den Ruf des ewigen Junggesellen loswerden.« Mein Vater lachte schallend.

»Bei Ihnen fühle ich mich wie in der Heiligen Familie«, fügte ein pickliger junger Mann hinzu.

Als wollte er sie necken, fragte der Mann mit Brille meine Mutter: »Was meinen Sie, Frau Jang? Wenn Sie noch einmal auf die Welt kämen, würden Sie Ihren Mann wieder kennenlernen wollen?«

Ich blickte auf und zu meiner Mutter hin. Als hätte sie nichts gehört, schnitt sie den Stiel von einem Apfel ab. Ich hatte irgendwie Angst vor dieser Stille. Dann formte sie ihr strahlendes Lächeln und antwortete schüchtern: »Ja.«

Ihre lächelnde Maske war eindrucksvoll genug, um den gezwungenen Ton dieser Antwort zu überdecken. Alle brachen in Gelächter aus.

»Ach, Herr Professor, Sie müssen wirklich glücklich sein«, sagte der picklige Mann freudig zu meinem Vater. »Und Sie? Würden Sie das auch wollen?«

In dem Moment sah ich, wie sich das Gesicht meines Vaters völlig veränderte. Er wirkte so geistesabwesend wie ein sabberndes Kind, dem jede Vernunft und jeglicher Sinn für seine Außenwirkung fehlten. In diesem kurzen Augenblick war er völlig verändert – weder gut aussehend noch einfühlsam.

Weil das aber so schnell vorüberging, schien es keiner bemerkt zu haben. Gleich darauf blickte er zu Boden und nickte lächelnd, ohne dabei jemandem in die Augen zu sehen. Wieder lachten alle. Aber in diesem Lachen lag irgendwie nicht so viel Lebhaftigkeit wie beim ersten Mal.

Nach einem seltsamen Schweigen, das ein paar Sekunden andauerte, fügte mein Vater mit sanfter Stimme hinzu: »Es war gut, sie zu heiraten. Ihr müsst auch eine gute Frau auswählen. Ich halte es für das Glück meines Lebens, meine Frau getroffen zu haben.«

Ein paar Tage darauf kam mein Onkel mit seiner Frau zu uns und wir aßen gemeinsam zu Abend. Meine Tante war zu ihrer Mutter in die Heimat gefahren, um mit ihr das Neujahrsfest zu feiern. Weil unsere Haushaltshilfe auch bei sich daheim war, waren wir unter uns.

»Du Heuchler!«

Der Onkel, der beim Abendessen zu viel Alkohol getrunken hatte, spie diese Worte meinem Vater entgegen. Doch der reagierte nicht. Meine Mutter und die Tante wuschen in der Küche ab, meine Schwestern waren in ihren Kleidern eingenickt, und auch ich hatte mich auf die Seite gerollt, die Augen geschlossen und war fast eingeschlafen.

»Behandle mich nicht wie Ungeziefer«, fuhr er fort. »Zumindest habe ich nicht aus finanziellen Erwägungen geheiratet.« Er kicherte. »Du glaubst nicht an Gespenster, was? Diese Frau und dein neugeborener Sohn, erscheinen sie dir nicht manchmal im Traum? Das würde mich schon interessieren.«

Bis jetzt bin ich mir nicht sicher, ob es ein Traum war oder Wirklichkeit, was ich da hörte. Kurz danach, als ich unter dem lauten Lachen des Onkels die Augen auftat, sah ich ihn und seine Frau die Mäntel überziehen. Ich rieb mir die Augen und stand auf. Obwohl meine Mutter vorschlug, ich solle einfach in mein Zimmer schlafen gehen, begleitete ich sie bis zum Tor. Als mein Onkel taumelnd in der Gasse verschwand, schloss meine Mutter das Tor.

Ich hob den Kopf und beobachtete das Gesicht meines Vaters in der Dunkelheit.

Allem Anschein nach musste es ein Traum gewesen sein. Sein Gesicht war friedlich. Er wirkte lediglich etwas müde.

DIE WAHRHEIT

Es gibt einen Scherz, den Erwachsene mit Kindern machen, wenn sie lustig sein wollen – nicht nur damals, auch heute noch:

»In Wirklichkeit bist du ein Findelkind.« Oder auch: »Dort in der Unterführung verkauft eine Frau Reiskuchen. Das ist deine richtige Mutter.«

In jenem Frühling, in dem ich acht wurde, hörte ich diesen Scherz zum ersten Mal von meiner Tante. Aus irgendeinem Grund nahm ich ihn ernst.

Vielleicht, weil mir schon zuvor manchmal zumute gewesen war, als würde ich tatsächlich nicht zu den Kindern dieses Hauses gehören. Ich betrachtete die Mitglieder meiner Familie als Fremde und war gespannt darauf, den Beweis dafür zu finden. Gleichzeitig versuchte ich, möglichst leise zu sprechen, kleiner zu erscheinen, bei Tisch möglichst selten von den leckeren Beilagen zu nehmen. Manchmal war ich verzweifelt und stellte mir mein echtes Zuhause vor, das es irgendwo geben musste.

Im darauffolgenden Jahr – ich ging in die dritte Klasse und wurde allmählich reifer – betrachtete ich meine Gesichtszüge genau im Spiegel. Nach kurzer Zeit konnte ich feststellen, dass mein Gesicht halb von meinem Vater und halb von meiner Mutter kam. Die helle Haut, die Augen, die beim Lächeln schmaler wurden, und auch die geraden Zähne waren von meiner Mutter. Von meinem Vater stammten die scharf geschnittene Nase, der Mund, das längliche Gesicht. Der schlanke Körper war auch von ihm. Das heißt, ich hatte jeweils das Beste von ihnen übernommen, sodass mein Gesicht weder hässlich noch übermäßig gut aussehend war. Ich war durchschnittlich.

Dennoch war ich nicht beruhigt. Vielmehr fühlte ich in einem Winkel meines Herzens eine sonderbare Kälte. Noch nie hatte ich mich diesem Haus zugehörig gefühlt. Wenn es für mich kein wirkliches Heim gab, dann gehörte ich auf dieser Welt nirgendwohin. Ich würde nirgendwo mein Glück finden. Für mich gab es keinen Ort, an dem ich ohne mein ständiges angestrengtes Beobachten auskam und unbeschwert sein konnte.

Ich wurde immer stiller. Sahen mich die Erwachsenen an, senkte ich entweder den Kopf oder wandte das Gesicht ab. Wahrscheinlich dachten sie, dass ich langsam erwachsen wurde.

Ungefähr um diese Zeit begann auch meine Sehkraft nachzulassen. Es gab keinen triftigen Grund dafür. Weder sah ich viel fern, noch las ich besonders gern. In der vierten Klasse bekam ich meine erste Brille. Mit der großen, schwarzen, viereckigen Hornbrille sah ich mir selbst nicht mehr ähnlich. Dass mein Gesicht völlig verändert aussah, war befreiend. Wie in einer guten Verkleidung hatte ich den Eindruck, dass mich niemand erkennen konnte. Meine Unruhe, von der niemand außer mir wusste, war besänftigt.

Zuerst befürchtete ich, die Befreiung wäre vorübergehend. Mit der Zeit jedoch wirkte die Brille wie ein Zauber. Ohne Brille konnte ich anderen Menschen nicht mehr in die Augen sehen, mit Brille hingegen empfand ich ihnen gegenüber keinerlei Furcht. In angespannten Situationen wirkte die Kraft der Brille: Ich konnte Atem holen, die Situation einschätzen und die Menschen in aller Ruhe beobachten.

Etwa zur gleichen Zeit begann meine Tante als Kellnerin in einem japanischen Restaurant zu arbeiten. Sie war bei den Aufnahmeprüfungen für die Universitäten durchgefallen, obwohl sich mein Vater so sehr um sie bemüht hatte. Seine Versuche, ein Machtwort zu sprechen, hatten auch nicht gefruchtet. Sie nahm sich vor, es im darauffolgenden Jahr erneut zu versuchen. Doch anstatt sich aufs Lernen zu konzentrieren, entdeckte sie die Vorzüge des selbst verdienten Geldes. Von ihrem ersten Gehalt kaufte sie für ihre Mutter warme Unterwäsche, meinem Vater schenkte sie eine Krawatte. Dann schien sie eisern zu sparen.

Mit müdem Gesicht pendelte sie zwischen dem Lerninstitut, dem Restaurant und unserem Haus. Trotzdem wirkte sie glücklich. Ich wusste, was sie mit den Ersparnissen vorhatte: Sie wollte ausziehen und auf eigenen Füßen stehen. Mein Vater würde die Studiengebühren für sie bezahlen, jedoch nicht unterstützen, dass sie auszog. So wollte sie wenigstens die Miete für die ersten paar Monate sparen. Ich wusste davon, weil ich seit einem Jahr hin und wieder gelauscht hatte, wenn sie mit Freunden diesen Plan am Telefon besprach.

In diesem Jahr begann der Sommer relativ spät. Nach der Regenzeit, als die Sommerferien nur noch eine Woche entfernt waren, brannte die Sonne unbarmherzig. Ausgerechnet in dieser Zeit zerbrach das Gestell meiner heißgeliebten Brille. Weil ich am Wasserhahn im Hof kurz mein Gesicht hatte waschen wollen, hatte ich sie auf die Bank neben mir gelegt. In diesem Moment kam meine jüngste Schwester angerannt, um ihren Ball zu holen. Dabei knickte sie um und fiel mit der Hand darauf.

Weil ich die Brille noch nicht lange hatte, traute ich mich nicht, meiner Mutter zu sagen, dass ich eine neue brauchte. Also umwickelte ich die Bruchstelle mit schwarzem Klebeband. In meinem kindlichen Gemüt dachte ich, dass das keiner bemerken würde. Aber niemand, der es sah, konnte sich das Lachen verkneifen.

»Ich habe dir immer gesagt, dass du mit der Brille sehr aufpassen musst. Wenn die Gläser kaputtgegangen wären, hätte sich deine Schwester dabei die Hand verletzen können«, schimpfte meine Mutter mit mir, nachdem sie gegen ihr Lachen angekämpft hatte. »Bald sind Ferien. Nach den Ferien lasse ich dir eine neue Brille machen«, sagte sie nach kurzem Überlegen. Das schien ihre Strafe für meine Unvorsichtigkeit zu sein. »Im Badeurlaub könntest du sie verlieren.«

Ich wurde rot.

An diesem Abend brauchte ich für meine Koreanisch-Hausaufgabe ein Wörterbuch, das ich aus dem Zimmer meiner Tante holen musste. Sie war sehr konzentriert dabei, etwas zu bügeln. Ohne mich anzusehen, sagte sie: »Was willst du? Das Wörterbuch? Da, im Regal.«

Ich blickte auf das Bügelbrett. Von einem schmutzigen, aber glatten 500-Won-Schein stieg Dampf auf. Bei dem abgestellten Bügeleisen lagen noch fünf oder sechs Scheine, die auch gebügelt waren. Neben den Knien meiner Tante lag ein Kopfkissen, dessen Bezug an einer Stelle geöffnet war. Daher vermutete ich, dass sie die gebügelten Geldscheine dort aufbewahrte. Als sich unsere Blicke trafen, lächelte sie verlegen.

Sie tat mir leid. Ich mochte meine Tante nicht, weil sie nie die passenden Worte fand und mit meiner Mutter immer wieder wegen Lappalien in Streit geriet. Aber ihr Anblick, als sie konzentriert die abgenutzten Geldscheine bügelte, schmerzte mich dann doch. Sie wohnte bei ihrem Bruder zwar in guten Verhältnissen, kam jedoch aus einer armen Familie, sodass ihr das Geld, das sie mit ihren eigenen Händen verdiente, sicherlich wie ein Schatz vorkam. Während sich die anderen Mädchen davon Kleider und Kosmetik kauften, legte sie ihre Scheine auf die Seite. Ich nahm das schwere Wörterbuch mit beiden Händen, bedankte mich und verließ das Zimmer.

Nach diesem Vorfall vergingen vielleicht zwei Tage. Als ich aus der Schule nach Hause kam, unterhielten sich meine Schwestern auf der Veranda. Bei meinem Anblick erstarrten sie. Auch meine Mutter, die danebenstand, sah mich mit einem merkwürdigen Gesichtsausdruck an. Ich spürte sofort, dass etwas vorgefallen war. Die angespannte Stimmung jedoch verbot es, einfach zu fragen, was los war. Ich versteckte meine Unruhe hinter meiner Brille und ging in mein Zimmer.

Als mein Vater nach Hause kam, ging ich wie immer auf den Hof, um ihn zu begrüßen. Er verhielt sich wie gewöhnlich. Als wir aber später zu Abend aßen, merkte ich sofort, dass sich auch seine Blicke abgekühlt hatten. Noch merkwürdiger benahm sich meine Tante. Sie behandelte mich wie Luft.

Nach dem Abwasch rief mich mein Vater in die Wohnstube. Als ich durch die Schiebetür eintrat, sah ich meine Eltern neben meiner Tante sitzen. Auf den Knien meiner Tante lag ihr Kopfkissen, dessen Bezug an einer Stelle aufgerissen war. Erst da wurde mir klar, was wohl passiert war.

»Sag die Wahrheit. Warst du das?« Mein Vater klang streng.

In den Augen meiner Mutter konnte ich Zweifel, in denen meiner Tante Groll und Hass lesen. Mein Vater sah mich mit einem inquisitorischen Blick an. Ich merkte, dass das keine leichte Prüfung für mich werden würde.

»Nein«, sagte ich. Da schienen alle Anwesenden enttäuscht zu sein.

»Deine Tante sagt aber, außer dir gebe es keinen Menschen, der von dem Geld weiß.«

Mein Vater wirkte ruhig, konzentriert und gefasst. Ich fühlte einen dumpfen Schmerz in der Magengrube, unterdrückte meine Furcht und sagte: »Ich war das nicht. Ich habe nicht gestohlen.«

»Man kann andere betrügen, aber nicht sich selbst.« Bei diesen Worten blickte mein Vater sehr ernst drein, wahrscheinlich sah er genauso aus, wenn er seine Schüler belehrte.

Ich verstand jedoch nicht. Wie konnte man sich selbst betrügen? Sich selbst bedeutete: mich. Aber wie kann ich mich betrügen, wenn ich genau weiß, dass ich nicht gestohlen habe?

»Das war ich wirklich nicht.« Diesmal sagte ich es mit Nachdruck, aufrichtig und ehrlich.

Meine Mutter musterte mich verunsichert. Sie schien hin und her gerissen zu sein und kurz meiner Wahrheit

Glauben zu schenken. Diese Unsicherheit verschwand jedoch rasch und auch sie schien beschlossen zu haben, dass ich log.

»Du hättest mir sagen können, dass du es nicht erwarten kannst, eine neue Brille zu bekommen.« Sie nannte sogar das mutmaßliche Motiv meines Verbrechens.

Es gab keinen Ausweg.

»Kremple deine Hose hoch.«

Ich sah meinen Vater die Rute aus trockenem Bambus holen, die eher eine symbolische als praktische Funktion hatte. Wir hatten sie im letzten Jahr aus einem Angelurlaub mitgebracht und noch nie gebraucht.

»Du wirst so lange geschlagen, bis du die Wahrheit sagst. Du zählst mit.«

Ich hatte plötzlich das Gefühl, in Lachen ausbrechen zu müssen. Als die Rute dann pfeifend die Luft zerschnitt und auf meine Haut peitschte, verwandelte sich dieses Lachen schnell in Tränen.

»Eins. – Zwei. – Drei.«

Als ich vor Schmerz die Beine anzog, fragte mein Vater: »Du hast gestohlen, nicht wahr?«

»Nein.«

»Zähl weiter.«

»Vier. – Fünf.«

Ich hielt meine Hände über die brennenden Waden. Gnadenlos wurde auf meine Handrücken geschlagen.

»Sechs.«

»Hast du gestohlen?«

Traf die Rute mehrmals auf die gleiche Stelle, konnte ich vor Schmerzen nur mit Mühe weiterzählen. Ich hatte jedoch keine Wahl.

»Nein.«

Die Lippen meines Vaters verzerrten sich: »Zähl weiter.«

»Sieben. – Acht. – Neun. – Zehn.«

Dann wollte ich es plötzlich darauf ankommen lassen.

»Du hast gestohlen, nicht wahr?«, fragte mein Vater durch die zusammengebissenen Zähne.

»Ja.«

Meine Mutter seufzte auf. Durch meine Brillengläser sah ich, dass ihre Augen feucht waren, mehr aus Ärger und verletztem Stolz denn aus Traurigkeit.

»Es tut mir leid, Vater«, fügte ich hinzu.

»Gut.« Aus seiner Stimme waren Erleichterung, Freude und eine seltsame Niedergeschlagenheit herauszuhören. »Es ist wichtig, Reue zu zeigen.«

Ich schwieg.

»Man braucht Mut zur Wahrheit. Es ist gut, dass du den Mut dazu gefasst hast, wenn auch spät.«

Das Gesicht meiner Tante belebte sich und sie fuhr mich mit schriller Stimme an: »Was hast du mit dem Geld gemacht? Wo ist mein Geld?«

Ich ließ den Kopf sinken. Nun musste ich erneut lügen. So weit hatte ich die Situation nicht vorausgesehen. Was sollte ich sagen? Während ich mir das überlegte, fühlte ich, wie die lange zurückgehaltenen Tränen zu fließen begannen. Da hörte ich die gnadenvolle Stimme meines Vaters: »Es reicht. Geh jetzt schlafen.« Ich traute kaum meinen Ohren. »Wir reden morgen früh darüber.«

Ich kann mich noch genau an das warme Licht der Schreibtischlampe erinnern. Die Leuchtstofflampe war ausgeschaltet gewesen, vielleicht um mich einzuschüchtern. Während mir auf die Waden geschlagen wurde, hatte meine Mutter ihr verzerrtes Gesicht abgewandt. Meine Tante hatte den Vorgang mit weit aufgerissenen Augen verfolgt. Die Umrisse der beiden Frauen wirkten im Gegenlicht der Lampe wie erstarrt.

In dem Moment, in dem ich das Wort »Ja« aussprach, hatte sich die Haltung der beiden verändert, als würden sie aus einem Zauber erwachen. Das Leben war in das Zimmer zurückgekehrt, der kühle und angespannte Ausdruck war aus dem Gesicht meines Vaters verschwunden. Die Luft im Raum war anders gewesen.

»Unhyong!«

»Ja«, antwortete ich mit immer noch hochgekrempelten Hosenbeinen.

»Ich habe immer gewusst, dass du ein mutiges Kind bist.«

Ich nickte und krempelte die Hosenbeine herunter.

Als ich die Wohnstube verließ, hörte ich die drei flüstern. Ich hätte gern gewusst, worüber sie sprachen. Ich spürte den brennenden Schmerz auf der Haut und hinkte zurück in mein Zimmer.

Ich wusste nicht mehr, woran ich war.

Bin ich jetzt ein mutiges Kind oder ein feiges? Wäre es mutiger gewesen, bis zum Schluss auf meiner Unschuld zu beharren? Was, wenn die Wahrheit nur meine Wahrheit wäre, die außer mir keinen anderen zufriedenstellt? Angenommen, ich würde heute Abend sterben, dann würde die Wahrheit spurlos verschwinden.

Vor der Morgendämmerung leerte ich mein Sparschwein. Schon vor der Einschulung hatte ich mit dem Sparen begonnen. Weil ich das Taschengeld, das mir mein großzügiger Großvater immer gegeben hatte, und sämtliche Neujahrsgeschenke gespart hatte, war die Summe in dem Sparschwein beträchtlich. Meine größte Sorge war, dass die Summe dem Geld meiner Tante entsprechen musste.

An jenem Tag ging ich nach der Schule zu einer Bank. Da ich mich noch an die Geldscheine im Zimmer meiner

Tante erinnerte, wechselte ich das Geld in 500-Won-Scheine. Sobald mein Vater nach Hause kam, ging ich zu ihm. Er empfing mich mit einem freudigen Gesichtsausdruck, als hätte er auf mich gewartet, und strahlte, als ich ihm das Bündel Geldscheine reichte. Beim sorgfältigen Nachzählen benetzte er die Finger mit Speichel.

»Es fehlt eine kleine Summe.«

Ich fühlte, wie die Anspannung von mir abfiel, und seufzte auf. Statt »viel« hatte er gesagt »eine kleine Summe«. Das war in Ordnung.

»Wofür hast du das Geld ausgegeben?«

»Ich habe es unter meinen Freunden verteilt und viele Süßigkeiten gekauft.« Ich versuchte, meine Stimme besonders aufrichtig klingen zu lassen. Selbst in meinen Ohren klang das Gesagte nicht wie eine Lüge. »Das Fehlende werde ich in Zukunft begleichen, wenn ich Geld verdiene.«

»Ja, solch eine Einstellung ist wichtig.« Die fleischige Hand meines Vaters streichelte meinen Kopf. »Du weißt doch, Präsident Washington hatte einen Kirschbaum gefällt, nicht wahr? Du wirst ein großartiger Mann. Davon bin ich überzeugt.«

Ich wusste nicht, ob ich weinen oder lachen sollte.

Es wäre für alle Beteiligten gut gewesen, wenn die Sache da ihr Ende genommen hätte. Beim Abendessen jedoch begann meine Tante plötzlich zu keifen – nicht ohne gewartet zu haben, dass alle Familienmitglieder versammelt waren, und mit einer Stimme, als wollte sie Porzellan zerspringen lassen. »Das ist nicht mein Geld!« Sie sah mir scharf ins Gesicht. »Ich kenne mein Geld. Ich weiß genau, wie es aussieht. Jeden Tag habe ich es gebügelt. Das ist nicht mein Geld. Ein Schein ist zu sauber und ein anderer zu schmutzig.«

Selbst mit meiner Brille war ich nicht in der Lage, ihr direkt in die Augen zu sehen.

Als ich sie von der Seite ansah, beachtete sie mich nicht mehr. Stattdessen sah sie mit scharfem Blick in die Runde. Aus ihren Augen mit den hübschen doppelten Lidfalten las ich Beschuldigungen, Anfeindungen und die absolute Wahrheit, wie sie klarer nicht mehr ausgedrückt werden konnte.

Die Wahrheit kann so hässlich sein.

Ich saß mit offenem Mund da. Bis dahin war mir nicht in den Sinn gekommen, dass jemand aus der Familie das Geld gestohlen haben musste, wenn ich es nicht gewesen war. Aber wer? Welche der Schwestern? Vater? Mutter? Vielleicht die liebe Haushaltshilfe? Irgendjemand hatte gestern Abend den ganzen Vorgang mitbekommen und nicht eingegriffen.

»Sag schon. Wo hast du dieses Geld her?«, bedrängte mich meine Tante. Die Blicke aller Familienmitglieder waren auf meine Lippen gerichtet.

Ich fühlte, wie mir das Blut aus dem Gesicht wich. Wie vorher meine Tante, sah ich mir jedes der Gesichter meiner Familie genau an, eins nach dem anderen. Egal, wer es gewesen war, ich würde gegen die Person niemals so etwas wie Hass fühlen. Sie war genauso feige wie ich. Sie log genauso wie ich.

An dem Abend hasste ich nicht die Lüge der Person, deren Identität ungewiss war, sondern verabscheute ausschließlich die grenzenlos unverschämte Wahrheit meiner Tante. Die bittere Abscheu versteckte ich hinter meinen Brillengläsern.

In dieser Nacht bekam die ältere meiner Schwestern hohes Fieber. Damit fand sich für den Diebstahl, der unser

Haus tagelang durcheinandergebracht hatte, wider Erwarten eine einfache Erklärung. In ihrem Fieber beichtete meine Schwester alles unserer Mutter. Dadurch wurde ich auf einmal zu einem Heiligen, der sich für die Schuld der kleinen Schwester hatte opfern wollen.

»Unhyong ist frühreif. Ich wusste, dass er anders als die anderen Kinder ist«, sagte mein Vater zu meiner Tante, nachdem er die Beichte meiner Schwester vor der Zimmertür erlauscht hatte. Er strich mir über den Kopf. Meine Tante machte auch ein verlegenes Gesicht.

Aber die beiden interessierten mich nicht. Nur mit meiner Schwester empfand ich unsagbares Mitleid. Gegen Mitternacht hörte ich durch den Türspalt meine Mutter sagen, dass die Schwester über vierzig Grad Fieber habe. Ich hatte bis dahin nicht einschlafen können und richtete mich in der Dunkelheit auf. Als ich aus meinem Zimmer trat, stand da meine Tante mit dem Diktatheft meiner Schwester und einem Bündel Geldscheine, die offenbar in dem Heft gewesen waren. Meine Tante wirkte ziemlich besorgt. Ich fühlte Übelkeit in mir aufsteigen.

»Es tut mir leid, Bruder, es tut mir leid …«, hörte ich meine Schwester murmeln. »Verzeih mir bitte.« Ihre im Fieber gesprochenen Worte hallten durch die stille Veranda.

Noch vor der Morgendämmerung wurde sie mit einer akuten Lungenentzündung in die Klinik eingeliefert. Bis sie eine Woche später mit ausgezehrtem Gesicht nach Hause kam, lebte ich, als wäre nichts passiert. Ich machte jeden Tag Hausaufgaben, ging zu den Mahlzeiten, wusch mir das Gesicht und putzte die Zähne. In dieser einen Woche begann ich das maskenhafte Lächeln meiner Mutter zu verstehen. Als ich den unsicher flackernden Blick meiner zurückgekehrten Schwester sah, hatte ich das Gefühl, eine unendlich lange Zeit durchlebt zu haben.

Nach all dem konnte mir meine Schwester fast einen Monat lang nicht in die Augen sehen. Ich wurde immer ganz beklommen angesichts ihrer Unsicherheit, die völlig unnötig war. Nur zu gern hätte ich ihr erklärt, was ich herausbekommen hatte. Aber instinktiv wusste ich, dass ich dies niemals irgendjemandem verraten durfte.

Mir war klar geworden, dass sich die Wahrheit immer in einem von mir selbst gesteckten Rahmen bewegte. Was mir tatsächlich passierte und welche Gefühle ich dabei hatte, spielte überhaupt keine Rolle. Ich musste nur auf die von außen geforderte Weise reagieren und mit den eigenen Gefühlen klarkommen, sei es durch Geduld, Verdrängen oder Vergeben. Letzten Endes war ich so oder so gezwungen, das Vorgefallene selbst zu verarbeiten, unabhängig davon, ob ich im Namen der Wahrheit handelte oder nicht.

Natürlich konnte ich das damals noch nicht so logisch ausdrücken. Aber das Gefüge dieses Gedankenganges war klar, so einfach und klar wie die Tatsache, dass sich die Erde dreht und gleichzeitig um die Sonne bewegt.

Die herzzerreißende Reue meiner Schwester war unnötig. Das allein schmerzte mich. Seitdem ich das erkannt hatte, mied ich bewusst oder unbewusst Menschen wie meine Schwester, die wegen ihres Glaubens an die Wahrheit tief verletzt werden können und sich davon auch nur schlecht erholen. Das Leben scheint an diesen Menschen zu zehren. Was mich angeht, weiß ich noch heute nicht, was Wahrheit ist, genauso wenig verständlich ist mir, was einen herzensguten Menschen ausmacht.

DER MUT

Da ich nun ein mutiger Bruder geworden war, der seine kleine Schwester in Schutz genommen hatte, statt für sein eigenes Wohl zu sorgen, bekam ich kurz nach dem Ferienbeginn eine neue hochwertige Brille, diesmal mit hellbrauner Hornfassung. Die Gläser waren genauso groß wie die der ersten, die Fassung eher eckig. Diese zweite Brille gefiel mir noch besser als die erste. Ich nahm sie mit zum Badeurlaub und entgegen allen Bedenken meiner Mutter ging sie nicht kaputt oder verloren, weil ich sie mit äußerster Vorsicht behandelte.

Ich trug die neue Brille auch in der Schule. Meine alte Klassenlehrerin, die fleißig und kompetent gewesen war, wurde versetzt, und unsere Klasse bekam nun einen neuen Klassenlehrer in den Vierzigern. Normalerweise wurde der Klassensprecher durch eine Wahl zu Halbjahresbeginn gewählt. Unser neuer Klassenlehrer jedoch ernannte mich ohne Wahl zum Klassensprecher, weil ich im ersten Halbjahr Klassenbester gewesen war. Er schien möglichen Komplikationen konsequent aus dem Weg gehen zu wollen.

Bei einer Wahl wäre ich nicht Klassensprecher geworden. Nicht, dass ich gar keine Stimme bekommen hätte, aber ich war im Grunde genommen kein geselliges Kind. Ich gewann jedoch rasch das Vertrauen des Klassenlehrers, weil ich zuverlässig war und schnell merkte, was er wollte. Nachdem er mir einmal vertraut hatte, übertrug er mir noch einige zusätzliche Aufgaben.

Unter anderem war ich für das Arbeitsbuch *Forschen im Alltag* zuständig. Sogar der dazugehörige Lehrerband befand sich in meiner Obhut. Ich musste die Arbeitsbücher von den Gruppenleitern einsammeln lassen und benoten.

Dann legte ich sie auf das Lehrerpult, damit die Gruppenleiter sie wieder verteilen konnten. Nachdem ich unserem Klassenlehrer die Liste übergab, in der alle aufgeführt waren, die keine Hausaufgaben abgegeben hatten, ließ er sie die Fenster oder die Toilette putzen.

Seit ich für das Arbeitsbuch zuständig war, machte ich selbst keine Hausaufgaben mehr. Ich dachte, dass dies nicht mehr notwendig sei, da ich die richtigen Antworten schon kannte. Alles war unter meiner Kontrolle. Ich sah nicht ein, warum ich die Lösungen noch in mein Arbeitsbuch übertragen sollte.

Zeit für die Benotung fand ich in Freistunden oder in der Mittagspause. Wenn mich mein Banknachbar fragte, was mit meinem eigenen Arbeitsbuch sei, antwortete ich ziemlich gleichgültig: »Ach, meins habe ich schon benotet.«

Der Herbst ging langsam dem Ende entgegen. Eines Tages legte ich die kontrollierten Arbeitsbücher auf das Lehrerpult und ging zur Toilette. Als ich zurückkam, empfingen mich meine Klassenkameraden mit finsteren Mienen. Sie ähnelten denen meiner Familie an jenem Abend, an dem das gebügelte Geld meiner Tante verschwunden war.

Auf meiner Schulbank lag aufgeschlagen mein Arbeitsbuch. Die Felder für die Lösungen waren leer. Natürlich fehlten die Lösungen nicht nur auf der einen Seite, keine einzige Frage war bearbeitet. In die freien Felder hatte ich Bilder gekritzelt, wie ich sie gern malte, und damit das ganze Buch unansehnlich gemacht.

»Du hast gelogen«, sagte mein gutmütiger Banknachbar, von solch einem Hass erfüllt, wie ich es bei ihm noch nie gesehen hatte.

»Du hast deine Stellung als Klassensprecher missbraucht«, fügte ein sommersprossiges Mädchen mit vor der Brust verschränkten Armen hinzu, das von der anderen Tischreihe extra zu uns gekommen war.

»Ich werde es dem Lehrer sagen«, verkündete ein kräftiger Junge, der hinter mir saß.

Ich aber empfand weder Schuld noch Scham. Ich presste die Lippen zusammen, um mir meine Nervosität nicht anmerken zu lassen. Es ging mir nur darum, ob ich ertappt wurde oder nicht.

»Du bist ein Lügner.«

Mein Banknachbar hatte mich bis zu diesem Vorfall immer gemocht, ja er verehrte mich sogar bis zu einem gewissen Grad. Als ich in sein enttäuschtes Gesicht mit den vorstehenden Zähnen sah, hätte ich beinah gefeixt. Wer hatte das Problem denn heraufbeschworen? Wer hatte vorgeschlagen, in meinem Schubfach herumzuwühlen? Wer hatte mein Arbeitsbuch gefunden und unter böswilligem Vorsatz die Hausaufgaben kontrolliert?

So musste ich mich wieder mit der Wahrheit auseinandersetzen. Ich wusste, was ich zu tun hatte. Meine Klassenkameraden wetzten schon ihre Krallen. Mein Blick ging von einem zum anderen. Ihre Augen waren voller Hass, Wut und Abscheu. Ruhig sagte ich: »Ich trage meine Hausaufgaben nicht in dieses Arbeitsbuch, sondern in ein Extraheft ein.«

Sehr wenige, sehr sorgfältige Schüler schrieben ihre Hausaufgaben in ein Extraheft, um das Arbeitsbuch sauber zu halten.

»Wo? Wo ist das Heft?«

»Ich habe es zu Hause gelassen.«

»Was? Das ist eine Lüge!«, warf mir der kräftige Junge aggressiv entgegen.

»Woher willst du das wissen?«, erwiderte ich kühl und mit Würde.

Gerade in diesem Moment trat unser Lehrer ins Klassenzimmer. Die Kinder liefen zu ihren Plätzen. Sie wirkten betroffen.

»Achtung!«

Ich trug die Begrüßungsworte wie immer mit korrekter Betonung vor. Mein tiefstes, geheimes Inneres zitterte einsam vor Angst, aber nicht einmal mein Banknachbar schien das zu bemerken.

An dem Tag kaufte ich auf dem Heimweg in einem abgelegenen Schreibwarenladen ein Heft. Ich aß schnell zu Abend und trug dann die ganze Nacht über Hausaufgaben in das neue Heft nach. Damit es wirklich so aussah, als hätte ich sie jedes Mal gemacht, ließ ich immer ein paar Zeilen frei und versuchte, wenn auch stümperhaft, meinen Schreibstil zu variieren. Als ich die Hausaufgaben für drei Monate übertragen hatte, graute schon der Morgen.

Ich ging in die Küche, um Wasser zu trinken, und beobachtete, wie das bläuliche Licht der Morgendämmerung über den Hof wanderte. Meine Familie schlief noch. In allen Zimmern war es still. Meine Klassenkameraden, die mich verdächtigt hatten, schliefen wohl auch noch alle.

In Pantoffeln ging ich über den Hof, die Kälte kroch mir in die Kleidung. Ich war zum ersten Mal um diese Zeit wach. Ich streichelte die Terrassensteine, die Kamelie und die Bretter des Tores zu unserem Grundstück, als würde alles mir allein gehören.

Erstaunlicherweise war ich glücklich.

Keiner zweifelte.

»Es tut mir leid«, sagte mein Banknachbar verlegen und zeigte dabei seine vorstehenden Zähne.

»Ist schon gut.« Ich schob meine Brille hoch und lächelte artig.

Beim Mittagessen wurde ich plötzlich so müde, dass ich nicht aufessen konnte. Ich ging auf die Toilette, um mir kaltes Wasser ins Gesicht zu schöpfen. Vermutlich lag es daran, dass ich keinen klaren Kopf hatte, jedenfalls stieß ich mit dem Ellbogen aus Versehen die Brille herunter, die ich auf den Rand des Waschbeckens gelegt hatte. Das rechte Glas bekam einen Sprung.

Mit dem Sprung in der Brille ging ich auf den Sportplatz. Der Wind erschien mir kalt, vielleicht wegen meiner nassen Haare. Alles um mich herum hatte einen Sprung. Als ich mich auf eine mit Vogelkot verdreckte Bank setzte, wurde mir plötzlich flau im Magen.

»Man braucht Mut zur Wahrheit.«

Die tiefe Stimme meines Vaters stand in der Luft, durch die ebenfalls ein Sprung ging. Ich lächelte gequält.

»Man kann die anderen betrügen, aber nicht sich selbst.«

Dieser Satz kam mir immer noch komisch vor. Das Verb »betrügen« und das Objekt »sich« passten einfach nicht zusammen. Auch wenn er ein »nicht« hinzugefügt hatte, empfand ich es als Anmaßung, diese zwei Wörter einfach so zu verbinden. Sicherlich hatte er das vor langer Zeit getan und die Schnittstelle für sich unsichtbar gemacht. Wahrscheinlich hatte er es mir nur deshalb so sagen können.

Ich fühlte einen leichten Brechreiz, war mir aber nicht sicher, ob das an der blendenden Herbstsonne, dem Mittagessen, das ich völlig übermüdet zu mir genommen hatte, oder an der zerbrochenen Welt lag, die ich durch das gesprungene Brillenglas sah.

MEIN LACHEN

Ich versteckte mich vollständig hinter meiner Brille. Ich wusste bereits, dass mich andernfalls alle im Stich lassen würden. Sie würden mit dem Finger auf mich zeigen und mich davonjagen. Wenn ich mich wie ein unschuldiges Kind benehmen würde oder ohne meine ausgeklügelte Maske mein wahres Gesicht zeigen, würde mich niemand mehr lieben oder loben. Also musste ich immer auf der Hut sein und bemühte mich ununterbrochen. Ich bekam gute Noten, war gehorsam und tüchtiger als alle anderen. Aus diesem Grund wurde ich nicht im Stich gelassen.

Meine Schwestern waren die einzigen menschlichen Wesen, vor denen ich keine Angst zu haben brauchte. Ich genoss es, mit ihnen zu spielen. Nur dann fühlte ich wirklichen Seelenfrieden. Die eine Schwester war zwei Jahre jünger als ich und Haesuk fünf Jahre. Ich fragte mich, ob die beiden, die so unbefangen wirkten, auch diese Unruhe kannten und ob sie sie ebenso mühevoll verbergen mussten. Trotz meiner unermüdlichen Beobachtungen konnte ich an ihnen zu keiner Zeit so etwas wie Unruhe erkennen.

Wie auch immer, ich hätte meine Kindheit ohne sie, die wie Häschen unbeschwert durch die Gegend hüpften, nicht ausgehalten. Haesuk war meine Lieblingsschwester. Das Verhältnis zwischen mir und der anderen Schwester war seit dem Vorfall mit dem Geld unserer Tante getrübt. Über Haesuk wusste ich aber alles, das war eine objektive Tatsache. Selbst bei den allerersten Augenblicken ihres Lebens war ich dabei gewesen. Damals war ich fünf Jahre alt.

Sie wurde an einem dieser trockenen, sonnigen Herbstvormittage geboren, an einem Sonntag. Meine Mutter, die seit Monaten einen dicken Bauch hatte, verließ damals nicht ihr Schlafzimmer und man hörte nichts von ihr. Ihre

Mutter, die schon seit Tagen bei uns wohnte, pendelte mit einer großen Schüssel voll Wasser zwischen dem Schlafzimmer und der Küche hin und her. Meine Tante, die noch zur Mittelschule ging, saß auf der Veranda, blätterte in einem Comicheft und knabberte an einem Maiskolben.

Sie hatte wohl gerade eine lustige Stelle gelesen, weil sie beim Abzupfen der Maishaare kicherte. Mein Vater wies sie leise zurecht. Ich spielte mit meiner Schwester auf dem Hof und richtete mich in der plötzlichen Stille abrupt auf. Ich kann mich nur noch daran erinnern, wie ich aufstand. Wie lange es dauerte, bis ich auf die Veranda ging, mich vor die Zimmertür kniete und mit dem Finger ein Loch in die Papierschiebetür bohrte, weiß ich nicht mehr. Ich muss den ersten Schrei des Babys gehört haben, aber daran habe ich ebenfalls keinerlei Erinnerung. Als ich heimlich durch das Loch spähte, schreckte ich vor dem vielen Rot in dem dämmrigen Zimmer zurück.

Meine Großmutter kniete vor der Schüssel und drückte ein rotes Handtuch aus. Tiefrotes Wasser tropfte heraus. Den neugeborenen Säugling bekam ich nicht zu Gesicht. Aber ich erinnere mich an die auffällig schwarzen Haare meiner Mutter, an die feuchte Dunkelheit und die Stille in der Zimmerecke, auch an die scharlachrote Farbe, die über das Zimmer ausgegossen war.

An jenem Abend schien ich die Sprache verloren zu haben. Meine Tante versuchte, mich damit zu necken, dass ich genauso auf die Welt gekommen sei. Sie sagte, dass auch ich auf diese Weise im Körper meiner Mutter versteckt gewesen war. Aber ich konnte nicht akzeptieren, dass ich so blutverschmiert geboren worden war, dabei die Scheide meiner Mutter eingerissen und Bettlaken, Decke und das Wasser in der Schüssel rot gefärbt hatte. Ich bemühte mich gar nicht erst, es zu verstehen. Stattdessen vergrub ich die Geschehnisse dieses Tages in meinem Unterbewusstsein. Ich hatte keine Lust, sie von dort jemals wieder hervorzuholen.

Aber nach sieben Jahren holte mich die Erinnerung völlig unerwartet ein. Es war an einem Frühlingsmorgen.

An dem ersten Tag des neuen Schuljahres – ich kam in die sechste Klasse – musste ich Haesuk in die Schule mitnehmen. Meine kleine Schwester, die sich so sehr gewünscht hatte, endlich eingeschult zu werden, hatte sich schon früh angezogen und stand vor dem Haustor im Sonnenschein. Ich liebte sie und hatte für sie meine schönsten Sachen angezogen. Ich freute mich, dass ich von nun an, wenn auch nur ein Jahr, mit ihr plaudernd zur Schule gehen würde. Das fühlte sich an, als hätte ich meine Rüstung abgelegt. Ich fühlte meinen Körper zarter werden, als würde sich ein warmes Küken an meine Brust schmiegen. Das war meine heimliche Freude, die ich jedes Mal fühlte, wenn ich mit ihr sprach. Sie sah mir zu, wie ich mit dem Schulranzen auf dem Rücken meine Turnschuhe zuschnürte.

»Bruder, beeil dich!«, rief sie strahlend. Ihre klare Stimme klang über den Hof.

Über dieses kleine weiße Gesicht jedoch ergoss sich urplötzlich wieder leuchtend rote Flüssigkeit. Meine Hände hielten mitten in der Bewegung inne im Angesicht des Trugbildes. Mein Atem stockte und ich war nicht in der Lage, auch nur einen Schritt zu tun.

Meine Schwester konnte die Ecke des dämmrigen Zimmers nicht kennen. Sie konnte nicht wissen, wie perfekt sie in der Gebärmutter unserer Mutter versteckt gewesen war, wie unsere Mutter ihre Schreie unterdrückt hatte, welch angsterregende Stille auf der Veranda dieses Hauses geherrscht hatte und wie ihr weicher Kopf blutverschmiert auf die Welt gedrängt war und dabei die Scheide unserer Mutter eingerissen hatte.

Das Gesicht meiner Schwester erblühte in einem zarten Rosa. Ihr Lächeln ähnelte dem unserer Mutter. Ich musste sie in diesem Moment so lange ansehen, bis ihr Lächeln verschwand. Mich überkam die Vorahnung, dass mich eines Tages nicht einmal mehr dieses heißgeliebte Kind würde trösten können, dass auch dieses schöne Lächeln eines Tages zu einer weißen Maske werden würde. Hinter der Maske würde meine Schwester älter werden, heiraten und mit einem Blutschwall Kinder gebären. Nein, vielleicht hatte ihr Gesicht bereits begonnen, allmählich zur Maske zu werden, auch in diesem Augenblick.

»Was ist los? Was siehst du mich so an, Bruder?«

Als das Gesicht meiner Schwester immer ängstlicher wurde, lächelte ich aufmunternd, anstatt zu ihr zu rennen. Meine Schwester fing an zu weinen und war untröstlich. Aus ihren geröteten Augen flossen die Tränen. Ich konnte mir ungefähr vorstellen, was in meinem Gesicht meine Schwester zum Weinen gebracht hatte.

SEINE FINGER

So ging meine Kindheit langsam zu Ende, nicht dramatisch mit Beginn der Pubertät, sondern von einer Ecke her allmählich verblassend. Nachdem sie völlig ausgeblichen war, ging der farblose Rest in meine Pubertät über.

In der sechsten Klasse, im letzten Jahr der Grundschule, wuchs ich jeden Monat um einen Zentimeter. Auch der Stimmbruch begann. Als die Winterferien heranrückten, sah ich mit ausgezehrtem Gesicht von meinem Platz in der hintersten Bankreihe immer öfter gedankenverloren aus dem Fenster. Da durch den Platzwechsel auch die Entfernung zur Tafel größer geworden war, musste ich eine stärkere Brille tragen. Im Schubfach meines Schreibtisches häuften sich alte Brillengläser und Fassungen.

Ich hatte nicht viele Freunde, aber jeder hatte eine besondere Begabung. Das war kein Zufall, denn die Freundschaft ging immer von mir aus. Sie hielten mich für eine aufmerksame Person, weil ich Interesse an ihnen zeigte und sie bestärkte. Außerdem hielten sie mich für mutig. Aber das entsprach nicht der Realität. Wenn ich mutig zu handeln schien, hieß das noch lange nicht, dass ich mutig war, sondern vielmehr, dass ich panische Angst davor hatte, als Feigling zu gelten. Ein paarmal musste ich mich dafür prügeln, einem Mitschüler brach ich sogar die Nase. Als ich die Grundschule, die mir wie ein schlecht sitzendes Kleidungsstück vorgekommen war, abschloss, war ich – ohne dies jemals beabsichtigt zu haben – stadtbekannt.

Im März des darauffolgenden Jahres kam ich zur Mittelschule. Als die letzte Kältewelle des Jahres die Temperaturen in Gwangju unter null fallen ließ, starb mein Onkel. Er war seit einiger Zeit Alkoholiker gewesen und in dieser Nacht betrunken in den Straßen umhergegeistert. Dann hatte sein Herz zu schlagen aufgehört.

Ich hätte nur zu gern gewusst, wie sich das anfühlte. Wie reagierte der Körper in diesem Moment, nachdem das Herz das ganze Leben hindurch in einem bestimmten Rhythmus geschlagen hatte, ohne dass man selbst viel davon gefühlt hätte? Was hatte mein Onkel in diesem Moment gedacht? Was bedeutete der Tod für ihn?

In der Schule gab ich ein Entschuldigungsschreiben für drei Tage ab und nahm an der Beerdigung teil. Er hatte ein ausschweifendes Leben geführt und hinterließ keine Nachkommen, sodass ich als sein Neffe die Rolle des Sohnes übernehmen und die Gäste empfangen musste.

Das alte Gesicht meines Großvaters, der nur noch Haut und Knochen war, blieb ausdruckslos. Das Gesicht meiner Mutter wirkte ein wenig traurig. Die Frau meines Onkels, die ein Jahr zuvor mit allem Schmuck und dem Sparbuch aus dem gemeinsamen Zuhause weggelaufen war, hatte irgendwie von seinem Tod erfahren und erschien in weißem Trauergewand zur Beerdigung. Auf ihre welke Haut hatte sie dick Puder aufgetragen, ihre ungeschminkten Lippen waren fahl.

Viele Freunde und Bekannte meines Großvaters kamen, um der Familie ihr Beileid auszusprechen, sodass die Tage vor der Beisetzung für mich zu einem Gewaltmarsch wurden. Tag und Nacht brachte ich in einer Art Dämmerschlaf zu. Hunderte von Menschen mit einer Verbeugung individuell zu begrüßen und ihre Beileidsbekundungen höflich entgegenzunehmen, war für mich als Heranwachsenden übermäßig anstrengend. Obwohl ich mir jedes Mal, wenn mir der Kopf auf die Brust fiel, auf die Zunge biss, übermannte mich der Schlaf immer wieder.

Doch an dem Abend, an dem mein Onkel aufgebahrt wurde, war ich hellwach, als wäre ich nie müde gewesen. Der weiße Wandschirm, der mir wie eine feste Mauer vorgekommen war, wurde ein Stück zur Seite geschoben. Als der Leichnam meines Onkels, dessen Mund und Nase mit Watte ausgestopft waren, zum Vorschein kam, schien die Zeit stehen zu bleiben.

Ich fühlte mein Herz heftig schlagen. Es schlug zum Zerspringen. Ich trat einen Schritt vor.

Da sah ich seine rechte Hand.

Der Daumen und der Zeigefinger fehlten. Es war offensichtlich. Die Stümpfe ragten kraftlos in die Luft.

Selbst wenn ihn nun jemand schlagen und als wertlosen Abfall beschimpfen würde, könnte er demjenigen nicht gegenübertreten, ihn bei der Brust packen und verprügeln. Er war vollkommen machtlos. Nicht einmal seine rechte Hand konnte er verbergen. Er lag da und musste zulassen, wie die Blicke der Menschen seine abgeschnittenen Finger beleidigten.

Da erkannte ich, was der Tod bedeutet: Man kann sich nicht mehr verbergen oder schützen. Während der Bestatter den Körper meines Onkels mit routiniertem Gesichtsausdruck wusch und ankleidete, starrte ich auf die Schnittstellen an seinen Fingern. Die Wahrheit war ärmlich und schäbig. Ich fühlte mich so leer, als hätte ich erfahren, dass die Familienerbstücke Fälschungen und nichts mehr wert waren.

Das war Betrug.

Ich war betrogen worden, genauso wie er.

Das waren doch nur abgeschnittene Finger, sonst nichts. Und ihretwegen hatte er so verzweifelte Kunststücke vollführt?

Ich trug sein Porträt auf den Berg, wo die Ahnen meiner Mutter begraben wurden. Es war ein strahlend sonniger Tag. Als die Erde auf den Sarg meines Onkels fiel, wischte sich mein Vater Tränen aus den Augen. Ich blickte befremdet in seine tränennassen Augen auf. Damals wusste ich schon, dass auch Tränen nicht leicht zu deuten waren. Das überraschte mich nicht mehr. Meine Kindheit war lange vorbei.

Noch bevor in jenem Jahr der Sommer kam, verließ uns der Großvater. Und so wie alle Vorfahren mütterlicherseits kein langes Leben hatten, schied auch meine Mutter von der Erde, als ich kurz vor der Aufnahmeprüfung für die

Universität stand. Nun war mein Vater Erbe einer nicht unbeträchtlichen Summe Geldes.

Auch an dem Tag, an dem meine Mutter im Ahnengrab beigesetzt wurde, wischte sich mein Vater Tränen aus den Augen. Als er mit seinen geröteten Augen zu mir hochschaute – damals war ich ungefähr zehn Zentimeter größer als er –, fragte ich mich nicht mehr, wie viele seiner Tränen echt waren. Ich sah ihn lediglich geistesabwesend an.

**Zweiter Teil
Die heilige Hand**

TRAURIGES GESICHT

Es war während meiner ersten Ausstellung, dass ich L. das erste Mal begegnete. Sobald sie die Galerie betrat, war ich wie gebannt von ihr. Selbstverständlich zog sie nicht nur meine Blicke auf sich. Auch der Galerist, der gerade mit mir Kaffee trank, stockte kurz in seiner Rede, um sie von Kopf bis Fuß zu mustern. Er war so wie ich dreiunddreißig Jahre alt und Junggeselle. Als modebewusster Mann trug er bei jeder Gelegenheit einen anderen bunt gemusterten Schal. Gegenüber L. schien er Abscheu zu empfinden, war jedoch Profi genug, sich nichts anmerken zu lassen.

Bei mir lag die Sache völlig anders. Da waren keinerlei unangenehme Gefühle, geschweige denn Abscheu. Ich folgte L. mit den Blicken, während sie sich mit einer Freundin in der Ausstellung umschaute, und konnte meine Augen nicht von ihr abwenden.

Sie war vielleicht eins fünfundsechzig groß und musste mindestens hundert Kilo wiegen. Ihr riesiges T-Shirt hatte – völlig unpassend zu dem Frühlingswetter – ein dumpfes Lila, das fast schwarz wirkte. Ihre dicke anthrazitfarbene Baumwollhose wirkte noch dunkler. Obwohl sie diese Kleidung sicherlich in einem Spezialgeschäft gekauft hatte, war sie ihr zu eng.

Normalerweise gibt es an einem weiblichen Körper mehr oder weniger deutlich sichtbare Rundungen an Brust, Taille und Becken. Solche Rundungen waren an ihrem Körper nicht einmal andeutungsweise vorhanden. Die übermäßige Leibesfülle schien um eine Grundlinie herum entstanden zu sein und ließ ihren Körper asymmetrisch und schwerfällig wirken. Nicht nur das, er schien auch einer ganz anderen Spezies anzugehören. Ließ man den Durchschnitt außer Acht – das gängige Schönheitsideal hatte für mich sowieso keine Bedeutung –, waren die Konturen dieses Körpers nicht hässlich. Sie wirkten sogar recht frisch.

Wie bei einem pflanzenfressenden Insekt waren all ihre Bewegungen äußerst langsam. Das auf ihren riesigen Körper aufgesteckte Gesicht wirkte winzig. Natürlich hatte sie ein Doppelkinn und die Wangen hingen herab, aber dessen ungeachtet hatte sie einen kleinen Kopf. Am erstaunlichsten waren ihre Augen. Selbst beim Lachen schienen Tränen darin zu funkeln. Wie zwei Steinchen, die man gerade aus einem kalten Teich heraufgeholt hat.

Wenn ich Menschen kennenlernte, hatte ich schon seit Langem die Angewohnheit, erst auf das Gesicht und dann auf die Hände zu sehen. Bei genauer Betrachtung ihrer Bewegungen kann ich etwas davon erspüren, was für ein Mensch sich hinter dem Gesicht verbirgt. Hände sind wie ein zweites Gesicht. Sie bewegen sich, zittern und versprühen Gefühle.

An ihren großen Armen hingen zwei kleine Hände. Unabhängig vom Körper betrachtet, waren sie nur etwas rundlich und ließen keine Rückschlüsse auf die übrige Statur zu. Sie waren feingliedrig, weiß und wirkten sensibel.

Die Frau, die ihre Freundin zu sein schien, bemerkte meinen Blick und drehte sich kurz zu mir um. Sie war Anfang zwanzig und hatte eine Figur und ein Gesicht, die jeder als hübsch bezeichnen würde. Aber dadurch, dass sie neben L. stand, wirkte sie schlicht und gewöhnlich.

»Was sehen Sie sich so genau an?«, fragte mich der Galerist.

Statt zu antworten, setzte ich meine Brille ab und putzte sie mit meinem Hemdsaum. Der Galerist schien bis dahin das schlanke Mädchen neben L. beobachtet zu haben. Dichte, dauergewellte Haare, enge Jeans. Auffälliges Make-up. Aber sie schien ihm auch nicht besonders zu gefallen. Ich war davon überzeugt, dass er homosexuell war, sein Coming-out aber noch vor sich hatte. Bis dahin hatte er sich noch nie in eine Frau verliebt, und die Frauen, gegenüber denen er ein wenig Sympathie gezeigt hatte, hatten immer kurzes Haar, ein spitzes Kinn und eine raue Stimme. Und selbst mit diesen Frauen kam es nie zu einer Beziehung. Manchmal wirkte er einsam, doch die Einsamkeit in seinem Gesicht unterschied sich meiner Meinung nach von der in den Gesichtern der übrigen ledigen Männer.

»Ich gehe mal kurz raus.« Lächelnd erhob ich mich von meinem Platz. Der Galerist nickte. Ich hatte noch ungefähr zwanzig Minuten, bis der Kunstliebhaber, den er mir vorstellen wollte, auftauchen würde. Als L. und ihre Freundin an mir vorbei geradewegs auf den Ausgang zusteuerten, sprach ich sie an: »Könnten Sie mir ein wenig von Ihrer Zeit schenken?«

Bei diesen Worten sah ich L. direkt in die Augen. Obwohl sie meinen auf sie gerichteten Blick wahrgenommen hatte, blickte sie geistesabwesend auf ihre etwas kleinere Freundin hinunter.

»Worum geht es denn?«, erwiderte die Freundin, temperamentvoll wie ein aufschlagender Ball.

Ich reagierte nicht darauf und richtete meine Worte erneut an L.: »Es dauert nicht lange.«

»Meinen Sie … meinen Sie mich?«, fragte sie mit einer

dünnen Stimme, die im Missverhältnis zu ihrem dicken Körper stand.

»Haben Sie eine Minute?«

Sie strich sich die Haare aus der Stirn. Sie waren nicht sonderlich dicht und ließen ihren Kopf noch kleiner wirken.

Wir gingen zu dritt in ein Café, das gegenüber der Galerie lag. Wie auch schon in der Galerie starrten alle Gäste des Cafés L. an. Ich entschuldigte uns bei der Freundin und ging mit L. an einen separaten Tisch. Dort stellte ich mich erst einmal vor. Dass die Freundin mit der lebhaften Stimme neugierig zu uns herüberschielte, war mir völlig egal. L. war Studentin im zweiten Studienjahr und interessierte sich nicht sonderlich für Kunst. Auf dem Weg zum Abendessen in Jongno hatten sie und ihre Freundin eher zufällig die Galerien in Insa-dong besucht.

»Hat man Ihnen nicht schon häufiger gesagt, dass Sie sehr schöne Hände haben?«, fragte ich sanft.

L. machte große Augen und sah mich an, als hätte ich die Frage in einer fremden Sprache gestellt. »Meine ... Hände?«

Mit einer langsamen Bewegung legte sie ihre kleinen Hände flach auf den Tisch. An den dicken Armen wirkten sie so unpassend wie ihr kleiner Kopf auf ihrem Oberkörper. Sie lächelte unsicher. Dann erstarrte ihr Gesicht. Ihre wässrigen Augen sahen mich ängstlich an.

»Nach dieser Ausstellung möchte ich an Abdrücken arbeiten. Haben Sie in der Schule gelernt, wie Gipsabdrücke gemacht werden? Mit einer ähnlichen Methode will ich Hände gießen. Dafür habe ich nach Händen wie Ihren gesucht.«

»Sie meinen, Sie machen Gipsabdrücke von Händen?«

L. fasste meine Worte stockend zusammen. Mit ernster Miene blickte sie auf die Titelseite des dünnen Katalogs, der auf ihren runden Knien lag. Unter der Überschrift »Fingersprache – was Hände sagen, was Hände verbergen« war darauf die von mir geschaffene Riesenhand aus Bronze abgebildet, die ich mit schwarzem Teer überzogen hatte. Als sie den Kopf hob und mich ansah, sagten mir ihre Augen, dass sie ungefähr die Hälfte des Gesagten verstanden hatte.

Ein klopfendes Geräusch unterbrach uns. Ich drehte mich um und sah die Freundin mit der Schuhspitze gelangweilt gegen ein Tischbein stoßen. L. folgte meinem Blick mit einer langsamen Bewegung. Ihren Augen nach zu urteilen, schien ihr die Freundin leidzutun, weil sie warten musste, aber ich erhaschte auch einen stillen Stolz in ihrem Blick.

»Dann ... Was soll ich tun?«, fragte sie vorsichtig. Ich sah sie an. Aus ihrem traurigen Gesicht blickten noch immer ängstliche Augen.

WAS SCHÖNHEIT BEDEUTET

Nachdem wir uns auf eine angemessene Gage geeinigt hatten, kam L. jeden Samstagnachmittag in mein Atelier. Das erste Mal brachte sie – vielleicht um den Anstand gegenüber einem fremden Mann zu wahren – ihre Freundin O. mit, die ich schon aus der Galerie kannte.

»Was ist eigentlich mit meinen Händen? Gefallen die Ihnen nicht?«

In O.s leuchtenden Augen lag Verführung, die als Spaß getarnt war.

»Ihre Finger sind zu dünn. Sie sehen kalt und kraftlos

aus. Hände, wie ich sie brauche, müssen mehr Energie haben«, antwortete ich wie nebenbei.

O. zog einen Schmollmund und redete nicht mehr mit uns, bis wir mit der Arbeit fertig waren. In der darauffolgenden Woche kam sie nicht mit. An jenem zweiten Samstag erzählte L. viel über ihre Freundin, ohne dass ich sie darum gebeten hätte.

»Wir wohnen seit der Oberschule zusammen. Kennengelernt haben wir uns, als wir nach der Mittelschule auf die Mädchen-Oberschule in Daejeon kamen. Dort sind wir bei allen Aufnahmeprüfungen für die Universität durchgefallen, haben ein Jahr zusammen gelernt und sind dann nach Seoul gekommen. Solange nichts dazwischenkommt, werden wir zusammenwohnen, bis eine von uns heiratet.«

Sie schien es merkwürdig zu finden, dass ich kein Interesse an ihrer Freundin zeigte. Vermutlich hatten sich die Jungs in ihrem Alter bei ihr immer nur nach ihrer Freundin erkundigt.

Ich schwieg und wartete ab, dass der Gips an ihrer rechten Hand trocknete.

»Ist das schmerzhaft?«, fragte ich.

»Es wird immer heißer«, antwortete sie ernst.

Das war die chemische Reaktion, wenn der Gips trocknete. Es fühlt sich an der Haut sehr heiß an, aber man verbrennt sich nicht.

»Halten Sie es noch aus?«

»Ich tue mein Bestes.«

Wir schwiegen wieder.

Ich sah ihren gesenkten Kopf mit dem kleinen Gesicht, aufgesteckt auf ihren riesigen Körper. Durch die Zeit des gemeinsamen Schweigens beim Trocknen des Gipses entstand eine Vertrautheit zwischen uns. Sie schien das ähnlich zu empfinden.

Da war eine Art Intimität.

Als ich mich daran machte, ihre Hand nach meinen Vorstellungen nachzubearbeiten, zitterte sie unmerklich. Wenn ich den Gips auf ihre glatte Hand aufbrachte, spannte sie die Hand an, um sie nicht zu bewegen. Ihr Gesichtsausdruck gefiel mir. Wenn sich ein Mensch auf etwas konzentriert, kommt die verborgene Wahrheit zum Vorschein: etwa die allgegenwärtige Vorsicht, angehaltener Atem oder ein Zittern. In dem Zittern erkannte ich die Traurigkeit wieder, die ich bei unserer ersten Begegnung bemerkt hatte. Sie rührte von einem tief verwurzelten Leid her, das im Alltag nicht zutage trat. Irgendetwas schien sie zu bedrücken. »Sind meine Hände hübscher als die von O.?«, fragte L. nach einem Moment der Stille.

»Nicht nur die Hände, alles an dir ist hübscher«, antwortete ich.

L. brach in verdrießliches Lachen aus. Dann sagte sie wie zu sich selbst: »Sie sagen wohl immer, was andere gern hören, was?«

»Finden Sie denn, dass Ihre Freundin hübscher ist?«

»Wenn wir zusammen unterwegs sind, schauen die Leute zuerst mich an und dann ganz lange sie. An meiner Seite scheint eine noch größere Ausstrahlung von ihr auszugehen als sowieso schon.«

Sie blickte auf und schaute sich in meinem Atelier um. Es lag im Souterrain und hatte nur zwei kleine Fenster nahe der Decke, sodass man auch tagsüber das Licht einschalten musste. Da waren eine alte Spüle, ein abgenutzter Sessel, hier und da verstreut herumliegende Arbeiten, mit Plastikplanen oder Tüchern verhängte Plastiken, die wie Gespenster aussahen.

»Sind Sie vielleicht …«

Bevor der Gips ganz getrocknet war, holte ich einen Meißel und markierte eine Linie zwischen Handrücken und Handfläche, wo ich den Abdruck später abtrennen wollte. Nachdem ich die Linie konzentriert um die gesamte Hand herum eingefügt hatte, fragte sie stotternd: »Sind Sie vielleicht … pervers?« Ihre Lippen zuckten. Sie ging vermutlich davon aus, dass ich sofort in Lachen ausbrechen würde.

Ich lachte aber nicht. Ihre Worte waren bitter. Während ich darüber nachdachte, was genau daran bitter war, fühlte ich einen leichten Brechreiz. So hatte ich auch als Kind schon reagiert, wenn mich etwas aus der Fassung gebracht hatte.

Ich war mir schon immer dessen bewusst, dass ich anders als andere begriff und dachte. Was andere für echt hielten, zweifelte ich hartnäckig an, und womit sich alle zufriedengaben, reichte mir nicht aus. Dafür entdeckte ich Schönheit, wo sonst niemand welche fand. Auf diese Weise versuchte ich zum Inneren der Dinge vorzudringen, deren Äußeres man sehen, hören, riechen und berühren konnte.

Ja, vielleicht war ich pervers. Das war mir egal. Aber dieses zwanzigjährige Mädchen hielt mich für einen kranken oder gar gefährlichen Menschen, nur weil ich gesagt hatte, sie sei hübsch. Daher der bittere Geschmack.

Ich hatte die Bildhauerei als Berufung angenommen und war nun über dreißig Jahre alt. Aber das allein befähigte mich natürlich nicht dazu, Schönheit zu erkennen. Als schön empfand ich, was mich elektrisierte. Ich wurde dann hellwach, das Blut pulsierte schneller in meinen Adern und manchmal stiegen mir Tränen in die Augen. Was mich auf diese Weise berührte, unterschied sich vom Schönheitsempfinden der anderen. Übereinstimmungen gab es selten. Was ich als schön empfand, war für andere ungewöhnlich oder gar abnorm oder etwas, womit sie möglichst nicht in Kontakt kommen wollten.

Fand ich L. schön, weil sie etwas Befremdliches und Abstoßendes an sich hatte? Bedächtig musterte ich Gesicht, Körper und Hände. Nein, das war es nicht.

Ohne ein Wort nahm ich den Gips von ihrer Hand ab. Das Ziehen an der Haut musste schmerzhaft gewesen sein, doch sie ließ sich nichts anmerken. Eigentlich war sie fast noch ein Kind, aber Schmerzen schien sie gewohnt zu sein.

Während sie im Bad ihre Hände wusch, räumte ich das Zeitungspapier, die Reste der Gipsmischung und die Werkzeuge weg, die auf dem Boden verstreut lagen. Den gerade fertiggestellten Gipsabdruck von ihrer Hand legte ich vorsichtig auf ein Kissen auf dem Tisch.

»Das ist ja meine Hand!«

Ihre Stimme war voller Bewunderung. Ihr Blick war auf das Regal neben der Tür gerichtet. Sie schien den ersten Abguss von letzter Woche erst jetzt zu entdecken, die Hände waren wie zum Gebet gefaltet. Nur der kleine Finger war etwas abgespreizt. Die Handflächen bildeten einen Hohlraum, als würden sie etwas Zartes und Kleines umhüllen. Die Pose sollte jene Heiligkeit zum Ausdruck bringen, die ihre Hände mir bei unserem ersten Treffen vermittelt hatten.

»Sie sehen so lebendig aus«, murmelte L. »Das sind meine Fingernägel, meine Falten, Spuren von meinen Härchen.«

Als ich ins Bad ging, streifte meine Schulter ihren Rücken. Ich drehte den Wasserhahn auf und wusch mir Gesicht und Hände, weil ich unter der hohen Konzentration sehr geschwitzt hatte.

»Aber …« Ihre Stimme versank in der Stille des Ateliers. »Aber jetzt gehören sie nicht mehr mir.«

Ich wandte mich zu ihr um und sah, wie ihr schwerfälliger Körper mitten in meinem kleinen Atelier immer größere und bedrohlichere Ausmaße annahm. Er schien die riesige, enge Hose und das T-Shirt sprengen und Decke und Wände des Ateliers niederreißen zu wollen. Als sie mir ihr Gesicht zuwandte, traf mich das Missverhältnis zwischen dem gutmütigen, traurigen, kleinen Gesicht und dem Körper wie ein Schlag.

Irgendetwas verbarg sie, dachte ich. Etwas Furchtbares lauerte in ihr. Darauf gründete sich wohl die merkwürdige Schönheit des Mädchens. In dem Moment fühlte ich Zuneigung zu ihr.

Zuneigung hat etwas Einsames. Sie kann für einen Moment sehr heftig sein, ist aber nicht beständig. Man kann nicht auf sie zählen, weil sie sich verändert, verblasst oder für immer verschwindet. Bis zu diesem Zeitpunkt hatte ich noch keiner Frau gesagt, dass ich sie liebte. Ich hatte bis dahin lediglich von Zuneigung gesprochen, weil ich mehr vor mir selbst nicht vertreten konnte.

Ich trocknete mir Hände und Gesicht ab. In dem Handtuch hing noch die Feuchtigkeit ihrer Hände.

»Leben alle Künstler so ärmlich, ich meine …, so bescheiden wie Sie?« Sie blickte auf mein abgenutztes Handtuch.

»Die meisten schon.« Ich nickte.

In stillem Einvernehmen nickte auch sie. Dann sagte sie plötzlich mit einem Lächeln: »Eigentlich dürfen Sie mich duzen.«

Ich lächelte zurück. Ihre schmale Stirn glättete sich unter ihrem Fransenpony.

DIE OFFENBARUNG

Als H. viele Jahre später fragte, warum ich Abdrücke von Menschen nähme, wusste ich nichts zu erwidern. Hätte sie etwas geschickter gefragt, wie ich dazu gekommen war, hätte ich vielleicht reagieren können.

In der Mittelschule wollte ich in der ersten Kunststunde eine Hand formen. Ich hatte mir das Ziel gesetzt, eine geballte Faust zu erschaffen. Dieser Faust wollte ich die ganze Kraft eines festen Griffs einhauchen, der das Gegriffene nicht loslassen müsste, selbst über den Tod hinaus nicht. Ich wollte einem ewigen Geheimnis eine Hülle erschaffen, die ihre Wahrheit nie würde preisgeben müssen.

Im Schweiße meines Angesichts und mit allen mir zur Verfügung stehenden Kräften widmete ich mich dem Tonklumpen. In diese Masse wollte ich all meine Leidenschaft, Einsamkeit, meine geheimen Verletzungen und meine Innigkeit geben und sie darin für immer verschließen. Nach zwei Wochen sollten wir die Arbeit abgeben. Aber ich arbeitete noch immer an meinem Tonklumpen.

»Was ist denn mit deiner Arbeit aus der letzten Stunde passiert?«, fragte mich der Kunstlehrer mit dem modischen Kinnbart. Ich schwieg. Nicht nur die Arbeit der letzten Stunde, sondern die Arbeit jedes einzelnen Tages hatte ich als nutzlosen Tonklumpen trocknen und im Mülleimer enden lassen.

»Sieh mich mal an.«

Ich wusste nicht, warum gerade in diesem Augenblick Tränen aus meinen Augen flossen.

Ich ärgerte mich über meine Machtlosigkeit und darüber, dass ich trotz meines innigen Wunsches nichts zustande brachte. Ich war doch ein Junge, der seit der Pubertät keine Schwäche gezeigt hatte. Der Fluss meiner Tränen verdeutlichte das Ausmaß meines Scheiterns. Ich verachtete mich selbst, hasste das Bild der geballten Faust, das mir nicht mehr aus dem Kopf ging, und litt unter dem tiefen Wunsch, es doch noch zu verwirklichen. Das plagte mich so sehr, fast verspürte ich Lust, mit der Faust in das Gesicht des eitlen Kunstlehrers zu schlagen.

Wider Erwarten tadelte er mich nicht. Stattdessen bestellte er mich für nach dem Unterricht in den Kunstraum. Als ich mit geballten Fäusten den Raum betrat, hatte er die Hemdsärmel hochgekrempelt und war gerade dabei, mit seinen kräftigen Armen Ton zu bearbeiten.

»Da bist du ja.« An seinem Bart klebte etwas von der roten Erde. »Ab morgen kommst du jeden Tag nach dem Unterricht.«

Ich sah mir sein Gesicht scharf an und dachte, dass ich jetzt kurz und bündig sagen müsste, dass ich keine Lust hätte. Aber ich tat es nicht. Stattdessen trat ich in die Kunst-AG ein und verbrachte die Zeit nach der Schule und die Wochenenden im Kunstraum. Später ging ich auf ein Gymnasium mit künstlerischem Profil.

Wurde ich gefragt, was ich an der Bildhauerei mochte, antwortete ich einfach, dass ich mich dabei auf meine Hände verlassen könne. Mit meinen Händen baute ich ein Gerüst und bearbeitete den Ton. Bei dieser Arbeit fiel die dauernde Anstrengung von mir ab, immer die Hülle der Dinge durchschauen zu wollen. Ich liebte diese feine Arbeit, bei der eine starke körperliche Konzentration benötigt wurde. Es war durchaus möglich, dass ich den letzten Kontakt zur Welt nur noch über die soliden dreidimensionalen körperlichen Formen hielt, an denen ich jeweils arbeitete. Vielleicht war die Bildhauerei für mich eine Art Hypnosetherapie, in der ich die ewigen, nicht entzifferbaren Geheimnisse des Lebens mit meinen Händen formte und dadurch zumindest manchmal das Gefühl hatte, sie erfassen zu können.

Zum Glück hatte ich Talent. Die Aufnahmeprüfung für die Kunsthochschule bestand ich problemlos, da die praktischen Noten entscheidend waren. Die Studienzeit absolvierte ich ohne große Schwierigkeiten – dank meines schweigsamen Naturells. Weder menschliche Beziehungen noch andere Ablenkungen reizten mich.

Nach dem Militärdienst und dem Masterstudium begann ich mich der Hand zu widmen, lange genug hatte ich es aufgeschoben. Das innere Bild von der Faust, das im Kunstunterricht nicht hatte verwirklicht werden können, hatte ich seit meiner Jugend bewusst gemieden. Doch Albträume hatte ich deswegen keine mehr. Damals wusste ich schon, dass die Hand ein eigenständiger Körperteil mit eigenem Gesicht ist. Ich wusste: Wenn ein Mensch lebte, lebte seine Hand selbstständig, und wenn er starb, empfing die Hand ihren eigenen Tod.

In den Lehrbüchern für Handakupunktur wird die Hand als eine verkleinerte Darstellung des menschlichen Körpers beschrieben. Die Spitze des Mittelfingers bezeichnet das Gesicht und auf der Handfläche sind alle Organe repräsentiert. Der Handrücken steht für den Rücken, das Handgelenk für After und Damm.

Im Gegensatz zum Gesicht, das Zunge und Augen hat, drückt sich die Hand nicht konkret aus. Dafür kann sie gefährlicher als ein Gesicht sein, da sie sich geschickter maskiert. Sie kann schweigen. Sie muss nur regungslos verharren.

Für meine erste Ausstellung schuf ich aus verschiedenen Materialien Hände unterschiedlicher Größen. Alle hielten etwas umschlossen, mal fester, mal lockerer. In dem Raum, der von den Fingern gebildet wird, verstecken sich die erbärmlichsten Wahrheiten. Sobald man die Faust öffnet, werden diese enthüllt. Somit sind die Hände nur kurzlebige Masken, die ihre ärmlichen Handlinien und unansehnlichen Schicksale verbergen.

Die Ausstellung stieß durchaus auf Echo. Überraschenderweise wurden ein paar der Werke an Sammler verkauft. Hinter meiner Zufriedenheit lauerte jedoch Unruhe.

Ich hatte das Gefühl, dass jene Form, die mir vor langer Zeit Albträume bereitet hatte, beinahe verwirklicht war. In dem Punkt konnte ich zufrieden sein. Aber in meinen Werken wohnte auch unvermeidlich mein Ich. Obwohl ich mich zurückzunehmen suchte, konnte ich meine Gefühle, meine persönliche Geschichte und mein Bemühen klar aus den Werken ablesen. Ich wähnte mich in einem Albtraum, in dem ich von oben auf meinen eigenen Leichnam hinabsah. Als würde jemand meine Hände aufschlagen, meine Handlinien lesen und auf den hohlen Kern meines Lebens stoßen.

Die Leute sagten, dass man meinen Werken die geschickten Hände anmerke. Manche sprachen sogar von meisterlicher Begabung. Ich hing bis zum letzten Moment, bis mein Werk meine Hände verließ, an meinen Arbeiten. Dennoch: Wenn es mir ums Verbergen ging, warum schuf ich dann diese Werke? Wäre es nicht besser gewesen, meine Hände ruhen zu lassen? Woher kam dieser Widerspruch, dass ich etwas gleichzeitig zu zeigen und zu verbergen suchte?

Nervös saß ich in der Galerie und brütete über diesem Widerspruch. Kehrte ich von einem Glas Wein mit Freunden oder Kollegen zurück, drang mir auf dem Weg zum Atelier der Wind bis auf die Haut. Als wäre ich nackt und hätte meinen bloßen Körper nur mit einem hauchdünnen, lockeren Gewebe umhüllt.

Einen Tag bevor L. mit ihrer Freundin in die Galerie gekommen war, zog ich zu später Stunde durch die Gassen, die Fäuste in den Hosentaschen vergraben. Da durchzuckte mich wie ein greller Blitz ein Gedanke:

Abdrücke von echten Händen nehmen.

Da ich das mit meinen eigenen Händen tun würde, könnte ich mein »Geschick« ebenfalls damit ausdrücken. Ich könnte ihnen etwas von meinen Gefühlen einhauchen, aber die Hände blieben in jedem Fall fremd. Im Gegensatz zu den Skulpturen, die ich selbst geknetet und geformt hatte, würden meine Körperwärme und mein Geruch nicht so stark enthalten sein.

Es glich einer Offenbarung. Eine bessere Lösung gab es nicht.

Erst als ich zum ersten Mal Abdrücke von L.s Händen nahm und die vier Stücke zusammenfügte, erkannte ich, was es mit dieser Offenbarung genau auf sich hatte. Ich hob die Nähte der Gipsstücke hervor und weitete die Öffnungen an den Handgelenken, damit jeder in den hohlen Raum hineinschauen konnte.

Die Hände waren perfekt nachgebildet. Abgesehen von dem hohlen Raum, waren sie so präzise ausgearbeitet, dass jeder Lust bekommen musste, sie anzufassen. Fältchen, Fingernägel, dünne Äderchen und feine Knochen lagen offen. Diese Hände waren eindringlicher und realer als jede Nachbildung, die ich bis dahin geformt und vermeintlich beseelt hatte. Mir schauderte, als hätte ich einem Lebewesen seinen Atem geraubt und es in meinen Besitz gebracht.

In dem klaffenden Hohlraum, in den man durch das abgerissene Handgelenk blicken konnte, waren keine Adern, keine Muskeln oder Knochen. Diesem Raum war durch und durch das Wesen genommen worden. Darum fühlte man beim Anblick dieser Hand auch keine Wärme. Es war unheimlich, kalt und unmenschlich.

Ich stellte die Hände in das Regal und vergrub mich im Sessel. Alle Anspannung fiel von mir ab. Es war das erste Mal seit der Pubertät und meinen Anfängen in der Bildhauerei, dass ich dieses beruhigende Gefühl empfand. Endlich hatte ich einen Raum gefunden, in dem ich mich verbergen konnte.

Ich war zufrieden.

Wäre da nicht L. gewesen, hätte ich einen Schlusspunkt setzen können. Genauso wenig, wie ich mir hatte vorstellen können, Abdrücke von Händen zu nehmen, wäre es mir in den Sinn gekommen, direkt am menschlichen Leib zu arbeiten.

AUSSERIRDISCHER

L. kam samstags in mein Atelier, um die Abdrücke von ihren Händen nehmen zu lassen. Ich wollte verschiedene Posen ausprobieren, ohne eine bestimmte Reihenfolge: die gefalteten Hände, die wütenden, die gleich auf etwas einschlagen würden, die kratzenden, die bettelnden, die sinnlichen, die um Vergebung bittenden, die in Gedanken versunkenen, die leichtsinnigen, die verzweifelten, die ermüdeten Hände und Hände voller Energie. L. war sehr einfühlsam, völlig im Widerspruch zu ihrem riesigen Körper, und konnte die Gefühle nach meinen Erklärungen erstaunlich flink mit ihren Händen ausdrücken.

Bis sie am folgenden Samstag wiederkam, füllte ich das Negativmodell mit Gips und fertigte so eine präzise Nachbildung. Wenn nötig, bearbeitete ich die Abgüsse, bemalte sie, riss sie an manchen Stellen ein, die ich dann hervorhob. Den ganzen Frühling schlief ich damals umgeben von ihren Händen ein. Jeden Morgen ging ich zum Regal und lauschte der Musik, die von den dort aufgestellten Händen auszuströmen schien. Mal sanft, mal aufbrausend.

Der Sommer kam zeitig, L. trug immer noch lange Kleidung. Man sagt, dass kräftige Menschen empfindlich gegen Hitze sind, und tatsächlich schwitzte sie sehr stark. Dass sie sich vielleicht die Ärmel hochkrempelte, kam überhaupt nicht infrage.

»Ist dir in deiner Kleidung denn nicht zu warm?«
»Ich hasse den Sommer«, sagte sie missmutig.

Sie erwähnte nicht, dass sie es hasste, ihren Körper zu zeigen, aber ich verstand sofort, was sie meinte.

Als die Regenzeit vorbei war und schließlich die brennende Hitze begann, kam sie zum ersten Mal in einem Oberteil, dessen Ärmel nur bis zu den Ellbogen reichten. Ihre Arme waren natürlich übermäßig dick, aber sie entsprachen dem, was ich mir unter der Kleidung vorgestellt hatte, sodass ich kein besonderes Interesse zeigte.

L. wirkte traurig. Bis wir die Arbeit neben dem Ventilator beendet hatten, sagte sie kein Wort. Meine Fragen beantwortete sie abwesend oder ignorierte sie einfach.

Nach der Arbeit wusch sie sich die Hände und sagte: »Du magst nur meine Hände, nicht wahr?«

»Wie meinst du das?«

»Du nimmst die Abdrücke nur von meinen Händen. Weil sie das einzige Schöne an meinem Körper sind. Ist das nicht so? Sieht man nur die Hände, dann kann man sich gar nicht vorstellen, dass sie zu einem Menschen wie mir gehören. Du brauchst nur meine Hände. Den monsterartigen Rest nicht.«

»Das stimmt nicht.«

»Lüg doch nicht.«

»Ich habe es dir schon mal gesagt. Das ist keine Lüge: Du bist hübscher als O.«

»Wenn das keine Lüge ist, warum willst du dann nicht Abdrücke von anderen Körperteilen nehmen?« Sie lachte höhnisch.

»Wenn du willst, kann ich das sofort machen. Sag mir, womit wir anfangen sollen.«

Lachend wedelte ich mit dem Meißel in der Luft. Weil ihr Gesicht jedoch bitterernst aussah, hörte ich auf zu lachen. Sie sprach überkorrekt und betonte jede Silbe: »Bist du wirklich pervers?«

»Na ja.« Diese Frage hörte ich nun zum zweiten Mal und sie hatte immer noch einen bitteren Beigeschmack für mich. »Von der Seite habe ich es noch nie betrachtet. Früher gab es Zeiten, in denen ich mich wie ein Außerirdischer fühlte.«

Ich schaute sie aufmunternd an, aber sie konnte sich nicht zu einem Lächeln durchringen. Nach kurzem Zögern begann ich langsam zu sprechen, als würde ich von einer unbekannten Kraft dazu gezwungen. So hatte ich das noch niemandem erzählt.

»Seit ich ein Kind war, hab ich gern Dokumentarfilme über Tiere geschaut. Dort hörte ich auch davon, dass der Mensch nur eine von unzähligen Tierarten sei. Schon vorher hatte ich nur schwer glauben können, dass der Mensch die Krone der Schöpfung sein sollte. Ich dachte eher, dass wir zum Beispiel die Salamander nicht verstehen, wie auch die Salamander unsere Worte und Handlungen nicht verstehen können. In den Augen der Salamander sind wir auch nur abscheuliche Tiere. Genau betrachtet sind die für uns wichtigen Dinge wie Geburt, Sex oder Tod animalisch. Davon war ich schon überzeugt, bevor ich ein Buch darüber las.

Bis ich nach dem Kunstgymnasium auf die Kunsthochschule ging, hatte ich nie eine feste Freundin. Aber ich machte mir auch keine falschen Vorstellungen von Frauen. Ich hatte einen Kommilitonen, S., mit dem ich nur befreundet war, weil unsere Immatrikulationsnummern aufeinanderfolgten. Er verliebte sich in eine Studentin, die im zweiten Studienjahr europäische Malerei studierte. Sie hatte ein auffallend hübsches Gesicht und erwiderte sein Interesse nicht. Aber weder für sie noch für eine andere Frau der Kunsthochschule interessierte ich mich. Bei duftig reinen Frauengesichtern konnte ich nachvollziehen, dass sie in unserer Kultur als schön angesehen werden. Aber ich persönlich empfinde solche Gesichter nicht als schön, sondern neige eher dazu, sie zu inspizieren.

Stellen wir uns dreiäugige Außerirdische vor, finden wir diese hässlich. Genauso muss es den Außerirdischen mit uns gehen. Sie hätten sicher Schwierigkeiten, uns voneinander zu unterscheiden, so wie wir als Asiaten bei den Weißen oder Schwarzen die Gesichter nicht so richtig voneinander unterscheiden konnten. Das macht es so gut wie unmöglich, solche Menschen als schön zu empfinden, oder nicht?

Eines Tages ging ich mit S. über den großen Sportplatz zur Vorlesung in Kunstgeschichte. Da sah ich diese Studentin. Sie pflückte mit einer Freundin Kirschen von einem der Kirschbäume auf dem Campus und steckte sich eine nach der anderen in den Mund. Die Kirschen baumelten dabei vor ihren rosigen Wangen. Mein Freund war von diesem Anblick ganz fasziniert, ich hingegen stellte mir ihren Körper unter ihrer blendend weißen Bluse vor.

Bitte versteh mich nicht falsch.

Was ich mir vorstellte, waren genauer gesagt die rosigen Eingeweide, wie ich sie auf einer Sezierkarte im Biologieunterricht gesehen hatte, und wie die Kirsche dort innerhalb kurzer Zeit zu Brei verarbeitet werden würde. Die Vorstellung davon, wie das weiche Fruchtfleisch in ihrem Enddarm letzten Endes zu Kot verarbeitet wurde, war mir umso deutlicher, je mehr ich sie zart mit den kirschlosen Stielen wedeln sah.

In diesem Moment dachte ich mit einem bitteren Lächeln: ›Ich bin in dieser Welt doch nichts anderes als ein Außerirdischer.‹

Weil ich so war, gab es einfach keine Frau, in die ich mich hätte verlieben können. Nein, überhaupt existierte niemand, sei es Mann oder Frau, jung oder alt, den ich respektierte oder geringschätzte. Alter, Ansehen oder Macht waren mir egal. Auch die Mächtigen und Schönen zeigen früher oder später – bei Krankheit, Tod oder auch nur irgendeiner kleinen Sache – fatale Schwächen. Das wusste ich. Es kam aber auch vor, dass ich bei bemitleidenswert spießbürgerlichen Menschen eine edle Seite entdeckte. Ich beobachtete die Menschen und vertraute ausschließlich auf das Ergebnis meiner Beobachtung. Eine ausgedehnte Betrachtung aus der Ferne oder eine kurze aus der Nähe sind nutzlos. Sie muss direkt und ausdauernd sein. Kritisierten oder lobten mir nahestehende Personen jemanden, beachtete ich das nicht weiter. Genauso kritisch ging ich mit all diesen beliebigen Sprüchen und Wahrheiten um, glaubte nichts, das meine Erfahrung nicht bestätigt hatte. Es verstand sich von selbst, dass ich keine feste Freundin und keinen besten Freund hatte. Hätte es sie gegeben, wäre mir das nur eine Last gewesen. Zwar hatte ich die eine oder andere Liebschaft, aber das war eher auf Neugierde zurückzuführen als auf Zuneigung. Sobald man sich aneinander gewöhnt hatte und die Neugierde befriedigt war, verlor die Beziehung Kraft und Lebendigkeit. Obwohl ich die Namen und Gesichter bald vergaß, blieb mir von den Frauen eines immer in Erinnerung: ihr Leib. Es spielte keine Rolle, ob sie dünn oder mollig waren. Ich mochte alles an ihren Körpern, was meine Hände berührt hatten. Manche Stellen waren weich und manche hart. Besonders mochte ich das Gefühl aneinanderstoßender Knochen, die feinen Äderchen und zarten Knochen am Hals. Außerdem mochte ich das, was die Frauen zu verbergen versuchten: die Hornhaut am Ellbogen, die ungepflegten Fußnägel, ein paar schwarze Härchen am großen Zeh, eine seltsam geformte wulstige Warze neben dem Venushügel. So etwas streichelte ich gern mit geschlossenen Augen.

Zum Glück liebten mich die Frauen nicht zu sehr. Meine Abenteuer kann man an einer Hand abzählen. Und nichts war von Dauer. Da es keine Leidenschaft gab, gab es auch keinen Schmerz. Das wird in Zukunft auch so sein, wahrscheinlich für immer.«

Ich unterbrach mich in meinem Redefluss. L. schwieg und ich fragte sie: »Kannst du mich verstehen?«

Sie wirkte geistesabwesend. Mit halb geöffnetem Mund und aufgerissenen Augen blickte sie zu mir auf. Dann schloss sie die Augen, als würde sie plötzlich aus einer Hypnose erwachen, und antwortete: »Zum Teil.«

»Zum Teil?«

»Ja, zu einem ganz kleinen Teil.«

»Bisher berührte mich selbst der Anblick besonders schöner Frauen nicht. Mir ist klar, dass jeder sie schön finden wird. Das ist alles. So war es auch, als ich deine Freundin sah.«

L. nickte zweimal lahm wie ein Aufziehspielzeug, das gleich aufhört sich zu bewegen. »Ich verstehe.«

Die darauffolgende Stille kam mir bekannt vor. Das Geräusch unseres Atems ging im Brummen des Ventilators unter. Ich atmete langsam die dicke Luft in meinem schlecht gelüfteten Atelier.

»Hast du keinen Hunger?«, fragte sie.

Während sie auf meine Antwort wartete, räumte sie ihr Stofftaschentuch, den Fächer und all die anderen Sachen wieder in ihre Umhängetasche aus Plastik. Ich antwortete nicht. Nach den vielen unnötigen Worten war ich einfach müde. An diesem Samstagnachmittag brauchte ich eher Ruhe statt Essen oder Unterhaltung.

»Hast du Lust, mit mir essen zu gehen?«

»Gern«, antwortete ich entgegen meinem Empfinden. Ich zog die mit Gips beschmierten Hausschuhe aus und griff nach den Halbschuhen unter dem Tisch.

»Nach den Sitzungen hier hatte ich immer Hunger. Weißt du, warum ich dich niemals gebeten habe, mit mir essen zu gehen?«

»Nein. Warum?«

»Alle werden dich anstarren, wenn du mit mir isst.«

Ich nahm ein paar Geldscheine aus dem Schubfach, steckte sie in die Hosentasche und stand auf. Ich betrachtete ihre Augen. Sie waren wie immer feucht, als hätte sie sich gerade das Gesicht gewaschen.

»Nicht, weil du komisch bist, sondern weil sie es abscheulich finden, wie ich esse. Alle denken: ›Die frisst wie ein Monster. Die ist nur fett geworden, weil sie so frisst. Und was ist mit dem Kerl? Der sieht doch normal aus. Was er bloß an ihr findet?‹«

Ich zeigte keine Reaktion, noch nicht einmal Ablehnung.

»Würde dir das etwas ausmachen?«

»Nein«, antwortete ich kurz und bündig. Die Antwort auf diese Frage war ihr wohl wichtig gewesen.

An jenem Abend aß ich zum ersten Mal mit ihr.

Genau wie von ihr vorausgesagt, wurde sie von allen im Restaurant angestarrt. In den Blicken der Leute lag eindeutig Abscheu. L. wirkte nervös, doch diese Nervosität schien ihren Appetit nur noch zu steigern. Selbst wenn man berücksichtigte, dass ihr riesiger Körper viel Energie benötigte, aß sie zu viel. Sie bestellte zwei zusätzliche Reisschüsseln und aß alle Beilagen restlos auf.

Die Atmosphäre in dem Restaurant an jenem Abend ist mir noch deutlich in Erinnerung.

L. kaute geräuschvoll. Sie wirkte so versunken, als zelebrierte sie eine heilige Handlung. Die Gäste wurden weniger, und sie war immer noch nicht fertig. Sie schwitzte unablässig, sodass der Rücken ihres schwarzen T-Shirts großflächig durchnässt war. Im Hintergrund lief ein Fernseher, dem keiner zuhörte. Das Personal ging wie auf Zehenspitzen und sah unauffällig in unsere Richtung. Flüstern. Unterdrücktes Lachen. Gegenseitiges Schulterklopfen. Telefonklingeln. Ein »Hallo«. Wieder Stille. Die anpreisende Stimme einer Produktwerbung aus dem Fernseher. Unter all diesen Geräuschen dominierte ihr endlos andauerndes Kauen. Schlucken. Das Klappern von Löffeln, Stäbchen und Gläsern.

Wir traten in die frische Abendluft. Hinter uns leuchtete das Neonlicht des Restaurants und warf neben L.s riesigen Schatten meinen schmalen Schatten bis zur Straße.

»Wie kommst du nach Hause?«

»Mit der U-Bahn.«

Obwohl sie so viel gegessen hatte, wirkte sie weder satt noch zufrieden. Stattdessen lag ein müder, einsamer Schatten über Augenlidern, Wangen und Doppelkinn.

Wir gingen nebeneinander in Richtung der Haltestelle des Busses, der sie zur U-Bahn bringen würde. Mit ihrem zusammengepressten Mund wirkte sie verärgert. Wir überquerten die Straße und kamen bei der Haltestelle an.

»Ich war nicht immer so«, erklärte sie völlig unvermittelt.

»Was meinst du damit?«

»Warst du denn schon immer so, wie du jetzt bist?«

In ihren Augen schien eine bläuliche Flamme zu lodern. Als hätte sie noch ein leises »Nun sag schon« hinzugefügt, fühlte ich mich in die Enge getrieben. Vielleicht war ich auch von der Masse ihres Körpers überwältigt.

»Warst du von Anfang an ein Außerirdischer?«

»Wie man's nimmt«, gab ich aus alter Gewohnheit reflexartig eine ausweichende Antwort. Das Lodern in ihren Augen wich dumpfer Enttäuschung. Also fügte ich hinzu: »Wahrscheinlich nicht.«

»Ich auch nicht.« Ein rauer Atemzug, als würde sich eine große Anspannung lösen. »Ich war auch nicht von Anfang an ein Monster.«

Sie holte ihr Portemonnaie aus der schwarzen Plastikschultertasche. Ich dachte, dass sie ihren Fahrschein herausholen würde, sie griff jedoch hinter ihren Personalausweis und reichte mir ein Foto.

Auf dem Bild war der Oberkörper eines schätzungsweise dreizehn- oder vierzehnjährigen Mädchens zu sehen. Das Mädchen lächelte, war pausbäckig und hatte einen vollen Busen. Sie wirkte frühreif, ihr Gesicht hatte aber noch kindliche Züge. Am Durchschnitt gemessen, hätte sie etwas abnehmen müssen. Aber sie war pummelig und niedlich. Mir war sofort klar, dass die Person auf dem Foto L. sein musste. Das waren ihre gutmütigen Augen, ihr dünnes Haar und ihr kleines Gesicht.

»Du siehst wirklich niedlich aus. War das in der Mittelschule?«

Statt einer Antwort fragte sie: »Wie findest du es?«
»Niedlich. Hübsch«, antwortete ich mit einem Lächeln.
»Ich meine, wie du dieses Lächeln findest.«
Plötzlich wusste ich nicht mehr, welche Antwort sie hören wollte. Mit einer flinken Handbewegung hatte sie mir das Foto wieder aus der Hand genommen und in ihr Portemonnaie gesteckt.

Wir schwiegen eine Weile. Dann kam der Bus. Bevor sie einstieg, sagte sie: »Ich werde es mir überlegen.«
»Was?«
»Abdrücke von meinem Körper, nicht nur von der Hand.«

Nachdem der Bus abgefahren war, wog die Leere so schwer wie L.s enormes Gewicht. Auf dem Rückweg zu meinem Atelier grübelte ich, was das Besondere an ihrem Lächeln auf dem Foto war und welche Antwort sie erwartet hatte. Mir fiel nichts ein. Vielleicht lag es an meiner Müdigkeit.

DAS MONSTER

Wollte ich Abdrücke von L.s gesamtem Körper machen, konnte ich das unmöglich allein schaffen, da Gips sehr schnell trocknet. Beim Bestreichen kann man sich Zeit lassen, der Gips klebt jedoch an der Haut fest, wenn man ihn nicht schnell genug ablöst. Ich rief B. an, sie hatte bei mir Privatunterricht für den praktischen Teil der Aufnahmeprüfung für die Kunsthochschule genommen und studierte jetzt Kunst an der Uni, an der auch ich studiert hatte. Zum Glück erklärte sie sich bereit, mir unter die Arme zu greifen.

»Befehle von jemandem wie dir befolge ich mal lieber«, witzelte B., die zu jedem freundlich war.

B. und ich waren mit den Vorbereitungen bereits seit einer halben Stunde fertig, als L. eintraf. Es war das erste Mal, dass sie sich verspätete.

Sie klopfte zuerst und trat dann mit einem unnatürlichen Lächeln ein, verschreckt, als würde sie gleich in Tränen ausbrechen. Ihr Gesicht schien geschwollen, als hätte sie innerhalb einer Woche noch mehr zugenommen.

»Komm rein«, sagte ich. »Ist das wirklich in Ordnung für dich?«

Sie nickte, aber ihre ungeschminkten Lippen ließen sie blass und eingeschüchtert wirken.

»Wenn du dich genierst, können wir uns auch alle ausziehen«, scherzte ich. Sie lachte gereizt.

»Was macht die Frau hier?«

»Ich hatte dir doch gesagt, dass ich bei dieser Arbeit jemanden brauche, der mir hilft.«

»Kannst du das nicht allein machen?«

»Das ist nicht zu schaffen.«

»Na ja, du brauchst wohl jemanden, weil mein Körper doppelt so groß ist wie deiner«, stieß sie verbittert aus.

B., die selbst rundlich war, sagte in heiterem Tonfall: »Wenn wir mit Ihnen fertig sind, machen wir mit mir weiter, ja?«

Das sonnige und humorvolle Temperament von B. schien bei L. anzukommen. Ihr Gesicht entspannte sich und sie lächelte zaghaft.

Während L. sich umdrehte und auszog, mischte B. den Gips mit Wasser an. Nur mit einem weißen Baumwollslip bekleidet, drehte sich L. zu mir um. Ihr Gesichtsausdruck war völlig starr. Vor mir stand nun in seiner ganzen Einfachheit ein nackter Körper von nie gesehenen Ausmaßen. Ich sah alles: die wie zu einem Ballon angeschwollene Fettmasse, den umfangreichen Bauchspeck, die welligen Oberschenkel und die Haut, auf der sich Dehnungsstreifen wie unzählige Regenwürmer wanden.

»Den Rest solltest du auch ausziehen.« Meine ruhige und sanfte Stimme rief bei mir selbst gleichzeitig ein sonderbares Schuld- und Wohlgefühl hervor.

Als sie widerstrebend ihren Slip herunterzog, war das seltsame Bild dieser Fettmassen endlich vollständig. Der Körper war erstaunlich weißlich und schwabbelig. Nur die rötlichen Spuren waren drauf, die der Gummizug des engen Slips und der Reißverschluss der Hose hinterlassen hatten.

»Könntest du dich bitte hier hinsetzen?« Ich zeigte auf ein Lager, das wir aus zwei übereinanderliegenden Reissäcken gebaut hatten. Es war zwar Sommer, trotzdem wäre der nackte Betonboden sicher zu kalt gewesen. Nach einem kurzen Zögern setzte sie sich auf die Säcke und schlang ihre Arme um die Knie. Auf meine Anweisung, die Beine auszustrecken, drückte sie verschämt die Knie durch. Um ihren Schambereich nicht zeigen zu müssen, versuchte sie, ihre Beine eng zusammengepresst zu halten, aber durch das Fett an den Oberschenkeln war das unmöglich.

»Bist du bereit?«

Anstatt mir in die Augen zu sehen, hob sie den Kopf und blinzelte mit halb geöffneten Augen in die Neonlampe an der Decke. Wie ein Chirurg bat ich B. um Messer und Spachtel.

Aus der Erfahrung mit den Handabdrücken wusste ich, dass durch die Anwendung von Formtrennmitteln jeglicher Art die Detailtreue leidet. Wenn jede Pore hyperrealistisch zum Vorschein kommen soll, darf man nicht einmal eine Lotion auftragen. Auch wenn das beim Ablösen des Gipses Schmerzen bereiten würde, wollte ich mich ausschließlich auf das hauteigene Fett verlassen.

Ich fühlte, wie sie bei jedem neuen Spachtelstrich zusammenzuckte, und strich vom Hals langsam abwärts. Ihr warmer, weicher Körper wurde allmählich in dem kalten, flüssigen Gips vergraben.

»Nein, dort mache ich es selbst.«

Weil sie darauf bestand, ließ ich sie die Gipsflüssigkeit selbst auf ihren Schoß auftragen.

»Na ja, wenn du das so machst …«

»Was ist?«

»Dann wird später viel herausgerissen werden. Das ist sehr schmerzhaft.«

»Ist es anders, wenn du es machst?«

»Das wäre schon besser. Es ist ungünstig, so viel draufzuschmieren.«

»Mir macht das nichts aus.« Ihre Augen zuckten unruhig.

»Jetzt wird es etwas heiß«, warnte ich sie später noch einmal vor.

Von Hals bis Fuß im weichen Gips vergraben, riss sie die Augen weit auf. »Das weiß ich doch. Ich kenne das von den Handabdrücken«, erwiderte sie ärgerlich.

»Aber es wird viel schwerer zu ertragen sein.«

»Ich sagte doch, ich weiß.«

In der Zusammenarbeit mit ihr hatte ich gemerkt, dass sie viel Ausdauer hatte. Trotzdem litt sie offenbar mit der Zeit immer mehr. Sie hielt ihren Mund geöffnet und atmete tief. Bei der großen Oberfläche ihres Körpers war der Schmerz sicherlich enorm.

»Wie lange muss ich noch so bleiben? Verbrenne ich mich jetzt nicht?«, fragte sie keuchend. Sie runzelte die Stirn und schnaufte.

»Ist es sehr heiß?«

»Demnächst machst du das mal selbst. Dann wirst du es merken.«

Da sah ich ihre Tränen.

Zum ersten Mal sah ich sie weinen. Ohne jedes Schluchzen biss sie sich auf die Oberlippe. Sie sah mich vorwurfsvoll an.

Sie weinte wegen der Schmerzen, die ich ihr bereitet hatte. Und ich konnte nichts für sie tun. Lediglich ihre Schmerzen verlängern, indem wir warteten, dass der Gips gut trocknete. Aus dem Berg aus Gips, in dem ihr Körper vergraben war, schaute etwas deplatziert ihr kleines Gesicht. Jedes Mal, wenn sie sich auf die Lippen biss, bewegten sich ihre hängenden Wangen.

Als der Gips getrocknet war, mussten B. und ich uns beeilen. Möglichst schnell und sorgfältig stachen wir mit dem Meißel entlang der vormarkierten Linien die einzelnen Teile ab. Die Arme nahmen wir in vier Teilen ab: vorn, hinten, unten und oben. Die Gipshülle der Beine, an die vielfältigen Kurven an Oberschenkeln und Knien angepasst, in sieben Teilen, Brust und Bauch möglichst breit und ohne Nähte. Weil unzählige Härchen mit abgezogen wurden, stöhnte L. und verzog unter Schmerzen das Gesicht. Als der Gips von ihrem Schoß abgenommen wurde, schrie sie auf.

»Ich hatte dich vorgewarnt.«

Als sie den Abdruck mit ein paar Dutzend schwarzen Haaren sah, errötete sie.

»Es tut mir leid«, sagte ich, stellte den Abdruck vorsichtig ab und lächelte. »Aber so sieht es viel realistischer aus, oder?«

Sie konnte darüber nicht lachen.

Während L. sich im Bad wusch, räumte B. die Reissäcke und alle Arbeitsmittel zusammen. Mich überfiel nach der ungefähr vierzigminütigen Konzentration und Anspannung eine leichte Müdigkeit. Nicht nur T-Shirt und

Arbeitshose, auch meine Arme und Haare waren voller Gips.

Ich begann, die Gipsteile zu ordnen. Wie ein zerfetzter Leichnam lagen die wie eine Wulst hängenden Achseln und der sackähnliche Busen vor mir auf dem Boden. Als ich ihre beiden heiligen Hände anhob, hörte ich ein Geräusch.

Ich hätte dieses Geräusch nicht beschreiben können. Das unartikulierte Brüllen, das durch die dünne Furnierholzwand des Bades drang, schien eher von einem Tier als von einem Menschen zu stammen. Es wurde immer lauter und schließlich zu einem Heulen, das die Decke des Ateliers hätte einstürzen lassen können. Abrupt sackte es weg und endete in einem furchtbaren Wimmern. Wenn Monster wirklich existierten, müsste ihr Klagen genau so klingen.

Ich näherte mich in kleinen Schritten der Badtür und zog am Türgriff. Die Tür war von innen verschlossen.

»Mach auf!«

Das Weinen wurde schwächer.

»Mach die Tür auf!« Ich klopfte. »Mach schon!«

Die hinter der Tür lauernde Stille war genauso unheimlich wie das vorausgegangene Wimmern. Ich hörte, wie L. versuchte, wieder gleichmäßig zu atmen.

»Ich muss mich noch anziehen.« Ihre tiefe Stimme zitterte. Wider Erwarten klang sie gefasst. Als ich mich zu B. umwandte, sah ich in ein gipsverschmiertes, erschrockenes Gesicht. Vielleicht lag es daran, dass sie auch eine Frau war, jedenfalls war sie entsetzt und schien sich schuldig zu fühlen.

»Ich werde mit ihr reden«, flüsterte sie mir zu und stellte sich vor mich.

Als das Geraschel nach einiger Zeit aufgehört hatte, kam L. aus dem Bad. Ihr Gesicht war geschwollen und ihre Schultern zitterten.

»Wenn man geweint hat, ist einem immer kalt«, sagte B. freundlich und versuchte sie an der Schulter zu fassen. L. wich der Berührung wie im Reflex aus. B. redete fröhlich weiter: »An Ihrer Stelle hätte ich auch geweint.«

L. riss ihre roten Augen auf und starrte B. an. Die Haut um die Augen war rot und geschwollen, die Wangen im Kontrast dazu leichenblass. B. schlug in gekünstelter Lebhaftigkeit vor: »Wie wäre es, wenn wir nach dieser Anstrengung zusammen ein Gläschen trinken gehen?«

L. zeigte keine Reaktion, sodass B. hilfesuchend zu mir blickte.

»Aufgeräumt ist schon. Gehen wir«, antwortete ich betont gelassen.

Ich ließ die gipsverschmierte Arbeitshose an und zog nur ein frisches T-Shirt über. B. sah taktvoll zur Seite, während L. ihre roten Augen immer noch unverwandt auf mich gerichtet hielt. Dieser unbeschreibliche, intensive Blick prägte sich mir tief ein.

DIE FRIERENDEN LIPPEN

Am Mittwochabend kam L. ohne jede Vorankündigung vorbei. Ich war überrascht, weil ich angenommen hatte, sie wie immer erst am Samstagnachmittag zu sehen.

»Was hättest du gemacht, wenn ich nicht da gewesen wäre?«

Sie blieb vor der Tür stehen und versuchte, ihre Verlegenheit hinter einer gelassenen Miene zu verstecken: »Na, dann wär ich eben wieder gegangen.«

Sie behauptete, die Neugier hätte sie hergetrieben. Sie wolle sehen, was aus der Vorarbeit vom letzten Samstag geworden sei. Ich hatte es gerade geschafft, die Teile der unteren Körperhälfte zusammenzukleben. Die schwierige Aufgabe, die Arme am Oberkörper zu befestigen, hatte ich noch vor mir.

Sie starrte auf die Schalen von ihrem Hintern, ihren Beinen und Füßen, die auf Zeitungspapier mitten im Atelier lagen.

»Macht dir das Spaß?«, fragte sie barsch.

»Was?«

»Macht dir diese Arbeit Spaß?« Sie warf mir diese Frage vor die Füße und betrachtete die Abdrücke nur flüchtig, obwohl sie angeblich deshalb gekommen war. Stattdessen fragte sie mich: »Willst du mit mir auf einen Drink gehen?«

Wir gingen in die Planwagen-Kneipe, in der wir zusammen mit B. gewesen waren. L. setzte sich und schon war der enge Raum ausgefüllt. Beim letzten Besuch hatte sie nur getrunken, die Beilagen jedoch nicht angerührt. Deshalb dachte ich, dass sie zu Alkohol keine Beilagen nahm. Diesmal aß sie aber den Aal und die Fischwurst in weniger als fünf Minuten auf.

»Warum hast du letztes Mal nichts gegessen?«

»Einfach so«, entgegnete sie, nachdem sie die Brühe der Fischwurst in großen Schlucken getrunken hatte. Nach einer Weile fügte sie zögerlich hinzu: »Wegen dieser Frau.«

»Mochtest du sie nicht?«

»Nein, das ist es nicht. Ich hatte bloß keine Lust, mir beim Essen zuschauen zu lassen. Mit ihr bin ich ja nicht so befreundet wie mit dir.«

Das einfach so dahingesagte »Befreundet« überraschte mich. Aus ihrem Mund klang es so rein, wie ich es schon lange nicht mehr gehört hatte.

Sie trank viel. Bei der Menge, die sie aß, war das auch gar nicht anders möglich. Als Mitternacht heranrückte, schien sie angetrunken zu sein.

»Ich möchte noch einmal meine Hülle sehen.«

»Nennst du es Hülle?«

»Wenn nicht Hülle, wie dann?«

Sie schwankte beim Aufstehen und bezahlte alles, obwohl ich versuchte sie zurückzuhalten. Beim Hinausgehen riss sie zwei Hocker um, ohne es zu bemerken.

Sie hinderte mich daran, das Licht im Atelier einzuschalten. Durch die schmalen Fenster fiel flimmerndes Licht aus den Mehrfamilienhäusern auf der anderen Seite der Gasse. Sie richtete ihren Blick auf die untere Hälfte des Körpers aus Gips, auf die weißliche Oberfläche und das dunkle Innere. Genauso grotesk und unheimlich sah es aus, wenn ich mitten in der Nacht aufwachte. Betrachtete ich im Dunkeln für eine Weile den Abdruck, dröhnte mir ihr Tiergeheul in den Ohren. Die mir unbekannten Schmerzen, die sie ihr Leben lang quälten, schienen in jede Naht dieses riesigen Körpers eingenäht.

Sie rief leise nach mir. Ihr entströmte ein nächtlicher Hauch ihres weichen Fleischs, vermischt mit dem schwachen Geruch nach Alkohol.

»Gib mir mal deine Hand.«

Ich war verwundert. Da sie mich ernst ansah, reichte ich ihr meine rechte Hand und sie griff mit beiden Händen danach. Durch die Abgüsse kannte ich jede Einzelheit ihrer kleinen, feinen Hände, die jetzt meine Hand umfasst hielten.

»In den letzten Tagen habe ich ununterbrochen an diese Hand denken müssen.« Ihre Stimme war hell und dünn. »Ich habe mir so gewünscht, sie nur einmal anfassen zu dürfen.«

Sie schwankte – meine Hand immer noch in ihren Händen – und ließ sich in den Sessel sinken. Ich blieb verlegen vor ihr stehen.

»Du bist der Erste, dem ich meinen Körper gezeigt habe.«

Ich nickte. Das hatte ich vermutet. Was sie dann hinzufügte, allerdings nicht: »Dieser Mistkerl hat mich nie ausgezogen. Er war bloß daran interessiert, mir die Hose und den Slip herunterzuziehen. Ich hatte das Gefühl, nur aus Genitalien zu bestehen.«

L.s Handflächen waren schweißnass.

»Meine Mutter glaubte mir nicht, als ich es ihr erzählte. Die Umstände sprachen auch irgendwie dagegen. Ich war erst dreizehn und hatte die ganze Zeit etwas gegen die erneute Heirat meiner Mutter gehabt. Den Typen hatte ich schon oft schlechtgemacht. So konnte meine Mutter nur denken, dass ich wieder log. Sie schimpfte mit mir und stieß mich zur Seite.«

Ihr Gesicht und ihre Hände schimmerten weißlich, wie Teile einer Gipsskulptur. Ihr T-Shirt, die blaue Hose und die schwarzen Turnschuhe versanken im Dunkeln, sodass zwischen Gesicht und Händen ein leerer Raum war, der dem dunklen Innern der Hülle glich, die ich von ihr fertigte.

»Meine Mutter war Krankenschwester und arbeitete in drei Schichten. Hatte sie Nachtschicht, versuchte ich, möglichst bei einer Freundin zu übernachten. Falls ich auch nur kurz zu Hause vorbeiging, um mich umzuziehen oder etwas zu essen, kam der Mistkerl in unsere Wohnung. Er ging damals mit seinem eigenen Schlüssel bei uns ein und aus. Ich schrecke immer noch auf, wenn ich Schlüsselklappern und das Aufschließen einer Tür höre.

Aber das war es nicht, wovor ich am meisten Angst hatte.

War er fertig, war er immer total gelassen, selbst wenn meine Mutter kurz darauf hereinkam. Die beiden lachten und redeten, als wäre nichts passiert. Und ich war so aufgewühlt. Ich wusste, dass meine Mutter mir nicht glauben würde, auch wenn ich weinen oder erzählen würde, was er mir gerade angetan hatte.

Ich überlegte mir, ob die von mir gesammelten Schlafmittel eher für mich oder diesen Mistkerl bestimmt sein sollten oder ob es doch besser wäre, den Reis zu vergiften, damit wir alle zusammen starben. Morgens beim Aufwachen hatte ich Atemnot. Nachts plagten mich Albträume, in denen ich mich, nach Luft ringend, auf der Straße wand und die Leute gleichgültig an mir vorbeigingen. Im Traum wirkten die Augen dieser Menschen vergrößert, und in ihnen spiegelte sich zu meinem Erschrecken mein freundlich lächelndes Gesicht.

Ich weiß nicht, wann ich anfing, mich gut zu fühlen, wenn ich Essen im Mund hatte. Pausenlos kaute ich etwas. Irgendwann fraß ich nur noch, egal, ob das Aufschließen der Tür zu hören war oder nicht. Ich begann zuzunehmen. Ich schätze, ich nahm jeden Monat zehn Kilo zu. Trotzdem wurde dieser Mistkerl nicht müde. Als ich vierzig Kilo zugenommen hatte, sah er mich endlich wie ein Monster an. Wegen meiner fetten Oberschenkel wird es schwer gewesen sein, mit Gewalt in mich einzudringen. Ich war froh, dass mich dieser Mistkerl nicht mehr anfasste. Ich aß weiter und wurde immer fetter.«

Das Licht in der Wohnung im Erdgeschoss gegenüber musste ausgegangen sein, denn im Atelier war es noch dunkler geworden. Hatte sie gerade noch vom Hals abwärts wie ein dunkler Hohlraum ausgesehen, lösten sich nun auch L.s Kopf und Hände in der Dunkelheit auf.

»Für mich ist …« Sie klang, als werde sie mir ein bedeutungsvolles Geheimnis beichten. »Für mich ist Essen das Schönste auf dieser Welt. Es ist meine Mutter, meine Kraft, mein Ein und Alles. Es wärmt und sättigt mich. Und es schmeckt mir.«

L. hielt meine Hand noch immer fest umklammert. Sie sah mich nicht an, sondern blickte auf den Gipsabdruck ihrer unteren Körperhälfte, oder eher in die Dunkelheit, in der er sein musste. Leise rief sie mich. Anstatt auf meine Antwort zu warten, sagte sie flüsternd: »Bevor du letztes Mal die Abdrücke von mir genommen hast …«

Ich setzte mich vorsichtig auf den Boden und blickte in ihr Gesicht auf, das in der Dunkelheit versonnen nach unten zeigte. Zum Glück weinte sie nicht. Vielleicht lag es an den Lichtverhältnissen, dass sie kaum merklich zu lächeln schien. Sie hatte das Gesicht eines Kindes, das gerade aus einem friedlichen Traum erwacht war.

»Bevor du letztes Mal die Abdrücke von mir genommen hast, dachte ich, dass ich das Gefühl haben würde, noch mal vergewaltigt zu werden.«

»Und?«

»Es war aber wohlig angenehm.« Sie atmete tief ein. Noch leiser fügte sie hinzu: »Deine Berührung, meine ich.« Dabei sah sie mich direkt an. Es war das erste Mal, seit wir ins Atelier zurückgekommen waren. »Für mich gab es nur diese Stelle … diese eine schreckliche Gegend. Aber du hast mit deinen Händen jede Stelle meines Körpers berührt. Es fühlte sich an, als würdest du ihn auf diese warme Art aufwecken.«

Ihre Stimme war so leise, dass ich kaum zu atmen wagte.

»Ein paar Nächte lang konnte ich nicht schlafen. Ich konnte nur noch an deine Hände denken. Diese Hände … Ich hatte den Wunsch, sie mit meinen Händen zu berühren.«

Ich hob meine linke, freie Hand und streichelte ihre Wange. Vorsichtig, als könnte etwas zu Bruch gehen. Ich zog ihr Gesicht zu mir und küsste sie sanft. Warum war ich nicht von selbst darauf gekommen? Ihre Lippen waren feucht von alten und neuen Tränen. Dass sie wie vor Kälte zitterten, bemerkte ich erst, als ich sie mit meinen Lippen berührte.

»Frierst du?«, fragte ich.

»Nein.«

Dabei klapperte sie mit den Zähnen.

Ich schob meine Hand unter ihr T-Shirt. Die übereinanderliegenden Fettmassen von Busen und Bauch fühlten sich kühl und glatt an. Als ich meine rechte Hand aus ihren Händen befreite und auch unter ihr T-Shirt schob, kam ein langer, feuchter Seufzer über ihre Lippen.

DER SARG

Nach dieser Nacht kam L. manchmal am späteren Abend zu mir ins Atelier. Von ihrem großzügigen Leib wurde mein dünner Körper umhüllt. Er war so grenzenlos tief, dass ich nicht wusste, wie weit ich mich noch hineinwagen sollte. Wo auch immer ich anfasste, wurden meine Berührungen über sanfte Schwingungen weitergeleitet. Es war ein Fest der Sinne, von dem ich kaum glauben konnte, dass es Sex mit nur einer Frau war. Und ich geriet in ihren Bann und gewöhnte mich daran. Ich meinte, nie wieder mit einer Frau mit normaler Figur Sex haben zu können.

Wenn wir uns hinterher etwas übergezogen hatten, schlug L. manchmal vor, einen Happen essen zu gehen. Sie ging gern zu Dunkin' Donuts, das auch zu später Stunde noch geöffnet hatte. Sie wählte die Donuts nach reiflicher Überlegung aus – was eigentlich keinen Sinn ergab, weil sie am Ende alle Sorten aß, die im Regal lagen. Bis das Geschäft schloss, hatte sie drei bis vier Tabletts geleert.

Nachdem ich ihr eine Weile schweigend beim Essen zugesehen hatte, setzte ich an: »Es gibt da etwas, was ich gern noch einmal sehen würde.«

»Was denn?«, fragte sie mit vollem Mund.

»Das Foto, das du mir neulich gezeigt hast.«

»Ach so, das meinst du.«

Immer noch mit Kauen beschäftigt, wühlte sie in ihrer Schultertasche nach ihrem Portemonnaie. Dann hielt sie mir das Foto vor die Nase.

»Hier bin ich dreizehn, das war kurz bevor ich zugenommen habe. Es gibt immer wieder Leute, die wissen wollen, ob ich schon immer so dick war. Für solche Leute habe ich es dabei.«

Ich streckte die Hand aus und nahm das Foto. Das Mädchen auf dem Foto war mollig und niedlich und hatte ein lebendiges Lächeln in den Mundwinkeln. Genauso hatte ich es letztes Mal empfunden.

»Wenn andere das Foto sehen, sind sich alle einig, dass ich hübsch war und ein süßes Lächeln hatte. Ist das nicht komisch? Damals war ich schon in der Hölle.« Mit einer groben Handbewegung wischte sie sich die Schokolade von den Lippen. »Die Leute wissen einfach nicht, wie falsch ein Lächeln sein kann.«

Beim diesem Satz spielte für einen Augenblick ein Lächeln um ihre Mundwinkel, das ohne ihre Worte unendlich friedlich und angenehm hätte wirken können. Wie kam das bloß? Plötzlich hatte ich das Gefühl, dass L. mein anderes Ich sein könnte, das ich vielleicht irgendwann vor langer Zeit in meiner Kindheit verloren hatte. War es viele

Jahre umhergestreift und hatte sich dann in diesem riesigen Leib versteckt?

Als Mitternacht näher rückte, fuhr L. noch einmal mit der Fingerspitze über die auf das Fettpapier des Tabletts gekleckerte Erdnusscreme, leckte den Finger ab und stand auf. Während sie das leere Tablett zurück zur Kasse brachte, trank ich meinen kalten Kaffee aus und warf den Pappbecher in den Mülleimer.

Wir traten auf die dunkle Straße. Ich ließ sie von einem Taxi nach Hause bringen. Sie wollte nicht, dass ich sie zu ihrer Wohnung begleitete. Vielleicht lag das an ihrer Mitbewohnerin. Ich blieb noch stehen, die Hände in den Hosentaschen vergraben, bis das Taxi rechts abbog und verschwand.

Was stimmte mich so einsam?

In keiner meiner Beziehungen mit Frauen hatte ich jemals diese unerklärliche Einsamkeit gefühlt. Fragen gingen mir durch den Kopf: Was macht diese Einsamkeit aus? Ist sie Vorzeichen dafür, dass etwas zu Ende geht? Und was für ein Ende wird es sein? Welche Enttäuschungen erwarten mich?

Die Rollläden eines Restaurants, in dem ich irgendwann mit L. zu Abend gegessen hatte, wurden gerade heruntergelassen. Der frische Wind der Sommernacht blies mir gegen die Arme. Ich lauschte dem leisen Geräusch, das meine Schuhe auf dem Gehweg verursachten, und ging bis zum Ende der Straße, zur Gasse und zu der Treppe, bis ich in mein Atelier eintrat, in dem überall Spuren von der Arbeit an ihren Abdrücken waren.

An den Abenden, an denen L. mich besuchte, waren drei Riesen in meinem Atelier zugegen: L., die Negativschale von ihr und ihre Hülle, die ich reproduziert hatte, indem ich noch eine Schicht Gips in die Abdrücke gegossen hatte. Diese Hülle hatte ich der Länge nach, von der Schulter ausgehend bis zum Bauchnabel, grob aufgerissen, dadurch den Riss betont und den Busen zerfetzt gelassen wie nach einem chirurgischen Eingriff.

Die Abdrücke hatte ich an den Schnittstellen zu einem weiteren Körper vereint. Klappte man die Teile ein wenig auseinander, war die Spur von L.s Körper genau zu sehen. Wenn ich die gewölbten, sich überlappenden und hängenden Fleischmassen sowie die echten lebendigen Schamhaare anschaute, verspürte ich oft das Verlangen, in die Plastik hineinzugehen. Bückte ich mich etwas und zog den Kopf ein, würde mein schmaler Körper vollständig davon umhüllt werden.

An einem Abend gestand ich L., meine Hände in ihren nackten Achseln versteckt: »Später werde ich das als meinen Sarg nehmen.«

»Wirklich?« Sie lächelte und verzog gleichzeitig das Gesicht, als wäre sie unter den Armen kitzlig.

»In so einem Sarg würde ich mich wohlfühlen.«

»Du bist echt komisch«, sagte sie. »Jetzt kommst du mir tatsächlich wie ein Außerirdischer vor.«

Ich strich ihr spärliches Haar zurück und küsste sie auf die schmale Stirn. In ihrem Gesicht noch immer halb Lächeln und halb Grimasse.

IHRE AUGEN

In dem Kiefernholzregal, das ich in dem Jahr selbst gebaut hatte, in dem ich meinen Master gemacht hatte, sammelten sich die Lifecasting-Hände von L. Als die zwanzigste dazu kam, räumte ich den ganzen anderen Kram, der sich angesammelt hatte, weg, um nur noch die Hände aufstellen zu können.

Wachte ich morgens auf, wurde ich von L.s Hülle und der Negativschale ihres Körpers begrüßt. Auf dem Weg zum Waschbecken sah ich ihre Hände. Dadurch war sie selbst zu Zeiten, in denen ich nicht mit ihr zusammen war, wie mein eigener Schatten. Wir hatten ausgemacht, dass ich noch einmal Abdrücke von ihrem Körper nehmen würde, sobald sich die Temperaturen etwas abgekühlt hatten. Mit einem weiteren Riesenabdruck und einer weiteren Hülle müsste ich den Umzug in ein größeres Atelier in Erwägung ziehen.

Aber es dauerte nicht lange, bis mir klar wurde, dass aus meinen Plänen nichts werden würde. Anfang September war es morgens und abends nicht mehr ganz so heiß. L. besuchte mich nun nicht mehr so häufig. Sie kam nur noch samstags zum Abnehmen der Handabdrücke. Manchmal sagte sie auch da mit einem Anruf ab. War sie dann doch gekommen, wusch sie sich schnell die Hände, und sobald wir mit der Arbeit fertig waren, verschwand sie eilig.

Am ersten Samstagnachmittag nach dem traditionellen Erntedankfest Chuseok stand L. vor mir und schien nicht arbeiten zu wollen. Weder wollte sie die Ärmel ihres dunkellila Shirts hochkrempeln, noch legte sie auch nur ihre Tasche ab. Zögernd blickte sie auf mich herunter, während ich kniend den Gips ins Wasser rührte. Schließlich brach ich die Vorbereitungen ab und stand auf. Ich bot ihr den Sessel an, holte mir einen Klappstuhl und setzte mich ihr gegenüber. Unbehaglich saß sie auf der Sesselkante.

»Hast du mir etwas zu sagen?«, fragte ich gefasst.

Mir war nicht entgangen, dass sie sich allmählich von mir entfernte. Eine solche Veränderung des Herzens kann bei jedem und zu jeder Zeit passieren. Langfristige Anhänglichkeit hätte ich viel schwerer ertragen können. Aber ich fand noch Gefallen an der Verbindung, sodass ihre Veränderung mich traurig stimmte.

»Kann sein, dass ich nicht mehr komme.«

Das hatte ich vermutet.

»Tut mir leid.« Sie beobachtete meinen Gesichtsausdruck.

»Das macht nichts«, erwiderte ich gelassen.

Sie lächelte. Ihre Naivität war leicht zu beschwichtigen.

»Ehrlich gesagt habe ich mich verliebt.«

Sie wurde rot. Der Mann habe nach dem Militärdienst an ihrer Fakultät sein Studium wieder aufgenommen. Nach ihren Ausführungen konnte ich ihn mir gut vorstellen – groß, scharf geschnittene Gesichtszüge, sensible Finger, mit denen er sich die Zigarette ansteckte, eine sanfte Stimme.

»Wenn ich ihn sehe, habe ich das Gefühl, mir zerspringt gleich das Herz. So etwas fühle ich wirklich zum ersten Mal in meinem Leben.« L.s Gesicht verdunkelte sich. »Aber O. hat herumgetratscht, dass ich ihn mag. Dieses Miststück. Vor Kurzem bin ich ihm begegnet und er hat mich angesehen.«

»Und?«

»Er fand mich abscheulich.«

Ich betrachtete ruhig ihr Gesicht und musste an ihren nackten Körper denken, den ich überall berührt hatte. Ich dachte an die riesige Oberfläche ihrer feuchtglatten Haut, ihre riesige Hülle.

»Ich werde nicht mehr herkommen.«

Das hatte sie schon einmal gesagt. Diesmal klang sie entschlossener.

»Ich werde ein Urlaubssemester einlegen, um abzunehmen. Im Semester darauf werde ich mit einem völlig neuen

Aussehen vor ihm erscheinen. Dann wird er mich anders ansehen.«

Ihr Gesicht war ernst und klar. Dass sie von etwas so überzeugt war, sah ich zum ersten Mal. Ich war erstaunt, welch entschiedene Haltung, welch starken Willen dieses Mädchen hatte.

»Du hast mir gesagt, dass ich hübsch bin. Seitdem ich zugenommen habe, war mir kein einziges Mal der Gedanke gekommen, dass ich hübsch sein könnte. Aber es von dir zu hören, machte mich glücklich. Ich war so glücklich, dass es kaum zu glauben war. Irgendwie hatte ich plötzlich wieder mehr Selbstwertgefühl. Aber nun ist alles anders. Ob ich mir zu viel wünsche? Wenn er mir sagen würde, ich bin hübsch, dann wäre ich wunschlos glücklich und könnte am gleichen Tag sterben.«

»So ist das also.«

Ich machte für sie das traurige Gesicht eines verlassenen Mannes und nickte dabei. Sie war zwanzig. Ein Mädchen mit zartfühlendem Herzen in einem großen Körper. Was bedeutete Liebe für sie? Ob sie die Hülle dieses jungen Mannes liebte, der ihr angeekelte Blicke zugeworfen hatte?

Als ihr Riesenkörper kurz danach ging, erschien mir mein Atelier geräumiger als sonst. Ich hatte ihr lediglich die Tür geöffnet und sie nicht hinausbegleitet, weil ich fühlte, dass sie wegwollte. Selbst unser kurzer Abschied war für sie langweilig und einengend gewesen.

Einen Tag später wachte ich gegen drei Uhr morgens auf, weil ich Durst hatte. Ich machte das Licht an, trank ein Glas Wasser und ging in meinem Atelier auf und ab. Dann kroch ich, wie im Scherz angekündigt, mit eingezogenem Kopf in ihre Negativschale.

Mit langgestreckten Beinen setzte ich mich in ihre Pose.

Ich fühlte mich sehr wohl. Hätte mich jemand mit dem Vorderteil des Abdrucks zugedeckt, wäre der Sarg vollständig gewesen. Ich lehnte mich gegen ihr kräftiges Rückenteil und schloss die Augen. Da überdeckten L.s Augen die meinen und bewegten sich über meiner Stirn hin und her, feucht und klar wie immer.

Als ich nach einer Weile wieder vorsichtig herauskroch, fühlte ich mich seltsam erleichtert. Wer schon einmal in seinem eigenen Sarg gelegen hat, muss dieses Gefühl kennen.

Ich hockte mich in meinen alten Sessel, schloss die Augen und wartete still auf den Morgen. Dass mich L.s Schwere, die in den letzten Monaten meinen gesamten Raum eingenommen hatte, nun verlassen hatte, versuchte ich gefasst hinzunehmen. Die befürchtete Enttäuschung kam nicht. Das empfand ich als Glück.

Natürlich konnte ich da noch nicht ahnen, dass sie mir drei Jahre später in einer völlig unerwarteten Erscheinung begegnen würde.

DIE ZEIT

Obwohl mich L. verlassen hatte, setzte ich die Arbeit an den Abdrücken fort. Vom späten Nachmittag an hielt ich mich vor der Hongik-Universität auf, die zwei U-Bahn-Stationen von meinem Atelier entfernt war, und beobachtete aufmerksam die vorbeigehenden Frauen. Dabei achtete ich bewusst nicht auf Gesicht oder Kleidung, sondern betrachtete ausschließlich die Körperform. Perfekte Körper, wie sie in Zeitschriften oder im Fernsehen zu sehen waren, interessierten mich nicht. Mich zog die normale, asymmetrische Figur an, die nackt befremden könnte. Sah ich einen Körper, der mir geeignet erschien, näherte ich mich der betreffenden Frau vorsichtig.

Die meisten erschraken und hielten mich wahrscheinlich für einen Geisteskranken oder Verbrecher, aber ab und zu gab es auch interessierte Frauen. Der besondere Charakter dieser Gegend muss dabei eine Rolle gespielt haben. Wenn eine Frau nur Interesse zeigte, war das schon ein gutes Zeichen. Es war keineswegs einfach, eine fremde Frau so weit zu bringen, dass sie mir erlaubte, Abdrücke von ihrem Körper zu nehmen, und sich dafür auszog. So brauchte ich zum Beispiel mehr als hundert Tage, um eine Frau zu überreden, die mit ihren breiten Schultern und dem flachen Busen wie ein dürrer Junge wirkte. Ich hatte ihre Telefonnummer, die ich mit Mühe bekommen hatte, jeden Abend gewählt. Die vage Antwort, »ich werde es mir überlegen«, kam erst nach drei Monaten.

Unter den Frauen, die in dieser Weise von mir behelligt worden waren und mich schließlich gewähren ließen, gab es einige, die persönliches Interesse an mir zeigten. Aber keine von ihnen hatte dieses gewisse Etwas wie L. Ich wies sie nicht unbedingt zurück. Zu einer länger andauernden Beziehung kam es jedoch nicht. Wahrscheinlich waren die Abdrücke von ihrem nackten Körper ein derart aufwühlendes Erlebnis für sie, dass sie das fremde Gefühl in dieser außergewöhnlichen Situation mit einem Gefühl für mich verwechselten. Weil ich dies nicht ausnutzte, verließen mich diese Frauen bald.

Nachdem sie mich verlassen hatten, blieben ihre Hüllen in meinem Atelier zurück. Sie öffneten ihre nackten Körper, murmelten, stöhnten oder schrien. Ich liebte ihren geheimnisvollen Atem, der von Leben und Tod durchdrungen war.

Im Winter desselben Jahres fand meine zweite Ausstellung statt, die kleiner war als die erste. Ich zeigte in dem etwa fünfundzwanzig Quadratmeter großen Ausstellungsraum ausschließlich die Abgüsse von L.s Händen. Die Galeristin, Anfang dreißig, mit spitzem Kinn und akneroter Stirn, schrieb für den Katalog einen Kommentar mit dem Titel »Die Hände, die den Punkt berühren, in dem sich Leben und Tod treffen«.

Wie kam sie zu diesem Eindruck? Konnte sie diese merkwürdige Trauer und Heiligkeit fühlen, die ich angesichts der Hände und Augen von L. empfunden hatte? Es blieb ungeklärt, ob diese subtile Ausstrahlung meiner Werke von L. stammte oder ob ich diesen Eindruck eingearbeitet und reproduziert hatte. Diese Unklarheit hatte ich von Anfang an beabsichtigt.

Wegen der geringen Größe der Werke und der Tatsache, dass es Lifecasting war, zählte man sie zur Kategorie Kleinplastik. Sie erregten keine besondere Aufmerksamkeit. Sobald man ihnen mitteilte, dass es sich um leicht zerbrechlichen, faserverstärkten Gips handelte, erlosch das Interesse der Sammler schnell.

Im Herbst des darauffolgenden Jahres stellte ich die Negativschale sowie die Hülle von L. und den anderen Frauen aus. Einen Gesamtkörperabdruck hatte ich nur von L. Die Teile der anderen Frauen – die obere und untere Hälfte der Körper, Busen, Oberschenkel und Hüften – riss ich auseinander und ließ sie an die Wand hängen oder auf den Boden legen.

Das rege Interesse an dieser Ausstellung überraschte mich etwas. Ich gab mehrere Interviews und in vielen Zeitschriften erschienen Kritiken. Die Ausstellung war bis zum letzten Tag gut besucht. Ich wurde von Unbekannten angesprochen. Zum ersten Mal in meinem Leben spürte ich so etwas wie Neid von anderen.

Aber arm war ich noch immer, weil niemand so etwas

Sonderbares wie die Hülle eines menschlichen Körpers bei sich zu Hause aufhängen wollte. Mein Atelier war mit auseinandergerissenen Hüllen zum Bersten gefüllt. Als mein Mietvertrag ablief, erhöhte der Vermieter die Miete, sodass ich mir zu Beginn des Winters wieder etwas mit Nachhilfe dazuverdienen musste.

So ging es eine ganze Weile. Ein neues Jahr begann und ich stellte immer wieder Hüllen her, die niemand kaufen wollte. Nicht nur Frauen waren meine Modelle, auch Männer. Statt einer standen auch zwei Personen aneinandergelehnt oder in einer Umarmung Modell. Ich verband Arme und Dammbereich von zwei liegenden Modellen. Wie ein nie abreißender Faden kamen mir immer neue Ideen. Oft wachte ich mitten in der Nacht auf, tastete mich im Dunkeln zum Tisch und schlug meinen Skizzenblock auf.

Manchmal dachte ich an L. Ich vermisste ihre Augen, ihre Hände, die wogende Fleischmasse, ihre dünne Stimme und ihre derbe Art zu reden. Diese Sehnsucht nahm mit der Zeit immer mehr ab. Die kleinen Details vergaß ich zuerst. Was blieb, war ein bestimmtes Bild und starke Erinnerungen, doch auch diese verblassten nach einer Weile.

So war das mit der Zeit: Sie ließ das Fleisch und die Eingeweide der Erinnerungen allmählich faulen, löschte Spuren aus, und schließlich blieben ein paar Handvoll weißer Knochen übrig. Als sich meine Erinnerungen an L. auf etwas wie einen hingehauchten Entwurf reduziert hatten, begegnete ich ihr wieder.

DIE NARBE

Es war an einem Nachmittag in Jongno. Ich erkannte sie nicht wieder, bis sie direkt vor mir war. Sie schien tief in Gedanken versunken und ging schnellen Schrittes, ohne irgendetwas um sich herum wahrzunehmen. Erst als im Vorbeigehen ihr Kopf auf der Höhe meiner Schulter war, erkannte ich sie und blieb wie angewurzelt stehen.

Unsicher sagte ich ihren Namen.

Sie blieb sofort stehen und sah sich nach mir um. Sie war etwas außer Atem, vielleicht weil sie so schnell gegangen war. Als sie mich erkannte, leuchteten ihre glanzlosen Augen für einen Augenblick auf.

»Aha«, sagte sie spöttisch, »der Außerirdische. Lange nicht gesehen.«

Erst da konnte ich ihr Aussehen genau betrachten.

Vielleicht wog sie jetzt um die fünfundfünfzig Kilo. Sie hatte zwar nicht die Figur eines Models, doch für ihre Größe hatte sie nun eine gut proportionierte Figur. Nicht nur ihr Körper, auch ihr Gesicht war völlig verändert. Die Wangen hingen nicht und an ihrem schmalen Hals war keine einzige Falte zu sehen. Nur das Kinn war noch ein wenig rund, wie geschwollen.

Wo waren all die Fleischmassen hin, der riesige, sackähnliche Körper? Nichts von diesem Speck, dessen Masse ich mit meinen Händen und meinem Körper unzählige Male erspürt, gestreichelt und geknetet hatte, war geblieben. Jede noch so kleine Stelle dieses Leibes hatte ich mit Gips bestrichen und Abgüsse davon gemacht. Der Körper, den ich für ihren gehalten hatte, hatte nun eine ganz andere Form. Die runden, weiblichen Linien – lange Beine, Arme, Busen, Taille und Becken – waren genau zu sehen und mir völlig fremd.

Auch ihr Kleidungsstil hatte sich sehr verändert. Anstelle der riesigen T-Shirts in dunklen Farben trug sie einen beigefarbenen Wollpullover und eine Strickjacke im gleichen Farbton, dazu eine dieser engen Jeans mit Schlag, die gerade in waren. Zum ersten Mal sah ich sie Schmuck tragen, eine Halskette und einen Ring. Ohrlöcher hatte sie sich auch machen lassen, und ihr Armreif hatte ein filigranes Design.

L. rührte sich nicht und beobachtete mein Schweigen. Ihre schräg hochgezogenen Mundwinkel schienen zu fragen: »Na, wie sehe ich aus?« Haltung und Gesichtsausdruck waren, genauso wie ihr Tonfall bei der Begrüßung, voll höhnender Verachtung. Das schien ihre neue Art zu sein. Was um alles in der Welt hatte sie so werden lassen?

»Du hast dich ganz schön verändert.«

»Ich hatte doch gesagt, dass ich mich verändern werde.«

»Wollen wir kurz irgendwo eine Tasse Tee trinken gehen?«

»Keine Zeit.«

Aus ihrer Stimme las ich diesen Hochmut, diese Eitelkeit und Macht, mit der hübsche Frauen ihren Verehrern, am liebsten allen Männern, so gern begegnen.

Aber, um offen zu sein, ihr Anblick faszinierte mich nicht mehr.

Ohren, Nase, Mund und Augen hatten früher auch nett ausgesehen. Bei der jetzigen Figur kamen sie zwar besser zur Geltung, aber ihr Gesicht war nicht mehr lebendig. Ihre Haare trug sie schulterlang und offen, sie waren trocken und spröde wie Heu und hatten Spliss. Ihr Ausdruck wirkte gereizt und kalt, wie gejagt. In Tonfall und Gestik lag eine unterschwellige Aggressivität.

Woher kam das bloß?

Ich nahm die Telefonnummer, die sie schnell auf meinen Notizblock gekritzelt hatte, und blickte geistesabwesend auf ihre trockenen Augen.

Ja, das war es. Das Tempo. Ihr Tempo hatte sich verändert.

Früher war L. endlos langsam und vorsichtig gewesen,

wenn sie ihren Riesenkörper bewegt hatte. Diese langsame Art war es wohl gewesen, was mich berührt hatte. Sie muss L.s Gesicht diese merkwürdige Heiligkeit und Traurigkeit gegeben haben, die mich dazu gebracht hatte, sie länger anzuschauen.

Nun war L. zu einer völlig anderen, durchschnittlichen Frau geworden. Seltsamerweise schien sie jedoch nicht glücklicher zu sein als früher.

Wir gaben uns zum Abschied die Hand. Es war ein formales Händeschütteln, ohne jede Wiedersehensfreude oder Zuneigung. Bevor ich ihre Hand losließ, betrachtete ich sie noch einmal genauer. Lediglich das Bild dieser Hand wollte ich verinnerlichen, da es mich in den letzten drei Jahren immer wieder zutiefst berührt hatte. Da entdeckte ich auf ihrem Handrücken etwas Merkwürdiges: Zwischen Daumen und Zeigefinger verlief eine dunkelrote, ziemlich tiefe Kerbe. Sie sah aus, als wäre sie kurz vor dem Abheilen immer wieder aufgerissen worden und so zu einer unauslöschlichen Narbe geworden. Ihre Hände waren immer noch weiß, weich und rund. Aber ich hatte das Gefühl, dass die Narbe diese Weichheit aufriss und L. unbemerkt ausbluten ließ. Gerade als wären ihre Seele, ihre zarte Langsamkeit und Vornehmheit zerstört.

L. setzte ihren Weg mit schnellen Schritten fort, winkte mir noch einmal zu und ließ mich völlig verwirrt zurück.

Nachsinnend ging ich weiter. Mich erstaunte, dass ich ihre Hand nach drei Jahren immer noch als schön empfand, dass ich wieder elektrisiert war und dass diese Narbe sich derartig in mein Bewusstsein gebohrt hatte.

DAS GEHEIMNIS

In den nächsten vier Tagen wählte ich ihre Telefonnummer neunmal, ohne dass ich sie hätte erreichen können. Dann war eine junge Frau namens O. am Apparat, die, wie ich mich zu erinnern glaubte, die Mitbewohnerin von L. war.

»Sie geht morgens sehr zeitig aus dem Haus und kommt spät am Abend zurück«, sagte sie. »Haben Sie denn nicht ihre Handynummer?«

»Können Sie mir die geben?«, bat ich. O. lehnte entschlossen ab. Sie schien schon des Öfteren solche Anrufe bekommen zu haben.

»Wenn L. Ihnen ihre Handynummer nicht gegeben hat, wird sie es wohl so gewollt haben.«

Diesmal fragte ich nach der Adresse.

»Wieso denn das?«

»Na ja, ich würde ihr gern etwas schicken.«

Nach einigem Zögern gab sie mir die Adresse.

Ich wartete vor ihrem Haus auf sie. Ich verstand mich selbst nicht mehr, nicht einmal als Teenager hatte ich so etwas getan. Obwohl ich mich für recht abgeklärt hielt und Zwänge in meinem Leben aus Prinzip vermieden hatte, war das Verlangen übermächtig, L.s Hand zu öffnen und mit meinen Augen diese Narbe zu durchdringen.

Die Gasse war dunkel und menschenleer. Das Licht von dem kleinen Laden an der Ecke, in dem Kekse und Getränke verkauft wurden, reichte nicht weit hinein. In der schmalen, betonierten Gasse reihten sich Häuser mit altmodischen Zinkdächern aneinander. Irgendwo schrien streunende Katzen. Aus einem Haus drang das Klappern von Geschirr. Die lauten Geräusche der Fernseher und ein weinendes Kind ließen die Stille draußen noch stiller wirken.

Erst kurz vor Mitternacht sah ich eine Frau, das Licht des Ladens in ihrem Rücken, in die Gasse kommen. Mit meinem vom Beobachten menschlicher Körper geübten Blick erkannte ich sofort, dass diese Frau L. war.

Weil sie aß, versteckte ich mich unter dem dunklen Dachvorsprung des Hauses gegenüber ihrer Wohnung. Hätte sie nur genascht, wäre das nicht notwendig gewesen.

In der Dunkelheit waren die genauen Konturen ihres Gesichts nicht zu sehen. Auf die Entfernung konnte ich auch nicht erkennen, was sie aß. Die Geräusche, die sie beim Aufreißen der Verpackungen, beim Stopfen des Inhalts in den Mund, beim Kauen und Schlucken machte, zerrissen die mitternächtliche Stille. Je näher sie kam, desto lauter wurden die Geräusche. Die Einkaufstüte hielt sie so verkrampft in der Hand, als hätte sie Angst, dass sie ihr weggenommen werden könnte. Jedes Mal, wenn sie eine Handvoll Essen in den Mund stopfte, schwankte ihr Oberkörper. Sie war so vertieft, dass sie mich nicht wahrnahm. Vor der Haustür blieb sie stehen und schlang den übrigen Inhalt der großen schwarzen Einkaufstüte innerhalb weniger Minuten hinunter.

Ich hatte sie früher oft essen sehen. Jetzt aber sah ich zum ersten Mal, mit welcher Aggressivität sie innerhalb kürzester Zeit Unmengen zu sich nehmen konnte. Noch bevor der Kuchen hinuntergeschluckt war, verschwanden frittierte Hähnchenteile in ihrem Mund. Noch bevor sie zu Ende gekaut hatte, schob sie Pommes nach. Dann Kekse und Kartoffelchips und andere Knabbereien. Sie legte den Kopf in den Nacken und goss einen Liter Limonade hinterher. Der Geruch des Essens, das sie wie einen Strom in sich hineingesogen hatte, verbreitete sich in der stockenden Luft der Gasse. Erdnusscreme vermischte sich mit frittiertem Hähnchen, Mokkatorte mit Kartoffelchips, Fanta mit Joghurt.

L. knüllte die Plastiktüten und die anderen Verpackungen möglichst klein zusammen und stopfte sie mit Gewalt in die überquellende Mülltonne vor der Haustür. Dann holte sie ein Taschentuch aus ihrer Schultertasche und wischte sich sorgfältig den Mund ab. Mit der anderen Hand strich sie sich unbehaglich über den Bauch. Das Taschentuch verschwand wieder in ihrer Schultertasche. Um durch die niedrige Haustür gehen zu können, musste sie sich bücken. Dann war sie verschwunden.

Erst da trat ich einen Schritt aus dem Schatten des Dachvorsprungs. Als ich vor der metallenen Haustür stand, durch die sie verschwunden war, fühlte ich mich wie aus der Realität gekickt. Was ich kurz zuvor gesehen und gehört hatte, erschien mir unwirklich. Die Dunkelheit und Stille in dieser engen Gasse waren plötzlich eiskalt und elend.

Was nun?

Ungefähr zwanzig Minuten stand ich so da, als ich eine Stimme aus einem Fenster hörte, das zu L.s Wohnung gehören musste: »Du tickst wohl nicht richtig!«

Als ich mich dem dunklen Fenster näherte, ging dort plötzlich das Licht an. Die sich heftig bewegenden Schatten hinter der Gardine konnte ich nicht genau zuordnen. Auch die gehässigen Stimmen der beiden Frauen, zwar leiser als der erste Ausruf, dafür aber in einem nicht abreißenden Wortstrom, konnte ich kaum auseinanderhalten.

Mit einem lauten Quietschen wurde das Schiebefenster geöffnet. Ich brachte mich an der Wand in Sicherheit. Kosmetika, Parfümflaschen, ein Ledermantel, Pullis, ein paar Bücher und Unterwäsche flogen auf die Gasse.

»Hau ab!« Die zitternde Stimme gehörte zu dem Mädchen, mit dem ich vor ein paar Stunden telefoniert hatte. »Hau sofort ab! Ich kann dein Gesicht nicht mehr sehen!«

Ich wandte mich in der Dunkelheit vorsichtig um und sah das Profil des Mädchens im Fenster. Das war O., die ich vor langer Zeit kennengelernt hatte. Sie war völlig aus der Fassung.

»Du brauchst mir das Geld nicht zurückzugeben! Nicht einmal das will ich!«

Das Fenster quietschte beim Schließen noch lauter als zuvor beim Öffnen.

Ich lehnte mich an die kalte Wand neben dem geschlossenen Fenster und ließ den Blick über die herabgeworfenen Sachen schweifen. An einem Paar eleganter Pumps aus Veloursleder blieb mein Blick hängen. Es steckten Beine darin. Ich hob den Blick. L. schrak deutlich sichtbar zusammen.

»Wer sind Sie denn?« Sie musterte mich verwirrt. »Unhyong?«

Im Licht des Fensters schienen von ihrer Pupille unzählige rote Risse auszugehen. Noch bevor ich antworten konnte, wurde es dunkel um uns her. Sie beugte sich vor, ertastete ihre verstreut liegenden Sachen und sammelte sie in ihre große Schultertasche ein. Selbst die Probepackung Gesichtslotion hob sie sorgfältig auf. Kleidungsstücke, die nicht mehr in die Tasche passten, legte sie sich eins nach dem anderen über die Schulter.

»Du scheinst dich aber auch verändert zu haben«, brummte sie mürrisch vor sich hin, wie sie da hockte und ihre Sachen zusammensammelte. »Ich hatte dich immer für einen coolen Typen gehalten.«

Mit der Tasche über der rechten Schulter und den fünf oder sechs Kleidungsstücken über dem linken Arm ging sie vor mir die Gasse hinunter. An der Tür zum Eckladen wurden gerade die Gitter geschlossen. Mir kam es so vor, als hätte es schon einmal so eine Nacht gegeben. Es war spät und ich war mit ihr unterwegs. In einem Geschäft wurden die Rollläden heruntergelassen, und durch die Stille wehte ein kalter Wind. Diese fremde Einsamkeit hatte mich damals überrascht. Jetzt war ich mir nicht einmal mehr sicher, ob das ein Traum oder eine Erinnerung war.

Bis wir zur nächsten großen Straße gelangten, drehte sie sich kein einziges Mal um. Ich sah auf ihren kleinen Hinterkopf mit den dünnen, schulterlangen Haaren und auf ihre unglaublich schmal gewordenen Schultern. Ich folgte ihr immer weiter. Wir kamen an eine Bushaltestelle, aber es fuhr kein Bus mehr. Die Straße war dunkel und leer. Sie bewegte ihre rechte Schulter ein paarmal, als wäre die Tasche schwer. Dann drehte sie sich völlig unerwartet um.

»Wohnst du immer noch in dem Atelier, so wie früher?«

Ich sah ihre hochgezogenen, höhnischen Mundwinkel und ihre Augen, die trüb geworden waren. Mit der rechten Hand, an der immer noch die aufgerissene Narbe zu sehen war, streifte sie sich die Haare aus dem Gesicht. Erst als ich diese Hand genau betrachtete, wurde sie zum ersten Mal verlegen und vergrub sie in der Hosentasche, als wolle sie ihr Geheimnis vor mir verbergen.

DER BEWEIS

Ich fragte sie nicht, warum ihre langjährige Freundin sie so behandelt hatte. Warum sie nachts allein in der Gasse vor dem Haus so viel aß. Was sie dermaßen müde machte und gleichzeitig rastlos wirken ließ, als fühle sie sich verfolgt.

Ich ließ sie, statt diese Fragen zu stellen, in meinem Bett schlafen, und schlief selber im Sessel zusammengekauert. Nur eine Frage stellte ich am nächsten Morgen: »Inzwischen musst du dein Studium abgeschlossen haben. Was machst du jetzt?«

»Ich habe noch zwei Semester. Bin noch beurlaubt«, antwortete sie gereizt. Die Blicke, die sie mir dabei zuwarf, ergänzten unmissverständlich: »Das geht dich einen Scheißdreck an.«

»Eigentlich hättest du dein Studium längst abgeschlossen haben müssen. Wenn du noch zwei Semester hast, warst du wohl länger beurlaubt.«

Sie war gerade damit beschäftigt, sich eine dicke Puderschicht auf Wangen, Stirn und Augenlider aufzutragen. Sie klappte die Puderdose demonstrativ laut zu.

Ich ignorierte ihre wortlose Widerrede und fragte weiter: »Wann willst du dein Studium wieder aufnehmen?«

Ich fragte nicht aus übertriebener Fürsorge, sondern aus reiner Neugier. Sie sah mir in die Augen und schien das verstanden zu haben. Die Gereiztheit verschwand aus ihrem Gesicht, und sie lachte in sich hinein.

»Ich werde nicht an die Uni gehen, bevor ich nicht abgenommen habe.«

Sie kramte aus der Kosmetiktasche einen Lippenstift und einen Pinsel. Mir war neu, dass sie sich schminkte. Ich beobachtete ihre Bewegungen, als sie ihre Lippen mit einem Kosmetiktuch abtupfte und wiederholt einen Schmollmund machte. Sie war sehr konzentriert bei der Sache und ihre kalten Blicke strahlten sowohl Zufriedenheit als auch Unbarmherzigkeit aus.

»In meinen Augen«, sagte ich mit einem Lächeln, »bist du schon schlank.«

»Schlank?«, spie sie voller Abscheu aus. »Mit diesem geschwollenen Gesicht?«

Sie holte aus ihrem Portemonnaie ein Bild. Ich erinnerte mich an das Foto, das sie mir vor langer Zeit gezeigt hatte. Ein molliges, niedliches Mädchen hatte darauf in die Kamera gelächelt. Sie hatte dieses Lächeln als falsch bezeichnet.

»Verdammt. Ich muss noch zehn Kilo abnehmen. Zehn Kilo. Mehr will ich gar nicht.«

Das Foto, das sie mir reichte, war nicht das Bild von damals. Es war eine Ganzkörperaufnahme einer dürren Frau. Sie trug ein ärmelloses, weißes Leinenkleid, die langen Haare hingen offen herab, an ihrem dünnen Arm war ein dunkellila Armreif aus Glas. Ich betrachtete die hochgewachsene Gestalt mit dem schmalen, lächelnden Gesicht lange.

»Was sagst du dazu?«

»Du siehst wie eine Schauspielerin aus.«

L. schien zufrieden zu sein. »Ach, Mist, alles nur wegen Jojo.«

»Jojo« sprach sie mit trotziger Kinderstimme wie den Namen ihres ärgsten Feindes aus. Es klang lustig.

»Wollen wir frühstücken?«

Bis dahin hatte ich noch, in eine Wolldecke gehüllt, in meinem Sessel gesessen. Ich stand auf, krempelte die Ärmel hoch, ging zur Spüle, wusch mir das Gesicht und holte zwei Eier.

»Lass das.«

»Magst du kein Ei?«

»Ich frühstücke grundsätzlich nicht. Außerdem habe ich schon Zähne geputzt.«

Sie machte wieder einen Schmollmund – auch das hatte ich früher bei ihr nie gesehen –, verschränkte die Arme und setzte sich in den Sessel, aus dem ich gerade aufgestanden war. Ich stellte eine Pfanne auf den Herd und betrachtete ihr Profil.

Wäre ich vor fünf Tagen nicht zufällig auf dem Weg nach Insa-dong durch Jongno geschlendert, wäre ich L. nicht begegnet. Hätte mich gestern Abend nicht diese unerklärliche Kraft vor ihre Wohnung gezogen, hätten sich unsere Wege für immer verfehlt, denn gestern war der letzte Tag für sie in jenem Haus.

Betrachtete man es von dieser Seite, dann war die Tatsache, dass sie an diesem Morgen in meinem Atelier im Sessel saß, nichts weiter als Zufall. Ihr gleichgültiges Schweigen und ihr mürrisches Gesicht machten zudem unmissverständlich klar: »Miss diesem kleinen Zufall bloß keine Bedeutung bei.«

Ich legte das Spiegelei auf einen Teller und sagte: »Auch wenn es nicht besonders komfortabel ist – du kannst hierbleiben, bis du ein Zimmer gefunden hast, falls du jetzt nirgends unterkommen kannst.«

»Ich habe nicht vor, dir Umstände zu machen.« Sie lachte höhnisch.

»Wenn du es nicht umsonst annehmen willst, können wir ja wieder Abdrücke von deinen Händen nehmen. Anstelle der Bezahlung kannst du hier wohnen.«

Mit einer heftigen Bewegung stand sie auf. Erst da erkannte ich, was sie die ganze Zeit mit ihrem Blick fixiert hatte. Mit großen Schritten ging sie auf die Riesenhülle in der Mitte des Ateliers zu. Mit ihren schlanken Hüften stand sie genau davor, und es war kaum zu glauben, dass diese Hülle von ihr stammen sollte.

»Du hast das ausgestellt, nicht wahr?«

»Warst du in der Ausstellung?«

»Ich habe es in der Zeitung gesehen. Ich nehme an, es gab da viele andere Werke von dir zu sehen, aber nur das hier war in der Zeitung abgebildet.« L. biss sich auf die Unterlippe. »Weißt du was?«

Ich starrte ihr missmutiges Gesicht an, ohne etwas zu erwidern.

»Nur wegen dem Ding da habe ich auf Teufel komm raus Diät gemacht.«

Früher hatte sie »das Ding« als »meine Hülle« bezeichnet. Damals hatte sie weder mit dem Finger angeekelt darauf gezeigt, noch es so aggressiv angestarrt, als wollte sie es gleich in Stücke hauen.

»Wollen wir das nicht mal entsorgen?«

»Warum?«, fragte ich leise.

»Weil es der Beweis dafür ist, dass ich ein Monster war.« Ihre Augen, die nicht von der Hülle abließen, glitzerten.

»Nein«, antwortete ich ernst. »Das ist mein Sarg.«

Das sagte ich, weil ich wusste, dass sie dann lachen würde, und wie vermutet lachte sie auch, jedoch mit zynisch verzerrten Lippen. Ihre hasserfüllten Augen richteten sich nun auf mich.

HASENAUGEN

L. schuf sich ihren eigenen Raum in einer Ecke meines Ateliers. Dorthin schob sie das Bett, daneben einen Bananenkarton aus dem Supermarkt, den sie mit ihren Fachbüchern fürs Studium und mit Unterwäsche füllte. Auf dem Karton lagen Spiegel, Kosmetik, Parfüm und Nagellack bunt durcheinander. Unters Bett schob sie eine silberfarbene, quadratische Körperwaage mit abgerundeten Ecken.

Wie O. gesagt hatte, ging L. am frühen Morgen aus dem Haus und kam am späten Abend zurück. Von neun bis zwei arbeitete sie in einem *Burger King* an der Kasse, bis elf Uhr abends in einem Videoshop, der im ganzen Jahr keinen einzigen Ruhetag hatte. Bei *Burger King* hatte sie am Wochenende frei. Das bedeutete also, dass sie nur an den beiden Vormittagen am Wochenende etwas Zeit hatte.

»Mach bitte schnell. Ich bin müde«, beschwerte sie sich eines Sonntagmorgens gereizt, als sie mir nach drei Jahren wieder ihre Hände überließ.

Ihre Hände waren weder wie früher voller Gefühl, noch reagierten sie auf meine Fingerspitzen, die den Gips auftrugen. Am auffälligsten war ihre Kälte. Zwar waren sie immer noch weiß und weich und deshalb auch schön, diese Schönheit war jedoch leblos, kühl und schlaff.

»Wie ist die Narbe da entstanden?«, fragte ich beiläufig.

Sie reagierte nicht, die Hand hatte aber gezuckt. Um das zu überspielen, sagte sie laut: »Ich hab doch gesagt, du sollst dich beeilen. Es schnürt mir die Luft ab. Wenn wir hier fertig sind, muss ich raus an die frische Luft.«

An jenem Tag war ich schon eingeschlafen, bevor sie um Mitternacht aus dem Videoshop zurückkam. Aber ein Geräusch aus dem Badezimmer weckte mich. Durch die Tür aus Furnierholz konnte ich in der nächtlichen Stille hören, dass sie sich übergab.

Es dauerte sehr lange, bestimmt eine halbe Stunde. Dann hörte ich, wie die Klospülung mehrmals betätigt wurde. Zum Schluss putzte sie sich die Zähne. Mit einem Knacken öffnete sich die Badtür und ihr Körper erschien als dunkler Umriss im Türrahmen. Sie erschrak, als sie mich, an das Regal gelehnt, vor dem Bad stehen sah.

»Ich hab Magenprobleme.«

Um ihr Gesicht in der Dunkelheit genau betrachten zu

können, ging ich einen Schritt auf sie zu. Sie wich zurück. Innerhalb der einen Woche, die sie bei mir war, hatte sie sich schon dreimal übergeben. Das letzte Mal war Freitagabend gewesen.

»Fühlst du dich besser, wenn du dich übergeben hast?«

»Jetzt geht es mir viel besser. Alles gut.«

Auch am Morgen des folgenden Tages frühstückte sie nicht mit mir. Sie rieb sich eine halbe Möhre und löffelte davon nur den Saft. Unter ihren Wangenknochen lag ein Schatten, der ihr Gesicht bläulich wirken ließ.

»Du isst ja wie ein Kaninchen.«

»Diese Möhre hat aber auch schon fünfzig Kilokalorien.«

»Wie wäre es mit einem Glas Milch?« Ich wollte ihr die Milch ins Glas eingießen. Sie schrak auf und schüttelte den Kopf.

»Ein Glas Milch hat hundertfünfundzwanzig Kilokalorien.«

»Ich habe auch Sojamilch da.«

»Weißt du das denn nicht? Sojamilch hat noch mehr Kalorien als Kuhmilch«, entgegnete sie sehr bestimmt und voller Entsetzen. In ihren Blick war Furcht gemischt, als hätte ich ihr Gift empfohlen.

»Weißt du die Kalorien aller Lebensmittel auswendig?«

»Eine Mahlzeit pro Tag reicht mir. Sobald ich mehr esse, fühle ich mich unbehaglich und schwer«, sagte sie fröhlich, wie um mich zu beschwichtigen. Sie holte das Ballaststoffgetränk, das sie in den Kühlschrank gestellt hatte.

»Das muss dann besser sein als Milch.«

»Das hat dreißig.«

Sie leerte die Flasche mit einem Zug, ging wie jeden Morgen auf das Bett zu, bückte sich und holte die Waage hervor. Ihre Art, sich darauf zu stellen, glich einer Zeremonie. Während sich der Zeiger hörbar einpendelte, hielt sie den Atem an. Ein Keuchen war zu hören. Sie schob die Waage wieder unters Bett, setzte sich und korrigierte ihr Make-up. Dann griff sie nach ihrer Tasche und ging mit kleinen, schnellen Schritten zur Tür, ohne mich anzusehen oder sich von mir zu verabschieden.

Am darauffolgenden Freitag, als sie ihr Wochengehalt von *Burger King* bekam, versteckte ich mich hinter einem Geländewagen in der Gasse vor dem Haus. Gegen den Herbstwind hatte ich mir eine dicke Daunenweste übergezogen. In der Dunkelheit schaute ich zu, wie mein Atem in der Luft kondensierte.

Ich hatte richtig vermutet. Mit schwankendem Oberkörper kam sie um die Ecke. Während sie pausenlos in eine große, schwarze Einkaufstüte griff und sich etwas in den Mund schob, drehte sich mir in der Nachtluft bei dem Geruch von Frittierfett und süßlichen Erfrischungsgetränken der Magen um. An den Stufen zu meinem Atelier blieb sie stehen. Und zehn Minuten später hatte sie den Inhalt der Tüte restlos geleert. Ich sah sie nur von hinten, konzentriert in der nächtlichen Stille. Sie sah einsam aus. Schlucken. Kauen. Das Aufreißen von Verpackungen. Zusammenknüllen, sobald ihr Inhalt vertilgt war. Schmatzendes Schlürfen, während ihr das Essen am Kinn herunterlief.

Kurz nachdem sie in meinem Atelier verschwunden war, ging auch ich die Treppe hinunter. Noch bevor ich die Tür öffnete, hörte ich sie aus dem Bad. Sie übergab sich. Gelegentlich hörte man ein Ächzen, als würde sie ersticken. Sobald der Spülkanister voll war, betätigte sie die Spülung. Ohne regelmäßiges Nachspülen wäre die Toilette wahrscheinlich übergelaufen.

Das Keuchen, das Würgen und Erbrechen über der gequälten Toilettenschüssel und der Wasserstrahl im Waschbecken schienen überhaupt kein Ende zu nehmen. Dann wurden die Abstände größer, es wurde leiser. Die letzte Spülung. Die überfluteten Eingeweide, der Wasserstrahl und der verkrampfte Hals waren verstummt. Geblieben war nichts als angespannte Stille.

Schließlich hörte ich sie sich die Zähne putzen. Nach all dem Lärm kam mir das nächtliche Atelier nun unwirklich und verlassen vor. Nur das Schrubben der Zahnbürste war zu hören. Dann das Ausspucken des Zahnputzwassers. Wieder fließendes Wasser. Das Rascheln der Kleidung.

Bevor die Badtür aufging, schaltete ich das Licht im Atelier an. Ihre aufgerissenen Augen leuchteten rot in dem plötzlichen Licht. Da wusste ich, dass L.s Augen voller geplatzter Äderchen waren, voller tränenloser Risse. Von dem vielen Erbrechen waren die Pupillen geweitet, wie Hasenaugen.

»Mein Magen ist nicht in Ordnung.« Sie versuchte, gleichgültig zu wirken, und beobachtete dabei verstohlen meine Reaktion.

Statt einer Antwort nickte ich nur.

»Ich muss mich umziehen.«

Ich sah sie in Richtung Bett gehen und sagte: »Hör mit dem Erbrechen auf.«

Sie hielt kurz inne, griff dann aber, als hätte sie nichts gehört, nach ihrem karierten Schlafanzug, der zusammengelegt auf ihrem Kopfkissen lag.

»Hör auf damit«, sagte ich noch einmal. »Ich kenne Leute, die sich damit umgebracht haben.«

Mit einem frechen Gesicht drehte sie sich um: »Du meinst also, dass man stirbt, wenn man sich wegen Magendrücken übergibt? Auch wenn es kein Krebs ist?«

»Lassen wir die Spielchen«, murmelte ich. »Hier Vorwürfe, da Ausflüchte – das macht nur müde und traurig.«

»Könntest du dann bitte das Licht ausmachen?«, fragte

sie prüde, als würde sie sich zum ersten Mal vor mir ausziehen. »Ich würde mich gern umziehen.«

Der Schalter war hinter meinem Rücken, aber ich rührte mich nicht.

»Ich habe dich gebeten, das Licht auszumachen!«, rief sie zornig.

Als ich mich nicht vom Fleck rührte, kam sie schnaufend auf mich zu, wollte mich wegschubsen und das Licht selbst ausmachen. Als das nicht so einfach ging, vergrub sie ihre Fingernägel in meiner Brust. Ich packte sie bei den Handgelenken.

»Lass los! Willst du wohl loslassen!?« Sie schrie so laut, dass mir die Ohren wehtaten. Ich schob sie von mir und ließ ihre Handgelenke los. Sie war jetzt so aggressiv und unglücklich, wie sie früher nie gewesen war.

»Ich mache keine Witze. Eine von meinen Bekannten ist auf diese Weise gestorben. Eine Kommilitonin von der Kunsthochschule. Diese Krankheit ist heutzutage nicht selten. Und die Geschichten um Maria Callas und Karen Carpenter kennt jeder.«

Sie trat noch einen Schritt zurück und fauchte schnaufend: »Wie lustig, du kannst ja ein richtiger Klugscheißer sein. Das wusste ich gar nicht.«

Ich schwieg und beobachtete, wie es in ihr brodelte, weil sie mein Schweigen nicht ertrug.

»Du bist genauso wie O. Sie behauptet, dass ich teures Essen in mich reinstopfe und dann wieder auskotze. Ihr haltet mich für schuldig, aber ihr seid auch nicht besser.« Ihre verzerrten bläulichen Lippen bebten. »Was wisst ihr denn über mich? Was wisst ihr von meinem Leben? Was labert ihr für einen Schwachsinn, verdammt noch mal!«

Sie strich sich das strohige Haar mit einer groben Handbewegung aus dem Gesicht. Dabei zitterten ihre Hände, als hätte sie Schüttellähmung.

»Ja, es stimmt, dass mein ganzes Geld für Essen draufgeht. Ich habe nicht für die Studiengebühr gespart. Es bleibt gerade das Geld für den Bus. Verdammt! Trotzdem ist es mein Geld! Ich verdiene es und kann es auch ausgeben. Wenn hier jemand stirbt, dann bin ich das. Wenn jemand krank ist, bin ich das. Verstehst du? Lass mich gefälligst in Ruhe! Lass mich einfach in Frieden!«

Ihre Halsschlagader wand sich wie ein dünner Regenwurm und ihre Fäuste boxten wild in die Luft. Ich sah geperltes Blut an ihrer Narbe.

So war das also. Bevor die Narbe heilen konnte, steckte sie sich wieder die Hand in den Rachen. Ihre Zähne waren es, die die Narbe immer wieder aufrissen, und mit dem Essen erbrach sie rotes Blut.

»Aber ich lass dich doch in Ruhe.« Meine ruhige Stimme hallte in der Stille, die durch ihren keuchenden Atem unterbrochen wurde. »Ich hab dich immer gelassen.«

Ich sah in ihre rot geränderten Augen mit den zerplatzten Äderchen, in die ausdruckslosen, schwarzen Pupillen, hinter denen sich mir unbekannte Gedanken verbargen.

»Wenn du willst, kannst du jederzeit ausziehen. Aber hör mit dem Erbrechen auf. Ich möchte nicht, dass du stirbst.«

BRUCHSTÜCKE

Noch vor der Morgendämmerung wurde ich durch einen Höllenlärm geweckt. Erst wähnte ich mich in einem Traum gefangen, dann sprang ich erschrocken von dem zusammenklappbaren Gästebett hoch, auf dem ich seit ihrem Einzug schlief. Eilige Schritte entfernten sich über die

Treppe. Die kleine Tischlampe neben ihrem Bett war eingeschaltet, von ihr jedoch keine Spur. Ich machte Licht.

Durch die Luft meines hell erleuchteten Ateliers wirbelten weiße Staubkörner wie kleine Schneeflocken. Die Hülle von L. war derartig demoliert, dass man die Reste nicht einmal als Bruchstücke bezeichnen konnte. Was da über den gesamten Boden zerstreut lag, war nicht mehr die Hülle von L., es waren nur noch Spuren davon.

Der ohrenbetäubende Lärm hatte also daher gerührt, dass sie mit einem Hammer gegen ihre Hülle losgegangen war, wie jemand, der auf sein Gegenüber immer wieder Schüsse abfeuert, obwohl es längst tot ist. Sie musste eine regelrechte Mordlust gehegt haben.

Ihre gesamte Habe hatte sie aus dem Bananenkarton herausgezerrt und über das Bett verstreut. Dann musste sie überstürzt geflohen sein. Ich war mir nicht sicher, ob sie sich vor meiner Reaktion fürchtete oder ob ihre Mordlust auch gegen mich hätte gerichtet sein können.

Fassungslos stand ich vor dem Schutthaufen. Diese Hülle war mein liebstes Werk gewesen. Da die Frau mit dieser Figur nicht mehr existierte, konnte ich es nie wieder erschaffen. Zwar gab es Fotos davon, doch was nutzte das schon. Auch die Negativschale, meinen Sarg, hatte sie nicht verschont. Aber war nicht alles der Vergänglichkeit unterworfen?

Ich wartete ab, bis sich der feine Gipsstaub gelegt hatte, und fotografierte die Trümmer, die wie zu einem flachen Grabhügel angehäuft waren. Die größeren Stücke, deren Zugehörigkeit zu einem Körperteil nicht mehr erkennbar war, legte ich in einen Karton. Die verbleibenden Splitter und den Staub kehrte ich unter enormem Zeitaufwand in einen großen Müllsack. Mit dem Wischmopp wischte ich jede Ecke. Draußen war es inzwischen hell geworden.

Dann setzte ich mich erst einmal an den Tisch, um Atem zu schöpfen, ohne mir davor die Mühe zu machen, Gesicht und Hände zu waschen. Auf dem Tisch standen L.s Handabdrücke vom letzten Sonntag. Sie waren kühl und schlaff und stellten die Narbe auf dem rechten Handrücken zur Schau. Ich streichelte ihre Fingernägel. Als ich den Abdruck abnahm, hatten sie sich merkwürdig zart und weich angefühlt, wie Zwiebelschale. Das Zittern hatte ich der Anspannung und Abwehr zugeschrieben, aber auch ihre Krankheit hätte daran schuld sein können.

Ich rieb mir die halbe Möhre, die sie übrig gelassen hatte, und trank den Saft. Dann durchsuchte ich den Kühlschrank, fand zwei Flaschen Ballaststoffgetränk und leerte auch die in einem Zug. Der süßliche Geschmack vergrößerte nur meinen Durst. Ich holte Mineralwasser und trank mit großen Schlucken aus der Flasche.

Als ich die Splitter ihrer Hülle und den Staub rausbringen wollte, beschloss ich, auch den übrigen Müll mitzunehmen, und leerte den Eimer unter ihrem Bett in den Müllsack. Dabei fielen ein paar Medikamentenpackungen heraus. Es waren Schlafmittel, aber auch Abführmittel, die ich aus der Fernsehwerbung kannte.

Das Erbrechen schien ihr nicht zu genügen.

Nachdem ich auch den Mülleimer im Bad geleert hatte, band ich den großen Müllsack fest zusammen, stieg die Treppe hoch, stellte ihn vor die Haustür und klopfte mir die Hände ab. Tief atmete ich die kalte Luft ein.

Ich wusste, dass sie zurückkommen würde. Es war nicht sicher, wann, aber lange würde es bestimmt nicht dauern.

»Bald ist Winter«, murmelte ich vor mich hin. Ich atmete gleichmäßig und sah zu, wie der weiße Rauch vor meinem Mund sich langsam verflüchtigte.

Am Nachmittag klopfte der Postbote an die Tür.

»Was ist das?«

»Ich denke mal, ein Elektrogerät.«

Als Empfängerin war L. angegeben. Ich unterschrieb auf dem Beleg. Auf den ersten Blick sagte mir der Absender nichts. Aber kurz darauf fiel mir ein, dass es O. war, L.s Mitbewohnerin.

Der Postbote stellte den fast menschengroßen Karton vor der Tür ab und ging. Aus Platzmangel setzte ich mich auf die Türschwelle meines Ateliers und öffnete den Karton mit Messer und Schere. Der Inhalt entpuppte sich als ein Laufband.

Da ich in meinem Atelier nicht genug Platz hatte, packte ich es notdürftig wieder ein, trug es nach oben und lehnte es neben der Haustür an die Wand. Meine alten, gutherzigen Vermieter, die im Erdgeschoss still ihren Lebensabend verbrachten, würden darüber sicher nicht erfreut sein. Mir blieb jedoch keine andere Wahl, als auf L. zu warten.

Beim Hinuntersteigen drehte ich mich noch einmal um und sah im nachmittäglichen Sonnenschein einen Aluminiumgriff aus dem zerfledderten Karton heraus silbrig glitzern.

Am Morgen des dritten Tages nach ihrem Verschwinden traf ich sie vor der Haustür an, als ich gerade meine Daunenjacke angezogen hatte und frische Luft schnappen gehen wollte.

Sie sah furchtbar aus, als hätte sie sich gerade übergeben. Das Erbrochene hatte sie offensichtlich versucht, sich von der Kleidung zu waschen. Jedenfalls war ihr Pullover vom Hals bis zur Brust nass. Die ungewaschenen Haare klebten ihr an der verschwitzten Kopfhaut und ihre Schultern zuckten in einem grotesken Rhythmus. Ihre Finger krampften sich in ihre nasse Brust, als würden sie Klavier spielen. Ihre Wangen waren voller aufgeplatzter Äderchen und ihre Beine schienen jeden Moment unter ihr nachgeben zu wollen.

»Warum kommst du nicht rein?«

In ihrem durchdringenden Blick mischten sich Groll, Wut, Hass und Pein. Ich wandte mich ab und ging schweigend die Treppe hinunter. Als ich mich nach ein paar Stufen noch einmal umdrehte, war sie nicht mehr zu sehen. Ich ging zurück nach oben, und da lag sie auf dem Boden. Auf ihren Wangen klebte Schmutz.

Ich zog sie aus und legte sie auf ihr Bett. Dann wusch ich ihr mit einem warmen, feuchten Tuch Gesicht und Körper. Bewusstlos war sie nicht. Sie war nur hingefallen, die Beine waren zu schwach. Aus ihren Augen flossen pausenlos Tränen. Nicht Tränen der Reue oder Traurigkeit. Die reine Angst lag in ihren Augen, wie bei einem Tier.

»Wo hast du denn geschlafen?«

»I-in dem Videoshop. H-heute Morgen wurde ich vom B-besitzer erwischt. Nun kann ich n-nirgendwo hingehen.«

Sie klapperte mit den Zähnen. Ich deckte sie mit einer Wolldecke zu und drehte die Heizung auf.

»H-hier.« Mit ihren verkrampften Händen deutete sie auf ihr Herz. Die Narbe an der rechten Hand war frisch aufgeplatzt. »Es fühlt sich an, a-als würde es z-zerspringen. Auf der Straße habe ich mich ü-übergeben. Mir war k-kalt, und ich hatte solche Schmerzen, dass ich dachte, ich sterbe.«

Ich sah in ihre blutunterlaufenen Augen.

»Unhyong, ich, ich werde st-st-sterben.«

Ich fasste ihre Hand. »Schon gut«, sagte ich. »Es wird alles wieder gut.«

In dieser Situation half meine nüchterne Art. Ihre Krämpfe wurden allmählich schwächer, vielleicht auch wegen der warmen Wolldecke. Ich hielt wortlos ihre kalten Hände, bis die Tränen nicht mehr flossen, sich ihre blutunterlaufenen Augen schlossen und das Zittern der Lippen aufhörte.

»Die Hände sind zu kalt«, murmelte ich vor mich hin, bevor sie einschlief.

»Ich habe Angst«, stöhnte sie leise. »I-Ich habe Angst.«

Dann zog sie meine Hände fest an sich und presste sie zitternd an ihre Brust.

Ihr Atem wurde regelmäßiger. Ich spürte mit meinen Händen, wie sich ihre Brust beim Ein- und Ausatmen ruhig hob und senkte. Als ich mich vorsichtig aus ihrem Griff befreien wollte, schrak sie zusammen und fasste mit den Händen ins Leere. Ein paar Sekunden später entkrampften sich ihre Hände. Die Brust hob und senkte sich regelmäßig und sanft. Ihr Atem wurde ruhig.

DAS LAUFBAND

»Wo willst du denn hin?«, fragte ich, als L. am Nachmittag des nächsten Tages in ausgewaschenen, weiten Jeans und einem alten Pullover ausgehen wollte.

»Nur für einen Moment. Ich komme gleich wieder.«

»Du hast noch Fieber.«

»Es dauert nur fünf Minuten.«

Aber nach zehn Minuten war sie noch nicht zurück. Blitzartig fiel mir ein, dass sie in den umliegenden Läden Essen kaufen könnte. Ohne mir etwas überzuziehen, stürzte ich aus der Wohnung. Wenn sie in ihrem jetzigen Zustand zu viel aß, konnte das gefährlich werden. Ich wusste, das jämmerlichste Ende bei Essstörungen war der Herzstillstand. Die Endstation sah immer gleich aus, handelte es sich nun um Magersucht, bei der man jegliches Lebensmittel verweigerte, oder um Bulimie, bei der man übermenschliche Mengen an Essen hinunterschlang und dann wieder erbrach. Ich nahm mehrere Stufen auf einmal, aber bevor ich oben angekommen war, sah ich sie.

Sie stand im nachmittäglichen Sonnenschein in der Haustür und packte konzentriert das Laufband aus. Dabei wischte sie sich immer wieder den Schweiß aus dem Gesicht, weil es allein kaum zu schaffen war, zumal in ihrem Zustand.

»Was machst du denn da?«

»Entschuldige, könntest du mir bitte kurz helfen?«

Auf die in ihrem fiebrigen Zustand eindringlich vorgebrachte Bitte hin schleppte ich die stattliche Maschine hinunter ins Atelier. Nachdem ich einige Werke in den zum Bersten überfüllten Abstellraum geschoben hatte, war neben dem Bett ein wenig freier Raum entstanden. Sie steckte den Stecker in die Dose und begann, mechanisch auf dem Band zu laufen, als werde sie, nicht das Band, mit Strom aus der Steckdose versorgt.

»Du musst dich schonen.«

»Im Liegen werden doch keine Kalorien verbraucht. Das setzt alles an«, antwortete sie keuchend und schüttelte abwehrend den Kopf.

Während sie rannte, fasste ich an ihre Stirn: »Du hast noch Fieber!«

»Das macht nichts«, erwiderte sie. »Lass mich bitte.«

Ich hätte sie anfahren, schlagen oder ans Bett fesseln mögen. Aber mir blieb nichts anderes übrig, als sie in Ruhe zu lassen, darüber war ich mir im Klaren. Also sah ich zu, wie sich ihre Haare in diesem steten Rhythmus bewegten.

Wenn sie wollte, dass ihr Herz beim Laufen stehenblieb, dann sollte sie so weitermachen. Es war gut, wenn sie etwas hatte, wofür sie ihr Leben geben mochte. Würde ich versuchen, sie mit Gewalt zurückzuhalten, die Gegenbewegung wäre umso stärker, wie bei einer quietschenden Sprungfeder. Unter Garantie.

Sie trat herunter, wischte sich mit dem Ärmel den Schweiß aus dem Nacken und ließ sich in den Sessel fallen. So stark, wie ihre Beine zitterten, war es wirklich mehr ein Hineinfallen als ein Hineinsetzen.

Ich füllte eine Schüssel mit weißem Reis und stellte sie auf den Tisch.

»Was ist das?«

»Fragst du das, weil du es nicht weißt?«

Sie blickte auf den Reis, als hätte sie noch nie etwas so Befremdliches gesehen. Dampf stieg von der Schüssel auf, stieg über ihr Schweigen und die abendliche Stille nach oben, löste sich in der kühlen Luft spurlos auf. Wie ein stiller Tanz. Ein Angstschrei. Ein einsamer Gesang. Atem. Wie das im ewigen Kreislauf vergehende und neu entstehende zähe Leben, die vergängliche Jugend und die unschuldige Kindheit. Wie das unheimlich durchsichtige Wasser und die noch durchsichtigere Zeit. Die Zeit, die uns zum Schweigen zwingt und nur die Stille zulässt.

In dieser Stille hörte ich L. schlucken. Ihr Kehlkopf hüpfte auf und nieder, während sie immer wieder schluckte, als würde sie Wasser trinken. Tränen stiegen ihr in die Augen, um gleich wieder zu versiegen.

»Ich bin ein Tier«, murmelte sie rau und hielt sich die Hand vor den Mund, als würde sie jegliches Geräusch ersticken wollen. »Mein Speichel fließt in Strömen, sobald ich Essen sehe. Die Speicheldrüse ist so angeschwollen, dass sie immer schmerzt. Auch wenn ich nicht esse. Schon ein Bild, auf dem Essen ist, reicht aus, der Geruch, oder wenn ich jemanden davon reden höre.«

Ich drückte ihr einen Löffel in die Hand. Geistesabwesend und weiterhin schluckend, blickte sie darauf, als hätte sie noch nie einen Löffel in der Hand gehabt. Schließlich nahm sie einen Löffel Reis in den Mund. Ihre Lippen waren blass. Als ich den Kühlschrank öffnete und die in Sojasauce gekochten schwarzen Bohnen auf den Tisch stellte, die ich eine Woche zuvor gekauft hatte, schüttelte sie den Kopf.

»Das esse ich nicht.« Wie ein Kind, das Angst hat, Schelte zu bekommen, wich sie meinem Blick aus. »Nicht wegen der Kalorien.« Sie lachte und das Lachen verebbte gleich wieder. Als würde ihr das Schlucken Schmerzen bereiten.

»Es ist wegen der Zahnschmerzen. Ich kann bloß Weiches essen. Nur, wenn ich vor Appetit völlig außer mir bin, schlucke ich auch Hartes, ohne es zu kauen.«

Dann nahm sie sich mit ihren Händen, die immer noch zitterten, Reis nach. Diesmal reichte ich ihr Kimchi, aber wieder schüttelte sie den Kopf.

»Das kann ich auch nicht kauen. Ich muss mir wahrscheinlich alle Zähne ziehen lassen.«

Letzten Endes konnte ich ihr nur noch die Flüssigkeit vom Kimchi anbieten.

»Saures fördert den Appetit.« Sie schluckte wie ein Kind, das ein bitteres Medikament einnehmen muss. »Dass man sich nach dem Brechen nicht gleich die Zähne putzen darf, habe ich erst später erfahren. Die Mischung von Magensäure und Zahnpasta schadet wohl den Zähnen. Aber was sollte ich machen? Der Geruch ist schrecklich. Deswegen habe ich mir nach dem Brechen immer die Zähne geputzt. Auch nachdem ich wusste, dass es schädlich ist. Meine Zähne sind die einer alten Frau. Alles ist vorbei.«

Sie legte den Löffel hin. Ich forderte sie nicht auf, mehr zu nehmen. Stattdessen leerte ich ihre Schüssel stillschweigend in den Reistopf. Mit leerem Blick und zusammengekniffenen Lippen folgte sie meinen Bewegungen.

An jenem Abend legte ich mich zu ihr ins Bett, weil sie sich das zum ersten Mal nach ihrem Einzug wünschte.

»Es ist immer das Gleiche«, begann sie in der Dunkelheit zu erzählen. Ihre Stimme war tief und so brüchig wie ihre Haare. »Ich habe dann das Gefühl, dass nicht ich das Essen esse, sondern das Essen mich. Als würde ich einfach hinuntergewürgt oder als ob mir der Kopf abgerissen wird. Manchmal hat es eine Stunde gedauert, bis ich alles aufgegessen hatte, oder auch zwei. Manchmal, wenn ich irgendwohin musste, habe ich unterwegs auf der Straße gegessen. Mein Basecap zog ich mir dabei tief ins Gesicht.«

»Dann kannst du dich gar nicht genau erinnern, was du alles gegessen hast, oder?«

Ich redete nur, weil ich es für hilfreicher hielt, als zu schweigen. Ich lag auf der Seite und strich ihr die glanzlosen Haare hinter die Ohren.

»Doch, ich kann mich ganz genau erinnern. Gestern früh zum Beispiel habe ich im *Paris Croissant* gedeckten Kuchen mit Süßkartoffel und Apfel gegessen, dazu Käsekuchen und Mokkatorte aus dem Geschäft nebenan. In dem neuen großen Supermarkt im Kellergeschoss neben dem Videoshop Streuselkuchen, Sahnetorte, Miniwindbeutel und importierte Schokolade. Im *Baskin Robbins* verschiedene Eissorten. Alles fettarm und ohne Zucker. Dass ich nicht lache. Dann reichte das Geld nur noch, um mir ein paar Sachen im Supermarkt zu kaufen: Schokochips, einen Riegel, scharfe Krabbenchips, Onionchips, Kartoffelchips mit Pizzageschmack, Sando-, Cameo- und Oreo-

Kekse und zum Abschluss die zarten Mon cher tonton.« Sie lachte bitter mit ihrer rauen Stimme.

»Beim Brechen hatte ich dann solche Schmerzen in der Brust, dass ich nicht alles rausbekam. Das muss alles angesetzt haben. Ich bin zwar ein bisschen gerannt, aber das reicht auf keinen Fall.«

Ihr Reden war wie ein Schlaflied für mich, und ich genoss es, nach langer Zeit wieder menschliche Wärme zu spüren. So schlief ich wohlig bis zur Morgendämmerung. Ich spürte eine Bewegung im Raum und öffnete die Augen. Über die Lampe am Kopfende war ein Handtuch gelegt. Sie lag nicht mehr neben mir. Als ich mich halb aufrichtete, sah ich ihre dunkle Silhouette in der Dämmerung laufen.

Sie lief, bis es hell war, und lief immer weiter – auf dem Weg, der sie zu keinem Ziel, sondern nur ins Nirgendwo führen würde. So lief sie auf dem endlosen Band, leise keuchend, ohne Pause, scheinbar bis in alle Ewigkeit.

GLÜCK

Für L. kochte ich zum ersten Mal Reis mit anderem Getreide. Unter den weißen Reis, den ich gewöhnlich aß, mischte ich Vollkornklebreis, zwei Arten Hirse und schwarzen Reis. Infolge der häufigen Heißhungeranfälle mit anschließendem Erbrechen hatte sie Magenbeschwerden. Jeder Löffel verursachte ihr Übelkeit und Magenschmerzen. Eine halbe Schüssel Reis zu leeren, war schon eine Herausforderung für sie.

So erlebte ich zum ersten Mal, wie schwer es sein kann, drei Mahlzeiten am Tag zu sich zu nehmen. Die Magenbeschwerden waren nur zweitrangig. Sie hatte regelrecht Angst vor Reis.

»Mehrkornreis ist eine gute Diätkost«, sagte ich tröstend.

»Wenn ich all diese Kalorien verbrauchen wollte, müsste ich zwanzig Runden ums Viertel drehen«, erwiderte sie niedergeschlagen.

Von ihren Fressattacken und dem Erbrechen kam sie nur schwer los. Mit der Zeit kamen sie aber seltener vor. Zweimal die Woche. Einmal. Manchmal verging auch eine ganze Woche. Dann wieder stopfte sie sich an drei oder vier aufeinanderfolgenden Tagen voll. Sicher lag das auch an den Depressionen, in die sie plötzlich geriet. Auf lange Sicht jedoch war sie zweifellos auf dem Weg der Heilung. Ein Beweis dafür war, dass sie sich Mühe gab, sich nicht mehr zu übergeben, selbst nach einer neuerlichen Fressattacke.

Nachdem sie wieder eine gewisse Kontrolle über ihr Essverhalten gewonnen hatte, begann sie für ihre Zahnbehandlung zu sparen. Der Zustand ihres Magens war immer noch nicht gut, aber die vergrößerte Speicheldrüse begann sich langsam zurückzubilden. Als sich ihre Kinnlinie normalisiert hatte, wirkte ihr Gesicht noch kleiner. Natürlich nahm sie an Busen, Bauch, Schultern und Armen zu. Das war für sie die größte Qual. An dem Tag, an dem die Waage fünfundsechzig Kilo anzeigte, redete sie, bis sie ins Bett ging, kein einziges Wort mit mir.

Um die Zeit, in der überall bunte Lichter leuchteten, Weihnachtslieder auf der Straße erklangen, plötzlich von irgendwoher Bettler auftauchten und bei Frost durch die Straßen streunten, saß sie einmal zerstreut und ungewaschen am Tisch, nachdem sie vom Videoshop nach Hause gekommen war.

»Bist du müde?«, fragte ich, legte die Zeitschrift zur Seite, in der ich gerade gelesen hatte, und stand aus dem Sessel auf. »Möchtest du etwas Milch trinken?«

»Unhyong, ich möchte wieder abnehmen«, sagte sie rau und sah dabei niedergeschlagen zu Boden.

Ich stellte die Milchpackung zurück in den grell erleuchteten Kühlschrank.

»Wenn ich wieder eine Diät mache, muss ich dann sterben?«

Ich zog den Sessel an den Tisch und setzte mich zu ihr.

»Stimmt doch, oder? Dann werde ich sterben?«

»Warum sagst du denn so was?« Ich sah, wie sie ihre Narbe an der rechten Hand streichelte.

»Ich muss die ganze Zeit an ihn denken, die ganze Zeit«, sagte sie und hielt die Augen immer noch gesenkt.

Ich ließ mich in den Sessel zurücksinken und stützte mein Kinn in die verschränkten Hände.

»Er war in mich verliebt. Es war ihm ernst. Ich weiß, dass er es ernst gemeint hat. Für mich war es wie ein Wunder, von ihm geliebt zu werden. Das war das wunderbarste Ereignis in meinem Leben.«

Ich sagte nichts, wartete ab, dass sie weitererzählte.

»Nachdem ich mich von dir getrennt hatte, nahm ich in acht Monaten vierzig Kilo ab. Dann habe ich ihm meine Liebe gestanden. Und das Wunder passierte. Er sagte, dass er mich auch sympathisch finde und wir es miteinander versuchen sollten.

Das Wunder passierte nicht nur dieses eine Mal. Nicht nur er, auch andere Männer zeigten Interesse an mir. Du weißt ja, dass es außer dir keinen Mann gab, der mich mochte, als ich dick war. Die Welt hatte sich für mich völlig verändert. Alle, sogar meine Mutter, sahen mich mit anderen Augen. Ich wurde ein anderer Mensch. Und alle behandelten mich ganz anders. So wurde ich immer ehrgeiziger. In den darauffolgenden sechs Monaten verlor ich noch mal zehn Kilo. Ich aß nur einmal pro Tag und ging in den Ferien in eine Fastenklinik.

Kurz nach der Entlassung aus der Klinik merkte ich den Jo-Jo-Effekt. Als ich mit ihm Nudeln essen ging, fragte ich: ›Was mache ich, wenn ich wieder zunehme? Ich glaube, meine Taille ist etwas dicker geworden.‹

Er erwiderte, ohne groß zu überlegen: ›Ich mag keine molligen Frauen. Pass auf. Das würde ich dir nie verzeihen.‹ Unvermittelt kniff er in meinen Bauch und kicherte. ›Du isst zu viel. Siehst du? Wow! Das sind eins … zwei … drei Ringe!‹

Ich lachte mit. Dann stand ich leise auf, ging auf die Toilette und übergab mich.

So hat es angefangen. Ich hungerte ausdauernd. Wenn mich dieser furchtbare Heißhunger überfiel, aß ich und übergab mich dann. Bis nur noch Magensäure kam. So nahm ich ab. Ich wog damals dreiundvierzig Kilo. Sogar O. beneidete mich, weil ich nicht zunahm, selbst wenn ich viel gegessen hatte. Mit der Zeit aber funktionierte es nicht mehr so gut. Mich zu übergeben, reichte nicht mehr. Also nahm ich zusätzlich Abführmittel. Und trotzdem habe ich zugenommen. Mein Körper sah eigentlich gut aus, bis auf den Bauch, der immer dicker wurde. Wenn ich mich nackt im Spiegel betrachtete, kam ich mir wie ein halb verhungertes Kind mit aufgedunsenem Bauch vor.

Dann wurde ich immer pummliger, aber ich hatte keine Kraft mehr, war immer schneller gereizt. Ich konnte nur noch an Essen denken. Wenn ich es dann in mich hineinfraß, fühlte ich mich, als würde mir das Gehirn weggeblasen. Ich kam erst wieder zu mir, wenn ich mir nach dem Brechen die Zähne putzte und dabei in den Spiegel sah. Da dachte ich mir, dass ich verrückt sein muss. Und jedes

Mal habe ich mir vorgenommen, dass es das letzte Mal war.

Aber so einfach, wie ich mir das dachte, war es dann doch nicht. Manchmal habe ich dreimal an einem Tag gekotzt. Auf meinen Freund reagierte ich immer öfter gereizt, und auch er schien mich anstrengend zu finden.

An einem jener Tage, in denen unsere Liebe immer mehr abnahm, fragte ich, ob er mich auch noch lieben würde, falls ich infolge einer Brandverletzung ein rotes, entstelltes Gesicht hätte.

Er antwortete zwar mit einem Ja, wirkte aber nachdenklich. Dann erzählte ich ihm eine erfundene Geschichte: ›Ich habe es von O. gehört. Eine Bekannte aus unserer Heimat hat eine Brandverletzung über das ganze Gesicht. Aber ihr Freund liebt sie immer noch oder sogar mehr als davor. Sie haben vor Kurzem geheiratet, heißt es, obwohl seine Familie dagegen war.‹

›Die beiden müssen sich wirklich sehr geliebt haben‹, wich mein Freund aus. Sein Gesicht zeigte aber, was er wirklich dachte: Dieser Mann ist ein Lügner oder Heuchler oder er hat das Zeug zum Priester oder Mönch. Will sie mir Schuldgefühle machen, oder warum erzählt sie mir so eine Geschichte?

Er war richtig schlecht drauf plötzlich, und ich war auf einmal erleichtert, denn was hatte ich anderes erwartet? Es gibt nichts Dümmeres, als das Unmögliche zu erhoffen.

Andererseits: Hätte ich die gleiche Frage zu beantworten gehabt, hätte ich ohne Zögern gesagt, dass ich ihn trotzdem lieben werde.

Mein Freund sah gut aus. Alles war gut – sein Gesicht und sein Körper und wie es sich anfühlte, wenn wir miteinander schliefen. Aber das war ja nicht alles. Anspielungen, die nur wir verstanden, seine zärtliche Stimme, die ich jeden Morgen und jeden Abend durchs Telefon hörte. Seine Schwächen, die nur ich kannte. Und wie erfüllt mein Herz von ihm war, wenn wir zusammen waren. All das machte ihn und keinen anderen zu meinem Freund. Die Vorstellung, ohne ihn zu leben, war schrecklich. Bis zu meinem Tod und wenn möglich darüber hinaus wollte ich mich nicht von ihm trennen müssen. Mir war egal, wenn das für Anhänglichkeit, Blindheit oder Dummheit gehalten wurde. Ich wollte es nicht anders haben.

Dann hörte ich, dass er eine andere hatte. Unser Bekanntenkreis wusste bereits davon und ich erfuhr es als Letzte. Doch ich hatte schon so eine Vorahnung gehabt und war entsprechend nervös gewesen.

Als ich ihn zum letzten Mal traf, fragte ich ihn, warum er mich nicht mehr mochte. Er erwiderte, dass ich ihn müde mache, dass er bei mir kein fröhliches Gesicht mehr sehe. In Wirklichkeit habe ich oft gelacht, ja, sehr oft. Deshalb denke ich, es lag eher daran, dass ich immer dicker und hässlicher wurde. Deswegen liebte er mich nicht mehr. Seine Neue war so dürr wie Kate Moss und sah aus wie ein Mädchen im Wachstum.

Ich nahm mir vor, wieder ein Urlaubssemester für eine Diät zu nehmen. Jeder Tag war die Hölle. Nach einem Jahr hatte sich nichts geändert. Ich hatte mir vorgenommen, nur noch zehn Kilo abzunehmen. Dann wollte ich wieder studieren und wie ein normaler Mensch leben. Ich schaffte es aber nicht mal, die Studiengebühr zusammenzusparen. Stattdessen machte ich sogar noch Schulden bei O. Mein Anblick sei ihr zuwider, sagte sie. Damals, als sie von meinem Problem erfuhr, machte sie sich noch Sorgen um mich. Jetzt sagt sie, sie kann nicht mehr. Ich soll mich bloß nicht blicken lassen. Sie hat ja recht. An ihrer Stelle hätte ich mich schon viel früher aufgegeben. Sie hat es lange mit mir ausgehalten.« L. blickte mir plötzlich direkt ins Gesicht. »Du hast mir mal etwas gesagt.«

Wie sie so redete, wirkte sie weder richtig verzweifelt noch einsam oder müde. Sondern einfach ausdruckslos.

»Ich solle einen Neuanfang machen. Ich hatte Angst vor dem Wort ›Anfang‹. Ein Anfang? ›Ende‹ wäre für mich viel angenehmer und zutreffender.« Sie lächelte dümmlich. »Ich weiß. Ich darf keine Diät mehr machen. Ich weiß es sogar besser als die anderen.«

Ihr Blick war auf mich gerichtet, aber in ihren schwarzen Augen lag kein Gefühl. Sie schien durch mich hindurch auf die Wand hinter mir zu blicken.

»In letzter Zeit denke ich oft, dass man die Zeit nicht zurückdrehen kann. Ich werde nie wieder so glücklich sein. Welches Wunder geschieht schon täglich.«

Das Wort Glück kam mir wie ein Fremdkörper in ihrer Rede vor. Als würde das Bezeichnete gar nicht existieren. Mit einem geradezu idiotenhaften Lächeln schwelgte sie in ihren Erinnerungen. Ihr Gesichtsausdruck erschien mir eher gelähmt als glücklich.

LIEBE

Jede Nacht kuschelte sich L. fest in meine Arme. Infolge der langen Diät hatte sie eine schlechte Durchblutung. Wenn sie rauswollte, zog sie zwei Lagen Thermo-Unterwäsche und zwei Paar Handschuhe an, dazu nahm sie einen Taschenwärmer und drückte ihn fest an die Brust. In der Nacht ertrug sie trotz stark aufgedrehter Heizung die Kälte nur schwer, die der Betonboden abstrahlte.

»Nimm mich bitte in deine Arme.« Sie schmiegte sich mit ihrem fröstelnden Körper an mich und wärmte ihre kalten Lippen an meiner Brust. Ich wusste, dass sie keine große Lust auf Sex hatte und nur die Wärme fühlen wollte. Damit sie sich nicht zurückgewiesen fühlte, schlief ich doch manchmal mit ihr.

Ihr Körper war nun wie der jeder anderen Frau, das Fest der rhythmisch wallenden Speckfalten gab es nicht mehr. Ich liebte es jedoch, ihre kalten Hände zu berühren und aufzuwärmen, indem ich einen Finger nach dem anderen in den Mund steckte. Nur wenn ich auch die Narbe an ihrer rechten Hand auf diese Weise hartnäckig erwärmt hatte, wurde ihr Atem irgendwann schwer.

An den Samstagen, wenn sie bei *Burger King* frei hatte, nahm ich wieder Abdrücke von ihrem Körper. Nicht wie früher vom ganzen Körper, sondern von einzelnen Körperteilen, wie etwa Busen und Bauch, Hüfte und Po, Waden und so weiter. Ich konnte nicht genau erklären, warum, aber ich hatte das Gefühl, dass ich ihren Körper auf diese Weise besser zum Ausdruck bringen konnte. Manchmal saß sie, in den Sessel geschmiegt, und sah zu, wie ich den Gips in den Abdruck goss und dann die Hülle abnahm.

»Das ist irgendwie schräg«, murmelte sie einmal während meiner Arbeit vor sich hin. »Wenn ich mich lange im Spiegel betrachte, ist es, als wäre mein Körper tatsächlich genauso zerrissen, wie du ihn darstellst: Brüste, Bauch, Po, Gesicht und Hals ... alles einzeln. Wie kann die Stelle hier flacher werden und die dort schmaler? Wie können diese Teile nur so abscheulich aussehen? Manchmal würde ich sie mir am liebsten mit einem Messer herausschneiden. Bevor ich abgenommen hatte, kannte ich das nicht. Damals war mein Körper eine einzige, schreckliche Fettmasse. Aber es ist doch komisch, dass er mir damals nie so zerstückelt vorkam. Wie unempfindlich muss ich gewesen sein, wie abgestumpft?«

»Denkst du manchmal, dass es dir damals besser ging?«, fragte ich beiläufig, ohne meine Arbeit zu unterbrechen.

Sie brach in lautes Lachen aus: »Ich war so glücklich wie ein fettes Schwein. Alle verabscheuen mich, ich nahm das hin und gab mich auf. Wenn ich es mir genau überlege, war das ganz schön erbärmlich.«

»Die Meinung der anderen ist für dich also sehr wichtig?«

»Ja, natürlich. Kann ich denn ohne die anderen leben? Ich brauch ein Gegenüber.«

Ich klopfte mir den Gips von den Händen, stand auf und erwiderte mit einem Lächeln: »Da ist schon was dran. Aber sieh mal, dass diese Welt existiert, weißt du erst, seitdem du geboren bist. Wenn du stirbst, ist alles vorbei.«

»Hör doch auf, solchen Quatsch zu erzählen. Die Welt wird sich auch nach meinem Tod weiterdrehen«, brauste sie auf.

»Genau das meine ich doch. Diese Welt, die sich auch ohne dich weiterdreht, welche Bedeutung hat sie für dich?«

»Ha!« Sie lachte mich aus. »Es war mein Fehler, mit jemandem wie dir über ernste Dinge reden zu wollen.«

Nach den Sitzungen gingen wir in ihr Lieblingsrestaurant, in dem es ein Buffet gab. Seit einer Weile verspürte sie bei fettigem, süßem Essen sowohl Verlangen als auch Widerwillen und hatte gleichzeitig auch noch Schuldgefühle. Wenn der Heißhunger sie überfiel, griff sie auf dieses Essen zurück. Es war ihre eigene Idee gewesen, den Fressattacken vorzubeugen, indem sie einmal die Woche so viel aß, wie sie wollte – fröhlich und in Ruhe. Damals war sie schon ziemlich vernünftig.

Silvester fiel in jenem Jahr auf einen Samstag und so kauften wir in einem Supermarkt noch eine Flasche Wein. Dann gingen wir in unser Stammlokal, das hell und freundlich erleuchtet war. In den Fensterscheiben hingen Schneeflocken und eine glitzernde Silberdekoration.

Wir bestellten eine Cremesuppe, Thunfischsalat, überbackene Kartoffeln mit Rindfleisch und Champignons in einer Sahnesoße mit Speck. Sie kaute bedächtig und nahm sich viel Zeit.

Zum Nachtisch bestellten wir Eis mit Früchten. Dann schob sie ihren Stuhl ein Stück zurück und stand auf.

»Na, wie sehe ich aus?« Spielerisch hielt sie eine Hand an die Taille. »Bist du wirklich Künstler? Du hast doch gar keinen guten Blick. Ich wollte abwarten, dass du mich darauf ansprichst. Bitte ... meine neue Jeans. Die habe ich gestern gekauft.«

Ich lächelte. Von der Taille abwärts war die Hose hellblau, zu den Füßen hin wurde sie immer dunkler, bis zu einem dunklen Blau am Saum.

»Die Jeans mit den roten aufgestickten Rosen am Aufschlag habe ich wirklich geliebt. Aber die passt mir nicht mehr. Und jetzt sieh mal hier – Bundweite 32 Inch. Leider passt sie mir.«

»Sieht gut aus.«

Sie lachte. »Wie dumm von mir, ausgerechnet dich zu fragen. Du fandest mich ja auch damals hübsch, als ich achtundneunzig Kilo wog.«

Mit einem breiten Lächeln ging sie zur Toilette. Nach fünf Minuten kam sie leichenblass zurück.

»Was ist los?« Ich stellte meine Kaffeetasse ab. »Ist dir nicht gut?«

Sie setzte sich wie in Trance auf den Stuhl. Ich folgte ihrem geistesabwesenden Blick. Schräg gegenüber stand noch ein Tisch am Fenster. Eine junge blonde Frau setzte sich gerade. Wahrscheinlich stammte sie aus Nordeuropa.

Sie war groß, schmal und sehr blass. An ihrem Tisch schien man englisch zu sprechen. Die Leute waren, nach ihrer Kleidung zu urteilen, vermutlich Bürokräfte. Man aß Spaghetti und machte Witze, die mutmaßliche Nordeuropäerin lachte mit blendend weißen Zähnen. L. starrte auf das Gesicht der Fremden, das durch das dunkelblaue Kostüm noch blasser wirkte.

»Die Hand«, murmelte sie.

»Die Hand?«

»Die Hand von der Frau da drüben.«

Ich sah auf ihre rechte Hand, die mit der Serviette spielte. Auf ihrem Handrücken bemerkte ich eine offene, rote Narbe. Ich musste näher an L. heranrücken, weil sie stotternd flüsterte. Selbst aus nächster Nähe war sie nur mit Mühe zu verstehen.

»Ich habe gesehen, wie sie nach dem Brechen aus der Toilette kam. Erst dachte ich, dass ihr wahrscheinlich einfach nur übel war. Aber als wir uns nebeneinander die Hände wuschen, sah ich die Narbe. Frisch aufgerissen. Ihre Augen im Spiegel waren blutunterlaufen.«

Die Leute dort drüben brachen immer wieder in fröhliches Gelächter aus. Der schön dekorierte Tisch war voller bunt gemusterter Teller mit den verschiedensten Speisen, ich sah jedoch den leeren Blick der Nordeuropäerin. Sie war weit weg, wie gar nicht anwesend.

Als wir aus dem Restaurant traten, sah der dunkle Himmel nach Schnee aus. L. holte ihre zwei Paar Handschuhe aus den Manteltaschen.

»Diese Narbe. Wird sie mit der Zeit zuheilen?« Sie wirkte sehr ernst, als würde meine Antwort darüber entscheiden. Ich bejahte aber nicht. Denn die Narbe würde nie mehr völlig ausheilen. Die tiefliegenden Schichten der Unterhaut waren bereits verletzt und mit Magensäure verätzt. Und sie verstand mein Schweigen. Wortlos zog sie sich über die Fingerhandschuhe ein Paar Fausthandschuhe. Dann gingen wir schweigend weiter.

In der Gasse vor dem Haus war der letzte Schnee noch nicht geschmolzen. »Als ich deine Hände zum ersten Mal sah …«, setzte ich an.

Sie schwieg und hielt ihren Kopf gesenkt. Ihr Gesicht war durch die Haare verdeckt und dazu in einen dicken Wollschal gehüllt, sodass ich ihren Gesichtsausdruck nicht sehen konnte.

»Als ich deine Hände zum ersten Mal sah … da dachte ich, dass sie etwas Heiliges haben.«

Sie erwiderte nichts.

»Ich weiß nicht, warum.« Wir standen kurz vor den Stufen, die zu meinem Atelier führten. »Aber ich denke das bis heute.« Sie hielt ihren Kopf immer noch gesenkt. »Findest du nicht, dass sie vielleicht so etwas wie deine Schutzengel sind?«

In jener Nacht gestand sie mir vor dem Einschlafen völlig überraschend: »Ich liebe dich.«

Ich antwortete nicht und hielt die Augen geschlossen, als wäre ich schon eingeschlafen. Kurz danach hörte ich ihren regelmäßigen Atem.

Sie war die erste Frau, die mich geliebt hat oder geglaubt hat, mich zu lieben. Aber ich kannte dieses Mädchen. Seit Langem schon verwechselte sie Wärme mit Liebe. Daran hatte sich nichts geändert. Ich fühlte mich einsam und hatte einen leichten, unerklärlichen Brechreiz.

LACHEN

Ein neues Jahr begann. Die Frau, die vor dreiundzwanzig Jahren auf die Welt gekommen war, seufzte immer noch, wenn sich der silberne Zeiger der Körperwaage bewegte, und joggte jeden Morgen eine Stunde auf dem Laufband. »Vor dem Frühstück soll man aeroben Sport machen, damit möglichst viel Fett verbrannt wird.« Nach der Arbeit kam sie mit müdem Gesicht nach Hause. Sie legte ein Sparbuch an und zeigte mir am Monatsende stolz die Zinsen. Jede Zahl war durch einen Stempel der Bank bestätigt.

Es schien alles ins Gleichgewicht zu kommen. Bis zu jener Nacht, als ihr Handy klingelte. Ihre Fingernägel und Haare hatten wieder Glanz, und auch ihre Schlafprobleme, gegen die sie Tabletten nahm, besserten sich. »Ich wusste nicht, dass Hunger so angenehm sein kann.« Der Körper brauchte ungefähr drei Monate, um den Stoffwechsel zu normalisieren.

Es war eine stille Nacht, eine wie jede andere. Ich machte Skizzen für eine neue Idee, die mich gerade beschäftigte, und sie saß im Schneidersitz auf dem Bett und bügelte die senffarbene Bluse, die sie am nächsten Tag anziehen wollte. Da klingelte ihr Handy. Als Klingelton hatte sie *Edelweiß* aus dem Film *The Sound of Music*. Sie stellte das Bügeleisen auf dem Laufband ab, zog die Fellpantoffeln an und summte das Lied leise mit: »Edelweiß, Edelweiß ...« Sie wühlte das Handy aus der Tasche ihres Mantels, der an der Wand hing.

»Ja, hallo? – Hallo?«
Sie wurde blass.
»Ja, lange nichts gehört. – Ja. – Ja. – Nein. – Ja.«
Sie hob den Kopf und sah mich an.
»Ich kann jetzt schlecht sprechen.« Sie schluckte ge-

räuschvoll. »Ich habe gerade Besuch. Meine Mutter ist da.« Sie wich meinem Blick aus, und ihr ganzes Gesicht errötete.

»Ich wohne nicht mehr mit O. zusammen. Ich bin umgezogen. – Ja. – Ja. – Nein. – Ich kenne deine Handynummer. – Ach so, du hast eine neue?«

Hastig kramte sie in ihrem Mantel. Ich stand auf und reichte ihr meinen Bleistift. Dann schrieb sie auf die Rückseite einer Quittung, die sie aus der Manteltasche geholt hatte, eine Telefonnummer.

»Ja. – Schlaf du auch gut.«

Das Gespräch war beendet. Ihre Hände, die das Handy zusammengeklappt hielten, zitterten leicht. Ich nahm meinen Bleistift, den sie auf das Bett geworfen hatte.

»Es ... es ist so plötzlich. Unhyong, nun ja ...«

Ich sah ihren flackernden Blick und sagte: »Kein Problem. Du bist mir keine Erklärung schuldig.«

»Es tut mir leid.«

Kurz dachte ich über die Bedeutung der Worte »es tut mir leid« nach und erwiderte: »Ich sagte doch schon, kein Problem.«

Immer noch sehr aufgeregt, ging sie zur Toilette und hielt dabei ihr Handy umklammert, wahrscheinlich ohne es zu merken. Aus dem Bad war kein Geräusch zu vernehmen. Kein Wasser, keine Spülung. Sie war dort, um in den einzigen Spiegel des Ateliers zu sehen.

Kurz darauf löschte sie das Licht im Bad und kam zurück. Ihr Gesicht war nicht mehr gerötet, sondern blass und starr wie eine Maske. Sie holte wieder die Waage unter dem Bett hervor und stellte sich darauf. In den paar Sekunden, in denen der Zeiger auspendelte, stand sie bemitleidenswert gebeugt da, als erwartete sie einen Urteilsspruch.

Es kam nie wieder vor, dass ihr Handy zu so später Stunde klingelte. Sie kam und ging wie gehabt, auch Kleidung und Make-up blieben gleich. Aber irgendetwas in ihrem Inneren war verändert. Ihre Schritte waren hastig, als wäre sie nervös. Manchmal strahlte ihr Gesicht vor unerklärlicher Lebendigkeit. Erlosch dieses Strahlen jedoch, wirkte sie noch müder als zuvor. Unsere Gespräche verkürzten sich auf ein Minimum und all die Kleinigkeiten, die ihr den Tag über widerfuhren, wurden nachts nicht mehr erzählt. Stattdessen verbrachte sie morgens immer mehr Zeit auf dem Laufband. Weil ihr der Schweiß in die Augen lief, musste sie oft blinzeln. Aber sie wollte unter keinen Umständen anhalten. Sie atmete mit offenem Mund und lief weiter. Etliche Male kam sie aus dem Tritt und schwankte, weil das Laufband zu schnell eingestellt war. Einmal fiel sie hin und schlug sich die Oberlippe auf.

»Zum Glück hast du dir keinen Zahn ausgeschlagen«, sagte ich, als ich die Wunde desinfizierte.

»Ich werde sowieso ein Gebiss tragen müssen, bevor ich dreißig werde«, erwiderte sie und verzog die geplatzte Oberlippe zu ihrem typischen zynischen Lächeln.

An jenem Morgen frühstückte sie nicht und redete sich damit heraus, dass ihre Lippe schmerzte – zum ersten Mal, seit sie in der Genesungsphase war.

Auch an den Tagen darauf wollte sie nicht frühstücken.

»Gestern Abend habe ich mir meine verletzte Lippe verbrannt, als ich Reis aus dem heißen Steintopf gegessen habe.« – »Ich habe irgendwie Magendrücken.« – »Das ist schon in Ordnung, wenn ich eine Mahlzeit überspringe. Die anderen in meinem Alter frühstücken auch nicht immer. Weniger als zehn Prozent frühstücken wahrscheinlich. Ich bin wirklich normal.« – »Mach dir keine Sorgen! Ich sagte doch, dass ich zu Mittag und zu Abend ausgiebig esse.«

So verging eine Woche. Nachdem ich am Samstag den Frühstückstisch abgeräumt hatte, begann ich wie immer Gips anzurühren.

»Kann ich diese Woche vielleicht mal eine Pause einlegen?«

»Warum?«

»Ich bin müde.«

Ich stand mit gipsverschmierten Händen da. Sie lag zu dem Zeitpunkt immer noch im Schlafanzug im Bett. Ihr Gesicht sah tatsächlich müde aus. Unter den Augen und Wangenknochen lag ein bläulicher Schatten. Im Vergleich zu letzter Woche wirkte sie deutlich schmaler.

»Wenn du heute Feierabend hast«, sagte ich lächelnd, »möchte ich mit dir reden.«

»Worüber denn?«, entgegnete sie mit sich überschlagender Stimme und gerunzelter Stirn.

»Es ist lange her, dass wir auf ein Gläschen gegangen sind. Wollen wir heute mal wieder in die Planwagen-Kneipe gehen, in der wir früher ab und zu waren?«

Erst schien sie mir eine verächtliche Antwort vor die Füße speien zu wollen, überlegte es sich dann doch anders. »In Ordnung.«

Ein gefühlloses Lachen fiel auf den Betonfußboden.

SCHWEIGEN

»Es kommt mir so vor, als hätten wir schon einmal so gesessen, früher. Oder vielleicht doch nicht? War das ein Traum? Mir ist, als hätte ich das vor sehr langer Zeit einmal geträumt.«

Wir saßen mitten im Atelier, ohne Licht. Es war nach ein Uhr nachts und das Licht des Mehrfamilienhauses gegenüber schien durch das Fenster herein. L. hing betrunken im Sessel. Ihre senffarbene Bluse war oben aufgeknöpft und ihre Haare hatte sie in ihrer Trunkenheit völlig zerzaust. In den zurückliegenden drei Stunden hatte sie ein Glas Soju nach dem anderen geleert und kaum etwas dazu gegessen. Immer wenn ich sie darauf ansprach, behauptete sie, dass es versalzen sei oder sie keinen Appetit habe.

»Nun red schon.« Ich saß im Schneidersitz auf dem Hocker.

»Was denn?«

»Ich denke mal, du hast etwas zu sagen.«

»Du bist wirklich ein komischer Typ.« Sie lachte auf.

Ich ließ mir etwas Zeit und sagte dann: »In den letzten Tagen ist dein Gesicht viel schmaler geworden.«

»Wirklich?« In ihrer Stimme schwang Freude und Lebendigkeit mit, und ihr schlaffer Körper spannte sich in einer wellenartigen Bewegung an, als sie sich aufrichtete.

»Ja, du siehst sehr dünn aus.«

Ihre weit geöffneten Augen glitzerten in der Dunkelheit. Hölle, Verwirrung und Zwietracht lagen darin.

»Unhyong, es tut mir leid.«

»Das sagst du in letzter Zeit häufig.«

»Tue ich das?«

»Ist schon okay«, sagte ich kühl. »Dir muss nichts leidtun.«

Sie spielte mit ihren Fingern und blickte traurig zu mir herüber. Eine Zeitlang herrschte Stille. Als ihre zehn Finger endlich zur Ruhe kamen, sagte sie leise: »Er, also mein Ex, ruft mich jeden Tag im Videoshop an.«

Ich hörte schweigend zu.

»Er sagt, dass er Fehler gemacht hat und dass er immer noch an mich denkt.«

Als würde sie das eben Gesagte zermalmen wollen, rieb sie sich mit einer Hand heftig über die Lippen.

»Was soll ich bloß machen? In dieser Verfassung kann ich ihn nicht treffen. Nicht, dass ich wieder mit ihm zusammen sein möchte, da habe ich auch meinen Stolz. Ich möchte ihn nur ein einziges Mal treffen und zeigen, dass ich ohne ihn sehr gut klarkomme. Ich will frisch, selbstbewusst und schick wirken. Aber so wie jetzt kann ich ihm nicht gegenübertreten. Nachdem ich abgenommen hatte, war ich obenauf. Die ganzen Männer, die jetzt mit mir flirteten, und diese Mädchen, zu denen ich plötzlich gehören durfte – ich habe sie alle in meinem Inneren ausgelacht, weil sie für mich widerwärtige Heuchler waren. Auch ich habe die Dicken ignoriert und verachtet. Nicht einmal ansehen wollte ich sie.

Deswegen weiß ich genau, dass er nicht viel anders ist. Wenn er wüsste, dass ich jetzt wieder so zugenommen habe, würde er bestimmt bereuen, mich angerufen zu haben. Er würde sich fühlen, als wäre er in einen Hundehaufen getreten.«

Als wäre ihre Trunkenheit mit einem Mal verflogen, strich sie ihr wirres Haar zurück und knöpfte hastig ihre Bluse zu.

»Ich bin noch nicht richtig betrunken. Ich muss noch ein paar Gläser trinken.«

Ich stand auf und holte die letzte Dose Bier aus dem Kühlschrank. Sie schüttelte den Kopf.

»Kein Bier, das setzt am Bauch an. Ich brauche was Stärkeres.«

»Stärkeren Alkohol habe ich nicht da.«

»Aber im obersten Fach vom Küchenschrank ist doch immer was. Ich weiß, dass du manchmal ein Glas trinkst.«

Ich holte die halb volle Flasche. Diesen siebzehn Jahre

alten Camus hatte mir eine Bardame ungefähr zwei Jahre zuvor geschenkt, nachdem ich einige Abdrücke von ihrem Becken genommen hatte.

»Möchtest du Eis dazu?«

»Nein, danke.«

Sie leerte das Glas in einem Zug. Hustend hielt sie sich die Hand vor den Mund, vielleicht war das für ihre Speiseröhre zu scharf gewesen.

»Ich weiß nicht, Unhyong, ich weiß nicht. Es kommt mir so vor, als hätte ich von nichts eine Ahnung.« Sie sprach immer schneller, regelrecht gehetzt. »Warum bin ich so geworden? Warum ist alles so durcheinander geraten? Und wann hat es angefangen, schiefzulaufen? Irgendwie hab ich das Gefühl, dass mein Leben schon immer so chaotisch war. Ich weiß wirklich nicht mehr, was ich machen soll.«

Sie fing an zu weinen. Wie ein greinendes Baby sah sie aus, mit gerunzelter Stirn, und ihre Lippen mit dem verschmierten Lippenstift zitterten unansehnlich.

Ich tröstete sie nicht und legte nicht den Arm um ihre Schultern. Langsam spürte auch ich den Alkohol. Mit verschränkten Armen blieb ich starr sitzen, bis sie aufgehört hatte zu weinen.

»Dieser Mistkerl«, stöhnte sie in einer kurzen Pause leise, mit tränenerstickter Stimme und bedeckte die Augen mit den Händen. Ihre Haare waren wieder zerstrubbelt und ihr Körper war schräg in den Sessel zurückgesunken.

»Immer, wenn ich darüber nachdenke, wie das ganze Elend angefangen hat, erinnere ich mich an diesen Dreckskerl. Dann habe ich wirklich das Gefühl, verrückt zu werden. Unhyong, ich könnte verrückt werden. Die Leute wissen nicht, wie schnell das geht.«

Tränen flossen ihr übers Gesicht.

»Es geht aber nicht um diesen Mistkerl, der mich anwidert. Auch nicht um meine Mutter, die ihn noch immer nicht vergessen kann. Nein, ich hasse mich selbst dafür, dass ich so blöd war. Ich war so dumm und habe mir so etwas antun lassen. Und ich habe mich nicht einmal gewehrt. Ich hatte mich selbst aufgegeben und nie auch nur daran gedacht, ihn anzuzeigen. Selbst zum Weglaufen war ich zu feige. Die Person, der ich wirklich nicht verzeihen kann, bin ich. Ich habe es verdient, dass ich das tausendmal ertragen musste.« Sie versuchte, gleichmäßig zu atmen, wischte sich mit der Hand ruppig über die Augen und presste die Lippen aufeinander, um nicht wieder in Tränen auszubrechen. »Verdammt, ist mir kalt. Das war auch schon immer so. Wie peinlich. Alles ist peinlich. Verdammt. Ich kann diese Kälte nicht mehr ertragen.«

Ihre zusammengepressten Lippen bebten und ihre Schultern zuckten heftig. Ich streckte meine Hand aus, um ihre Schultern zu fassen, aber sie wehrte mich ab. Ich lehnte mich zurück und dachte: So war das nicht. Du warst nur zu jung. Du warst nicht feige, sondern zu jung.

»Ich glaubte, es überwunden zu haben. Zum ersten Mal kam mir dieser Gedanke, als du einen Abdruck von meinem Körper genommen hattest. Dann, als ich zum ersten Mal mit diesem Typen schlief. Da glaubte ich das wirklich. Er sagte mir, dass er mich liebt, und wir lachten und küssten uns, während wir uns gegenseitig auszogen ... Ich fühlte mich wie neugeboren, als hätte ich einen völlig neuen Körper. Aber nein, dann war es doch wieder nur Einbildung. Ich werde das erst mit meinem Tod loswerden. Ich muss mit mir leben, ich kann nicht aus meinem Körper fliehen.«

Plötzlich brach sie in Lachen aus, obwohl sie immer noch heftig zitterte.

»Siehst du? So blöd bin ich. Ich muss nur daran denken und schon friere ich. Nichts hat sich geändert, und nichts wird sich ändern.«

In jener Nacht schmiegte sich L. innig an mich. Als ich ihre Brust berühren wollte, wies sie mich ab. Gleich danach kuschelte sie sich wieder an mich. Erst da verstand ich. Ich legte einen Arm um sie und sagte nichts mehr.
Wir starrten beide an die Zimmerdecke und schwiegen. Ihr Körper lastete schwer auf meinem Arm. Nur ihr unregelmäßiger Atem unterbrach diese gewaltige Stille, die mächtiger war als jedes ihrer zuvor gesagten Worte. Ich spürte ihre Anwesenheit mehr denn je, sie war noch schwerer als sonst und bitter wie Arznei.
Sie schlief vor mir ein. Ich hatte gerade meinen Arm befreit, als mein Telefon klingelte.
Als ich aufstand, richtete sie sich schlaftrunken mit auf. Der fluoreszierende Uhrzeiger an der Wand zeigte an, dass es schon nach drei war. Sofern sich nicht jemand einen Spaß erlaubte, musste man um diese Zeit mit unguten Neuigkeiten rechnen.
»Hallo«, sagte ich mit klarer Stimme.
L. hockte mit leuchtenden Katzenaugen in der Dunkelheit.
»Bruder, du schläfst noch nicht?«
Die Stimme meiner jüngsten Schwester am anderen Ende der Leitung klang bedrückt. Bei dringenden Angelegenheiten hatte sie immer eine ruhige Stimme. Ich ahnte, was passiert war.
»Vater ist gestorben.«
»Aha.« Ich schwieg kurz. »Wann?«
»Heute früh gegen halb zwei.«
Ich tastete in der Dunkelheit nach Bleistift und Notiz-

block, notierte das Nötigste und verharrte mit dem Stift in der Hand.

»Selbst wenn ich mich beeile, werde ich etwas länger brauchen, weil ich mit den Kindern kommen muss.«

»Ja, mach langsam. Wir treffen uns dort.« Ich legte auf.

»Was ist passiert?«, fragte L.

Ich schaltete die Neonlampe an. Sie hielt ihre Hand vor die Augen. Ihre dem grellen Licht preisgegebenen Wangen waren vom Weinen noch gerötet und die Augenlider dick angeschwollen.

»Mein Vater ist gestorben.«

Langsam begann ich mich anzuziehen. Den Notizblock steckte ich in meine Tasche, dazu Unterwäsche, Socken, etwas Geld und die Geldkarte. Ohne sich zu rühren, saß sie mit angezogenen Knien auf dem Bett und beobachtete jede einzelne meiner Handlungen.

»Du willst jetzt doch nicht etwa gehen, oder?«

»Ich muss.« Ich blickte auf die Tränenspuren auf ihren Wangen.

»Du willst mich … hier allein lassen? Für wie lange denn?«

»Drei oder vier Tage.« Ich warf mir die Tasche, die ich auf die Schnelle gepackt hatte, über die Schulter und blieb vor ihr stehen. Es war sicher keine gute Zeit, um wegzugehen. Der morgendliche Winterwind musste sehr kalt sein. Auch ihr Zustand machte mir Sorgen. »Länger wird es nicht dauern«, fügte ich hinzu.

Sie starrte mir in die Augen und murmelte benommen: »Aber das geht doch nicht. Nimm mich mit, bitte!« Das fahle Licht der Neonlampe lag auf ihren schmal gewordenen Wangen. »Ich werde so tun, als würde ich dich nicht kennen. Ich werde wie eine Fremde sein. Übernachten kann ich in einer nahe gelegenen Pension. Aber lass mich hier nicht zurück, bitte … Das Atelier ist so beklemmend. Ich habe Angst.«

»Du schaffst das schon. Es sind doch nur drei oder vier Tage. Länger wird sich das nicht hinziehen.«

Mit meinem Lächeln erlosch auch das ihre. In diesem Moment umhüllte uns eine schwere Stille. L. war wie festgefroren und schien nicht einmal mehr zu atmen. Ihr Gesicht in dieser Stille sollte mir lange Zeit nicht aus dem Sinn gehen.

THEATER

Die dichten Haare meines toten Vaters waren so ordentlich gekämmt, dass sie wie die weichen, weißen Flaumfedern eines Vogels aussahen. Die Haare meiner trauernden Stiefmutter waren blauschwarz gefärbt. Sie war knapp über fünfzig, mit ihrer glatten Haut und dem schlanken Körper wirkte sie aber zehn Jahre jünger. Meine Halbbrüder, einundzwanzig und zweiundzwanzig Jahre alt, waren meinem Vater wie aus dem Gesicht geschnitten.

Das waren die Frau und die Kinder, die er von ganzem Herzen geliebt hatte. Der liebevolle Blick, den er meiner Mutter gegenüber nie gezeigt hatte, hatte oft auf der schönen Stiefmutter geweilt. Die Halbbrüder waren mit kleinen Geschenken und Briefen von ihm aufgewachsen. Mein Vater und die Stiefmutter gingen häufig aus und fuhren übers Wochenende mit den Halbbrüdern weg. Das alles hatten meine Schwestern und ich niemals erlebt.

Weil sie liebten und geliebt wurden, waren ihre Gesichter jetzt bekümmert. Das Gesicht meiner Stiefmutter war schrecklich ausgezehrt und die traurigen Augen der Halbbrüder voller Tränen. Meine jüngste Schwester, die ein Kind im Tragetuch hatte und ein anderes an der Hand, war erst am Abend angekommen. Die andere Schwester hatte vor Kurzem in die Scheidung eingewilligt. Die Augen der beiden waren auch feucht, ihre Tränen waren jedoch voller Groll gegen den kaltherzigen Vater, gegen den frühen Tod unserer Mutter und gegen ihre eigene Kindheit und Jugend, in der sie so allein gelassen worden waren.

Unser Vater hatte sein Testament ein Jahr vor seiner Magenkrebs-Operation aufgesetzt. Das große Stück vom Kuchen, also alle Immobilien, hatte er seiner geliebten Frau und ihren Kindern vermacht. Der Grund dafür war, dass unsere Halbbrüder noch nicht verheiratet waren und der ältere sich auf ein Studium im Ausland vorbereitete. Den Rest hatte er mir und meinen Schwestern hinterlassen. Das hatte ich schon vermutet. Meine Schwestern bissen sich auf die Lippen, und mein Schwager brachte sein Missfallen deutlich zum Ausdruck. Er sprach es zwar nicht direkt aus, schien mich jedoch dafür zu verachten, dass ich Vater nicht daran gehindert hatte.

Meinen Schwestern und mir blieb nur noch, unseren Vater neben unserer Mutter zu beerdigen. Wie wir erfuhren, hatte er das große Grab unserer Mutter, in dem seit zwanzig Jahren ein Platz auf ihn wartete, kein einziges Mal besucht.

»Vater mochte diesen Ort nicht.«

»Wir können nicht zulassen, dass Vater dort beerdigt wird.«

Die Stiefmutter schluchzte und schlug die Hände vors Gesicht. Meine jugendlich temperamentvollen Halbbrüder ließen ihrem Ärger freien Lauf und äußerten, dass sie lieber sterben wollten, als ihn neben seiner ersten Frau begraben zu lassen.

»Denkt ihr, dass Vater euch gehört? Wie könnt ihr euch

selbst nach seinem Tod so aufführen?«, sagte meine jüngste Schwester weinend. Die rot geränderten Augen meiner anderen Schwester beobachteten scharf jede Bewegung der Stiefmutter. Mein Schwager stand mit hinter dem Rücken verschränkten Armen daneben.

Ich wiederum war ganz ruhig. Weder gab es einen Anlass, mit Vater zu sterben, noch heulend die Fassung zu verlieren. Ich wusste, dass mein Vater unsere Mutter nicht geliebt hatte. Selbst wenn Mutters Seele noch in der Nähe des Grabes war und der Leichnam des kaltherzigen Mannes neben ihr begraben wäre, daran würde sich nichts mehr ändern. Für meinen Geschmack wurde viel zu viel Aufhebens darum gemacht.

Mit diesem Gleichmut konnte ich das Problem des gemeinsamen Grabes und gleichzeitig auch den Erbstreit regeln. Ich räumte der Stiefmutter das Recht auf ein gemeinsames Grab mit unserem Vater ein, unter der Bedingung, dass ein Teil ihres Vermögens an meine Schwestern überging. Das schöne Gesicht der Stiefmutter, die bis dahin nur wortlos ihre Tränen hatte fließen lassen, veränderte sich dramatisch. Meine Schwestern, die auch geweint hatten, wurden plötzlich still. Meine Halbbrüder, die bis zu dem Augenblick ausgesehen hatten, als würden sie gleich Hand an sich legen, verstanden die Lage sofort. Das allzu gefühlvolle Gebaren verschwand schlagartig. Von da an verlief bis zur Beerdigung alles absolut reibungslos.

Das verlassene Grab unserer Mutter war von Unkraut überwuchert. Die Tränen meines Vaters, die dort vor langer Zeit auf seinen Wangen geglitzert hatten, kamen mir wieder in Erinnerung. Auch daran, wie ich diese Tränen betrachtet hatte, konnte ich mich schwach erinnern. Unter dem herzzerreißenden Schluchzen der Stiefmutter und der Halbbrüder sowie dem bittern Schweigen meiner

Schwestern wurde unser Vater neben unserer Mutter begraben.

Nie wieder würde er in die Augen seiner schönen Frau blicken. Nie wieder würde er am Neujahrsmorgen die Neujahrsgrüße von seinen Söhnen in Festtagstracht entgegennehmen. Nie wieder würde er den Wetterbericht für den folgenden Tag hören. Aber was mich befremdete, war nicht sein Tod, sondern vielmehr die Tatsache, dass er so lange irgendwo im Diesseits seinen Alltag gelebt hatte.

Als ich das Studium abgeschlossen hatte, war der Kontakt zwischen uns abgebrochen, ohne dass ich sagen kann, von wem das ausgegangen war. Der ganze Vorgang der Beerdigung erschien mir wie ein abgedroschenes Theaterstück. Ich beerdigte meinen Vater so gleichmütig, als würde ich einen Toten, der in den letzten zwanzig Jahren nicht verwest war, verspätet begraben, als riefe ich mir den Text einer vor langer Zeit gespielten Rolle wieder ins Gedächtnis.

Ich reiste ab und ließ das lärmende Theater der letzten Tage schnell hinter mir. Beim Anblick des gelblichen Wintergestrüpps entlang den Gleisen musste ich an meine Kindheit denken, die ich in dieser Stadt verbracht hatte. Ich konnte mich lediglich an die Traurigkeit erinnern, die meinen Körper damals wie eine harte Walnussschale umhüllt hatte. Ich lehnte mich müde zurück und dachte an das Gesicht von L., bei der ich mich seit meiner Abreise nicht gemeldet hatte. An ihre raue Stimme und das schale Lächeln. Dabei lauschte ich dem regelmäßigen Rattern des Zuges und sank irgendwann in Schlaf.

DAS ZERDRÜCKTE GESICHT

Ein plötzliches Gefühl der Leere weckte mich. Ich war allein in meinem Waggon und hatte wohl geschlafen, bis wir im Hauptbahnhof von Seoul ankamen. Ich griff nach meiner Tasche und stieg aus. Die winterliche Morgenluft hatte einen bläulichen Schimmer und schlug mir klirrend kalt ins schlaftrunkene Gesicht.

Mein Kopf fühlte sich völlig leer an, also blieb ich noch eine Zeitlang auf dem Bahnsteig stehen. In diesem Augenblick war mir überhaupt nicht klar, warum ich da stand und wohin ich wollte. Ich setzte mich auf eine Bank und versuchte, meine Gedanken zu ordnen. Als hätte mir jemand kaltes Wasser über den Kopf geschüttet, kam ich plötzlich zu mir. Augenblicklich sprang ich auf, rannte die Treppe hinunter, durchquerte die Unterführung und nahm am Ausgang eines der zahlreichen Taxis.

Der Taxifahrer rauchte und durch sein geöffnetes Seitenfenster kam ein scharfer Wind. Mein Herz schlug seltsam heftig, meine Magenwand wurde von etwas Spitzem durchbohrt und die Wunde beharrlich erweitert, bis ich schließlich das Gefühl hatte, Brust und Bauch wären zu einem riesigen Loch geworden, durch das der eiskalte Wind drang.

Die Gasse zu meinem Atelier war unverändert. Die geparkten Autos waren mir bekannt und die Fenster des Mehrfamilienhauses dunkel. Ich schloss die Haustür auf und ging die Stufen zum Atelier hinunter. Als ich den Schlüssel in der Stahltür umdrehen wollte, bemerkte ich, dass sie nicht abgeschlossen war.

Im Atelier war es dunkel. Ich stand in der Tür und versuchte L.s Atem auszumachen, der vom Bett hätte kommen müssen. Aber nichts war zu hören.

Ich tastete mich an der Wand entlang und schaltete das Licht ein. Beim Aufflackern der Neonlampe bot sich mir ein unfassbares Bild. Zuerst fiel mir das umgeworfene Laufband ins Auge. Der Stecker war herausgezogen, die Beschichtung scheußlich zerkratzt und das Band wand sich daneben wie eine Schlange. L. hatte offenbar alles darangesetzt, die Maschine zu zerstören. Allem Anschein nach hatte sie dafür die Waage verwendet, die mit zerschlagenem Glaseinsatz daneben lag.

Das Atelier sah aus, als hätte jemand überall weiße Farbkleckse verteilt. Diese stellten sich bei näherer Betrachtung als Überreste der Abdrücke heraus, die ich in der letzten Zeit von L. genommen hatte. Im Unterschied zum letzten Mal hatte sie alles so sorgfältig zerschlagen, dass außer Pulverhäufchen nichts mehr aufzufinden war.

Vom Sessel wehte ein widerlich süßlicher Gestank von Lebensmitteln herüber, und Unmengen Müll waren über Tisch, Stuhl, Bett und Spüle sowie vor dem Kühlschrank verstreut: unzählige leere Packungen von Keksen und Knabbereien, außerdem Bäckereitüten, kleine Alufolien, Tortenschachteln, Pizzakartons, mit Kuchenkrümeln übersätes Pergamentpapier, ein mit Frittierfett verschmiertes altes Kalenderblatt, Limonadenflaschen, Eisverpackungen, angeknabberte Kekse, harte Brotkrümel, die an den Schuhsohlen hängen blieben, auf dem Fußboden waren Schokolade und die verschiedenartigsten Cremefüllungen verschmiert, dazwischen getrocknete Bananenschalen und Brösel von Reiswaffeln.

Das absolute Chaos, und von L. keine Spur. Vorsichtig machte ich ein paar Schritte, um nicht auf einer Plastiktüte oder Ähnlichem auszurutschen, und öffnete die Badtür. Ich presste die Lippen aufeinander und rechnete mit dem Schlimmsten.

Im Bad war niemand. Dafür stieg mir ein unvorstellbarer Gestank in die Nase. Ich würgte. Erbrochenes quoll über den Toilettenrand und faulte auf dem Fliesenboden. An den gefliesten Wänden, am Spiegel über dem Waschbecken und auf dem weißen Klodeckel, überall hatte sie mit einer Mischung aus Seifenschaum und Erbrochenem ihre Handabdrücke verteilt.

Um Ordnung zu schaffen, brauchte ich ganze zwei Tage. Den Sessel und das Laufband brachte ich zum Sperrmüll. Mit den zerschlagenen Abdrücken und den Lebensmittelresten füllte ich drei große Müllsäcke. Ihre Kosmetika und Kleidung stopfte ich in drei Einkaufstüten. Wahrscheinlich würde sie sowieso nicht zurückkommen, ihre Lieblingsklamotten hatte sie mitgenommen.

Geblieben waren ein Dutzend Hände, die zufällig oben auf dem Regal gestanden hatten und ihr deshalb nicht aufgefallen waren. Auch die Fragmente ihrer Riesenhülle, die ich damals wie Reliquien aus dem Schutt gerettet und in einem Karton aufbewahrt hatte, waren noch da.

Hin und wieder fragte ich mich: Hätte ich L. nach Gwangju mitgenommen, wie sie mich gebeten hatte, wäre dann alles anders gekommen?

Ich stellte einen Abdruck ihrer rechten Hand auf den Tisch, bei dem ihre Narbe deutlich zu sehen war. Ich streichelte ihre Finger, Gelenke und Adern und versuchte, mich in Ruhe an ihr Gesicht zu erinnern. Da wurde mir klar, dass ich von ihrem Gesicht keinen einzigen Abdruck genommen hatte. Ich versuchte, mir ihre Züge in Erinnerung zu rufen, und musste einsehen, dass es mir nicht gelingen wollte.

Eine Woche verging, zwei Wochen, ein Monat, und auch nach dem langen Winter war sie nicht zurückgekehrt.

Ich konnte mich noch immer nicht an ihr Gesicht erinnern.

Das kleine Erbe von meinem Vater ermöglichte mir, meinen Nebenjob an den Nagel zu hängen – ich hatte in den letzten zehn Jahren Privatunterricht für die praktische Prüfung zur Aufnahme an die Kunsthochschule gegeben. Ich ging nicht mehr nach Insa-dong. Ich las weder Zeitungen noch Zeitschriften. Ich verabredete mich nicht. Ich nahm drei Mahlzeiten am Tag zu mir, schlief und tat sonst nichts, außer still auf L.s Hand zu blicken und darauf zu warten, dass mein unscharfes Bild von ihrem Gesicht schärfer würde.

Ab und zu tauchte ich in der Abenddämmerung im Gewühl auf den Straßen vor der Hongik-Universität unter, ohne ein konkretes Ziel. Die Körper der Passanten waren keine Jagdobjekte mehr. Mein Blick spiegelte sich dumpf und erloschen in den Schaufenstern wider. Meine Haare begannen silbern zu glitzern, wie bei meinem früh ergrauten Vater.

Ich wusste, dass ich nie wieder der Alte sein würde. Irgendetwas in mir hatte sich unwiederbringlich verändert. Aber ich kam nicht darauf, was es war.

An einem Nachmittag im Spätherbst holte ich meine nach Naphthalin riechende Arbeitskleidung unter der Spüle hervor.

Auf eine Fläche von hundertsechzig mal hundertzwanzig Zentimeter trug ich dick Ton auf. Daraus formte ich das Relief einer auf dem Bauch liegenden Frau mit zerdrücktem Gesicht und zerdrückten Händen und bemalte alles mit einem blutigen Rot. Dann öffnete ich den verstaubten Karton und holte meine Reliquien, die Bruchstücke aus Gips, heraus. Die klebte ich auf den Körper der liegenden Frau. Damit die weißen, knochenähnlichen Gipsstücke besser hielten, drückte ich sie mit etwas Tonmasse grob fest.

Ich arbeitete die ganze Nacht hindurch, und als der Morgen langsam graute, ließ ich mich schwer auf den kalten Betonboden sinken. Ich betrachtete das zerdrückte, rote Gesicht und die ab dem Handgelenk nicht ausmodellierten Hände. Dann streckte ich meine Hände nach dem nackten Rücken der Tonfrau aus und drückte meine zehn Finger sanft hinein. Tief in mir wütete ein bis dahin ungekannter Schmerz.

Mit meinem schweißnassen T-Shirt warf ich mich dann auf das Bett, ohne mich zuzudecken, und sank in einen tiefen Schlaf, der so endlos tief war wie der Tod. Es war mein erster richtiger Schlaf, nachdem L. mich verlassen hatte.

Dritter Teil
Maskenball

DIE LIPPEN

Das hier finde ich gut.«

E.s Hände steckten in den Taschen ihres hellgrauen Trenchcoats. Mit den perfekt abgestimmten Bewegungen eines professionellen Models wandte sie sich um. Meine Augen, die ihr Profil betrachtet hatten, kreuzten die ihren. Kurz wirkte sie verunsichert. Sie lächelte zart und an den scharf umrissenen violetten Lippen entstanden feine Fältchen.

»Ist das nicht ein bisschen zu fromm?«, fragte mein Bekannter P. unvermittelt. »Nicht doch lieber etwas Interessanteres?«

E. wandte sich ihm zu. Die metallenen Stuhlbeine quietschten, sobald P. seinen Oberkörper mit den vor der Brust verschränkten Armen bewegte. Er hatte die Beine übereinandergeschlagen und wippte mit einem Fuß. Sein Gehabe ließ mich vermuten, dass zwischen ihm und E. mehr war als die geschäftliche Verbindung zwischen einem Möbeldesigner und einer Innenarchitektin.

»Hm, muss es denn gleich uninteressant sein, nur weil es fromm aussieht?«

Ihre etwas raue Stimme war nicht besonders angenehm, aber ihre Angewohnheit, beim Sprechen die Endungen zu dehnen, erzeugte einen seltsamen Nachklang. Ich schätzte sie auf das Alter von P., also fünfunddreißig oder sechsunddreißig. Sie hockte sich hin, um das von ihr ausgewählte Werk genauer anzusehen. Ihr Mantel schleifte dabei auf dem Boden, doch selbst das störte das Vornehme und Geordnete nicht, das sie umgab.

Sie war überdurchschnittlich schön.

Mir war bewusst, dass mein Atelier in ihrer Anwesenheit einen umso schäbigeren Eindruck erweckte. Die Küchenunterschränke waren schon alt gewesen, als L. bei mir gewohnt hatte. Ihre Türen hingen nun in den Angeln, und die Farbfolien, mit denen sie beklebt waren, lösten sich an den Ecken. Auf dem verdreckten Gasherd stand ein völlig zerkratzter Topf mit schief aufgesetztem Deckel. Spüle und Wasserhahn waren mit einer dicken, weißen Gipsschicht überzogen.

Ich sah mit den Augen eines Fremden auf meine eigenen Werke, wie sie, zum Teil mit einer Plane abgedeckt, dastanden. Das Atelier platzte schon seit Langem aus allen Nähten. Genauso der Abstellraum. Ständig musste man auf der Hut sein, um nichts umzustoßen.

»In einem der sonnigen Südfenster des Wohnzimmers sieht das bestimmt elegant aus. Mein Klient mag Elegantes«, murmelte sie, immer noch über das Werk gebeugt.

Sie schien mit sich selbst zu sprechen, gleichzeitig war sie sich der Zuhörer bewusst, wie ein Schauspieler, der auf der Bühne Monologe führte.

Sie sah sich L.s Hände an, es waren jene, die ich in meiner zweiten Ausstellung gezeigt hatte. Vier Hände waren einander zugewandt, wobei ein Paar unten lag und das zweite Paar quasi ein Dach darüber bildete. In der Ausstellung hatte ich in dem Raum zwischen den Händen ein Licht installiert, das zwischen den leicht abgespreizten Fingern hindurch leuchtete. Ich mochte diese Finger, die hell und ineinander verwoben waren und dennoch Einsamkeit ausstrahlten.

»Es sieht zerbrechlich aus.« Mit raschelndem Mantel

stand sie auf. In ihren Absatzschuhen war sie fast so groß wie ich. »Können Sie das auch als Guss anfertigen?«, fragte sie freundlich.

Diese Frage kannte ich schon. Bekanntlich zerbricht faserverstärkter Gips leicht. Zwei Exponate hatten den Rücktransport von der Ausstellung nicht überstanden.

»Na ja«, antwortete ich mit einem Lächeln. »Ein Gussstück fühlt sich nicht so gut an, finde ich. Bei Gips kann man den menschlichen Körper besser fühlen.«

»Das stimmt schon. Das mag ich auch. Die Lagerung ist nur um einiges schwieriger, und der Normalbürger ...«

»Porzellan und Kristall zerbrechen auch sehr leicht, oder?«

Statt einer Antwort schenkte sie mir völlig überraschend ein warmes Lächeln, das zu ihrer anspruchsvollen und selbstbewussten Art nicht zu passen schien. Ich wurde verlegen, als hätte sie versucht, mich zu verführen. Aber noch mehr überraschte mich die nun folgende dramatische Veränderung in ihrem Gesicht. Kurz bevor das Lächeln daraus verschwunden war, erlosch das Leuchten in ihren Augen, sodass ihr Blick zu dem einer Puppe mit Glasaugen wurde. Ihr Kopf kippte etwas nach vorn, sie erstarrte. Selbst ihr Atem schien stillzustehen, Schultern und Bauch wirkten leblos wie bei einer Schaufensterpuppe.

Das alles geschah innerhalb eines Augenblicks. Hätte es länger angedauert, wäre es jedem mit etwas schärferem Beobachtungsvermögen ausgestatteten Menschen aufgefallen. Aber selbst P., der in ihrer unmittelbaren Nähe saß, schien nichts bemerkt zu haben.

»Sind all diese Hände von ein und derselben Person?«, fragte sie kurz darauf mit klarer Stimme und hob den Kopf. In ihren Blick waren die Lebendigkeit und die Aufgeschlossenheit zurückgekehrt. Die Zeit hatte nur für mich kurz stillgestanden. Ihr selbst war offensichtlich nicht bewusst, dass sie für einen Augenblick verwandelt gewesen war.

»Das stimmt, oder? Die Narben auf dem Handrücken stimmen überein.«

Sie schien meine Antwort gar nicht mehr zu benötigen, löste ihre verschränkten Arme, stützte das Kinn mit einer Hand ab und nickte ein paarmal. Neben den vier Händen, die sie gerade anschaute, standen weitere Hände mit ineinander verschränkten Fingern, dahinter waren Hände zum Gebet gefaltet.

»Sowohl das Thema der ersten als auch das der zweiten Ausstellung war die Hand. Was ist für Sie so besonders daran?«

Statt zu antworten, sah ich ihr in die Augen.

»Wenn ich ihn früher danach fragte, erzählte er mir was von Handakupunktur«, mischte sich P. ein. »Später bin ich in eine Buchhandlung gegangen und habe ein paar Bücher dazu durchgeblättert. Hiernach repräsentiert die Hand den ganzen Körper und auf der Hand sind alle Meridiane des Körpers vertreten. Auf dem obersten Segment des Mittelfingers sind Augen, Nase und Mund abgebildet. Seitdem sehe ich meine Hände manchmal an, als wären es zwei Gesichter.« P. kam in Fahrt, er genoss wohl den Klang seiner hellen Stimme in meinem stillen Atelier: »Ist es denn letzten Endes nicht so, dass unsere Hände die Körperteile mit dem größten Eigenleben sind? Alle Handlungen - Essen, Berühren, Arbeit, Sex -, alles geschieht mit den Händen. Sie sind sozusagen das Symbol für den handelnden Menschen.« Er griff mit zufriedenem Gesichtsausdruck an das hellgrüne Tuch, das er trug. Unter seiner hohen Stirn blitzten Augen hervor, die jetzt E.s wohlgeformten Busen musterten.

Sie nickte unbeteiligt. Ihr kühler Blick schien zu sagen:

»Ich habe eine einfache Frage gestellt, und du fängst an, Vorträge zu halten.« Dann schaute sie sich in meinem Atelier um, als wolle sie eine Neugestaltung in Angriff nehmen. Sie bewegte sich mit professioneller Umsicht und Genauigkeit. Vor der Furnierholztür, die zum Abstellraum führte, hielt sie inne.

An der Tür lehnte das Frauenrelief aus Ton, das ich zwei Monate zuvor wie im Rausch innerhalb einer einzigen Nacht geschaffen hatte. Aus dem Rücken der ausgestreckt daliegenden Frau ragten Gipsscherben wie weiße Knochen. Der gesamte Körper war mit einem Rot überzogen, das Gesicht zur Unkenntlichkeit zerdrückt und die Hände waren nicht ausgearbeitet.

»Das gefällt dir natürlich«, kommentierte P. unangenehm vertraulich. »So was ist natürlich viel interessanter.« Er kicherte. »Was meinst du, wie die reagieren, wenn du das bei denen im Haus aufhängst? Wahrscheinlich behaupten sie, dass ihre Kinder davon Krämpfe kriegen. Denen bleibt bestimmt die Spucke weg.«

E. schien P. nicht gehört zu haben. In ihren Augen lag ein merkwürdiges Leuchten und sie konnte ihren Blick von dem Relief nicht abwenden.

Sie verbarg etwas.

Still beobachtete ich, wie das Flackern aus ihren Augen verschwand.

Mit Sicherheit tat sie das.

Es bestätigte sich jener erste Eindruck, den ich vor zwei Stunden im Café in Sinchon von ihr gewonnen hatte.

»Nun gut, ich habe mich zuerst einmal für diese hier entschieden.« Sie drehte sich zu uns um. Die Hände wieder in den Taschen ihres Trenchcoats vergraben, wies sie mit dem Kinn auf die Skulptur mit vier Händen.

»Was den Preis und den Rest anbetrifft …«, fuhr sie mit

hoher Stimme fort. Durch das dicke Make-up wirkte ihr Gesicht fast bläulich. Ihre violett geschminkten Lippen, voll und sinnlich, bewegten sich darin wie zwei eigenständige Lebewesen.

»Ich melde mich bei Ihnen, sobald ich mit meinem Klienten Rücksprache gehalten habe. Über den Mindestpreis hat mich P. schon informiert.«

»Unhyong nimmt ganz schön viel, finde ich. Aber ohne seinen Stolz würde ich ihn nicht so mögen«, warf P. lachend ein und stand auf.

»Ich finde das absolut richtig. Es ist ja tatsächlich so: Je teurer ein Künstler, umso vertrauenswürdiger für die Kunden.« E. vergewisserte sich, dass meine Ausstellungskataloge in dem Kuvert waren, das sie unterm Arm trug. »Ihre Telefonnummer finde ich hier unter dem Lebenslauf. Ich denke, wir sind uns soweit einig, oder?«

Mit fröhlich klappernden Absätzen ging sie zum Ausgang. Mir entging nicht, dass sie bei ihrem ersten Schritt auf die Treppe noch einen unauffälligen Blick zum Abstellraum warf und zusammenzuckte.

An der Tür lehnte die liegende rote Tonfrau mit dem zerdrückten Gesicht.

DIE FRAU IM SPIEGEL

E. manövrierte ihr Auto, das neueste *Sonata*-Modell von *Hyundai* in Weiß, geschickt aus der Parklücke in meiner kleinen Gasse, die auf beiden Seiten von mittelgroßen und kleineren Mehrfamilienhäusern gesäumt war. P. ließ noch einmal die getönte Fensterscheibe herunter und rief mir vom Beifahrersitz aus zu: »Wir müssen demnächst mal wieder was trinken gehen!«

E. nickte mir noch einmal zu.

Bevor das Auto um die Ecke verschwunden war, drehte ich mich um und ging langsam die Treppe zum Atelier hinunter. Ich setzte Wasser für Tee auf und überließ mich meinen Gedanken, bis ich ein paar Jasminblätter in das kochende Wasser werfen musste.

Während der Jasmintee zog, räumte ich L.s auf dem Fußboden aufgereihte Hände wieder ins oberste Regalfach. Das Frauenrelief lehnte unverändert an der Tür zum Abstellraum. Ich goss mir eine Schale Tee ein, setzte mich auf meinen Klappstuhl und blickte auf das zerdrückte Gesicht.

Am Vortag hatte mich P. angerufen: »Ich habe gehört, dass dein Vater vergangenen Winter gestorben ist. Warum hast du dich nicht gemeldet? Ich habe erst letztens davon erfahren.«

»Ich habe mich bei niemandem gemeldet. Es war nicht in Seoul, sondern in Gwangju.«

»Auch wenn es nicht Gwangju, sondern die Insel Jeju gewesen wäre, wäre ich selbstverständlich gekommen. Denkst du, ich komme nicht, weil mir das zu weit weg ist? Dein Problem ist, dass du niemandem Umstände machen willst.«

Er hatte offensichtlich ein wichtiges Anliegen, denn er ersparte mir den Rest der Belehrung, die ich schon kannte: »Weißt du denn nicht, dass in sauberem Wasser keine Fische leben können? Lege es nicht darauf an, zu vereinsamen. Die Welt ist einsam genug, auch für Menschen mit einer unsteten Lebensweise.«

»Ich verstehe ja, dass dich das sehr mitgenommen hat. Trotzdem kannst du nicht die ganze Zeit zu Hause sitzen.«

»Ach nein?« Ich lachte. »Ich geh manchmal aus, keine Sorge.«

»Na gut, das klingt schon besser. So muss es sein. Ich habe dich heute ohnehin nur angerufen, weil …« Er schob eine kleine Pause ein, um die Spannung zu steigern.

»Ist was passiert?«, fragte ich.

»Soll ich dir eine aufregende Frau vorstellen?«

P. war im Prinzip der einzige Mensch, mit dem ich wirklich befreundet war. Er hatte einen großen Bekanntenkreis und war immer freundlich und gut gelaunt. Er hatte etwas von einem Politiker. Aber niemand hasste ihn dafür, wohl weil seinen Handlungen stets zumindest ein Hauch Ehrlichkeit beigemischt zu sein schien. »Du bist schon ein komischer Kerl«, hatte er irgendwann gesagt, mir auf die Schulter geklopft und laut gelacht. »Du bist so komisch, dass du es selber nicht merkst.«

»Ich will dich ja nicht verkuppeln oder so.« Jetzt kicherte er wie über einen Herrenwitz. »Es ist eher was Berufliches. Sie ist Innenarchitektin und soll sich für einen Klienten, der Kunstliebhaber werden möchte, etwas umschauen. Er hätte gern ein paar Skulpturen in seinem Wohnzimmer, hat aber keinerlei Erfahrung im Kunstgeschäft, sodass er die Auswahl voll und ganz in ihre Hände gelegt hat.« P. wurde ernst. »Du solltest diese Hände, die du in deiner zweiten Ausstellung in Serie aufgestellt hattest, mal herausholen. Die wirken auf normale Menschen auf jeden Fall nicht so abschreckend wie diese mumienhaften Werke, die später dazukamen.« Er legte mir ans Herz, doch mal zu versuchen, die Hände zu verkaufen. »Du hast selbst gesagt, dass du ein größeres Atelier brauchst.«

»Um ehrlich zu sein«, antwortete ich, »möchte ich eigentlich keine der Lifecasting-Hände verkaufen.« Das entsprach der Wahrheit. Ich hatte keine Lust, auch nur eine einzige Hand von L. zu verkaufen. »Ich hänge noch an ihnen.«

»Wenigstens ein Werk, finde ich. Wenn du eins verkauft hast, kannst du die anderen für den Rest deines Lebens an dein Herz drücken.«

»Nein, selbst für ein Werk ist es noch zu früh«, wandte ich lachend ein.

»Du bist ja richtig starrköpfig. Wie würden Künstler denn überleben, wenn sie wie du mit dem Verkauf warten würden, bis sie ihre Werke satthaben?«

Nach diesem kleinen Wortgefecht verlegte er sich aufs Bitten und kam mir mit dem Argument, dass er der Frau bereits zugesagt habe. Er bedrängte mich, sie doch zumindest einmal zu treffen und mit ihr zu reden.

Also war ich an jenem Morgen in einem Café in Sinchon erschienen, um P. und diese Frau zu treffen.

Nicht der vorhergesagte Schnee, sondern ein feiner Nieselregen stäubte vom Himmel. Die Straßen versanken in einem melancholischen Grau, wie in der Dämmerung. Das leuchtend gelbe Schild des Cafés war ein starker Kontrast dazu. Statt der überdimensional fetten Schriftzeichen, wie sie bei Ladenschildern in der näheren Umgebung üblich waren, stand dort neben dem chinesischen Zeichen 沼 in kleinen, modernen Schriftzeichen die koreanische Silbe 소 – also »Teichlandschaft«. Hinter der Glastür führte eine Wendeltreppe aus hellem Massivholz zum Café im Souterrain. Auf den Stufen standen vor der Wand kniehohe Glassäulen, die zu einem Drittel mit Paraffinöl gefüllt waren. Es war so durchsichtig, dass man es fast für Wasser hätte halten können.

Der Innenraum war in einem hellen Gelb gestrichen. Die Vitrine und Regale an der Bar waren gerade hüfthoch. Die Einrichtung war karg und minimalistisch, nichts hier roch irgendwie nach Mensch.

P. saß lässig in der Nähe des Eingangs.

»Seit wann bist du da?«

»Regnet es stark?«, fragte er statt einer Antwort.

»Es hat fast aufgehört.«

»Nieselregen im Dezember. Na, das wird sicher ein warmer Winter.«

Ich verstaute meinen Regenschirm in dem weißen Acrylbehälter, auf den mich ein Kellner mit zitronenfarbener Schürze hingewiesen hatte.

»Nicht übel hier.«

»Das ist ihr Werk. Sie hat dafür einen Preis vom Bund Koreanischer Innenarchitekten bekommen. Ich glaube, das war letztes Jahr.«

Ich griff nach der in Leder gebundenen Karte und schaute mich in dem Café weiter um.

Es war ein eigenartig ruhiger Ort.

Im Hintergrund lief eine der mit Beats unterlegten Balladen, die zurzeit in waren, und es waren nicht gerade wenig Gäste da. Trotzdem strahlte der Raum eine irgendwie jenseitige Ödnis aus.

Woran lag das bloß?

Die Decken waren verhältnismäßig hoch. Als Wanddekoration dienten allein einige Reagenzgläser, die, nebeneinander aufgereiht und halb mit Wasser gefüllt, aus einer schmalen Glasplatte ragten. In den Gläsern steckten dünne, kurze Schilfstängel. Das Ganze schien so konzipiert zu sein, dass auf den ersten Blick bis auf das Schilfrohr nichts zu sehen war. Aus der Nähe jedoch sah ich die Reagenzgläser, die mich in Kombination mit dem seltsam poetischen Schilfrohr beinahe frösteln ließen.

Die Tischplatten waren aus hellgelb schimmerndem MDF, die Sofas waren in einem noch zarteren Elfenbein gehalten. Zwischen den Sofas standen Trennwände, die auf den ersten Blick wie Glasplatten aussahen, sich dann aber als flache Glaskisten herausstellten, die ebenfalls zu zwei Dritteln mit Paraffinöl gefüllt waren. Vermutlich sollte mit alldem die Atmosphäre einer Teichlandschaft nachgebildet werden.

Als ich in Richtung Bar sah, fielen mir die von P. entworfenen Barstühle auf. Sie waren ganz sein Stil, sehr schlicht und doch sinnlich. Die Rückenlehnen waren elegant mit dem stilisierten Umriss einer nackten Frau durchbrochen.

»Ich fühle mich schon seltsam, wenn ich einen Mann oder eine Frau darauf sitzen sehe«, sagte P. mit einem Grinsen, als er bemerkte, dass ich seine Werke betrachtete. »Es ist, als würden sie ihren Hintern an meinen Körper schmiegen. Das hat etwas sehr Erotisches.«

Genau fünf Minuten nach der vereinbarten Zeit erschien E.

Als hätte sie ihre Kleidung auf den Farbton des Innenraumes abstimmen wollen, trug sie einen beigefarbenen Hosenanzug. Mit einem hellgrauen Trenchcoat über dem linken Arm schritt sie die Stufen herunter. Ihren hellgrauen Knirps steckte sie in den weißen Schirmhalter und nickte dabei dem etwa fünfzigjährigen Eigentümer des Cafés zu. Sie hatte ein unbeschwertes Lächeln. Wie eine Tänzerin hielt sie Rücken und Schultern sehr gerade, und ihr ausdrucksstarkes Gesicht war wie zum Verlieben geschaffen.

Beim ersten Eindruck dominierte etwas wie Reinlichkeit. Dazu trugen ihre helle Kleidung und die helle Haut sicher maßgeblich bei. Aber ihre Haltung erschien mir noch reinlicher. Die Bewegung, mit der sie sich nach der Begrüßung des Cafébesitzers uns zuwandte, war wie mit dem Lineal abgemessen. Sie strahlte P. an, und ihr Lächeln war weder übertrieben noch zurückhaltend, der Situation also perfekt angepasst. Dieses Lächeln sollte ihr Gegenüber entspannen. Mit großen Schritten kam sie auf unseren Tisch zu und reichte mir die Hand.

»Sehr erfreut.«

Ihre Hand war glatt und etwas feucht. Aus ihrem Nacken wehte ein zarter Orchideenduft. Ihre hellbraun gefärbten langen Haare wirkten natürlich und gepflegt. Während ich beobachtete, wie sich diese schöne Frau zu P. setzte und den Rücken durchstreckte, fühlte ich die Kühle, die sich hinter ihrer Klarheit, Freundlichkeit und Feinheit verbarg. Sie wirkte auf Distanz bedacht. Die Art, wie sie das vermittelte, war dezent und zugleich bestimmt.

»P. hat mir viel von Ihnen erzählt«, sagte sie sanft. »Schon allein Ihre Ausstellungskataloge haben mich beeindruckt. Ich hätte Ihre Ausstellungen gern gesehen. Schade.«

Kaum saß sie, wurde ihr auch schon ein Glas Limonade ohne Eis serviert – sie hatte es wohl beim Hereinkommen bestellt. Sie bedankte sich mit einem kurzen Lächeln und trank einen Schluck. Die Art, in der ihre Lippen den halbtransparenten Trinkhalm berührten, war filmreif. Alles harmonierte perfekt: der beigefarbene Hosenanzug, die Farbe der Limonade und das in Hellgelb gehaltene Café. Ihre glänzenden lila Lippen waren ein Blickfang in diesem Gesamtbild.

Sie leerte ihre Limonade bis fast zur Hälfte und schob dann das Glas zur Seite.

»P. hat mit Ihnen sicher schon darüber gesprochen, worum es im Großen und Ganzen geht. Mein Klient möchte in seinem Haus Skulpturen aufstellen. Ich würde gern einige der von Ihnen geschaffenen Hände sehen. Wenn es Ihnen nicht zu viele Umstände macht, würde ich gern heute schon bei Ihnen im Atelier vorbeischauen.«

Da ich damit gerechnet hatte, sagte ich zu. Während wir

unsere Gläser leerten, unterhielten sich E. und P. etwa zehn Minuten über Geschäftliches, von dem ich nichts verstand. Als ihr Gespräch beendet war, strahlte mich E. an. »Entschuldigen Sie meine Unhöflichkeit.«

»Aber ich bitte Sie.«

»Du bist mit deinem Auto da, oder?«, erkundigte sich P. bei E.

»Und du? Bist du nicht mit dem Auto gekommen?«

»Doch, aber da wir heute Abend wieder hierherkommen müssen, dachte ich, wir fahren alle in deinem Auto.«

»Können wir dann jetzt aufbrechen?«

P. stand als Erster auf. E. hatte ihre Limonade nicht ganz ausgetrunken, nahm aber auch schnell ihren Trenchcoat, um P. hinterherzueilen, der an der Bar gerade nach seiner Geldkarte griff. Sie bat um die Rechnung. Der Inhaber des Cafés winkte ab, das gehe schon in Ordnung.

»Wenn Sie das immer so machen, kann ich nicht oft hierherkommen«, brachte sie vor. »Hätten Sie es denn gern, dass ich oft herkomme?«

In dem hohen Spiegel neben dem Treppenaufgang konnte ich ihr Gesicht sehen. E. lachte leise, und der Inhaber des Cafés strahlte. Sie sah verführerisch lächelnd zu ihm auf.

Während sie mit der Karte in der Hand auf ihren Beleg wartete, sah sie in den Spiegel. Mich nahm sie gar nicht wahr, da sie damit beschäftigt war, ihr Aussehen mit geschäftsmäßigem Blick zu überprüfen. Alle Sanftmut und aller Charme waren aus ihrem Blick verschwunden.

»Na, wie gefällt sie dir?«, flüsterte P. und stieß mir in die Seite. »Aber pass bloß auf!«

»Worauf denn?«

»Sie ist ein bisschen schwierig.«

»Was meinst du damit?«

»Na ja, bis zu einem gewissen Grad sieht es überhaupt nicht danach aus, aber innerhalb kürzester Zeit wird es schwierig.«

»An welchem Punkt wird es schwierig?«

Er lachte nur verschwörerisch. In dem Moment verabschiedete sich E. mit einem Händedruck vom Inhaber und wandte sich uns zu: »Gehen wir?«

Es war auffällig, wie blendend sie aussah, wie elegant sie sich bewegte und sprach. Ihre Augen jedoch glichen schwarzen Glaskugeln. So wunderschön sie waren und sosehr sie auch strahlten, sie waren einfach undurchdringlich.

DER ALBTRAUM

Entgegen P.s Vorhersagen folgte auf den verspäteten Herbstregen eine Kältewelle mit bis zu minus zwanzig Grad, die sich fast eine Woche in Seoul hielt. Ich hatte Einladungen zu drei oder vier Jahresabschlussfeiern, ging aber nicht hin. Im Atelier ließ ich das Wasser laufen, damit die Rohre nicht einfroren und platzten. Vor dem Heizstrahler saß ich dann, in Mantel und Wolldecke eingehüllt, und lauschte dem Tropfen des Wasserhahns. Der allabendliche Ausflug zur nahegelegenen Imbissbude war mein einziger Kontakt zur Außenwelt.

An Gästen hatte ich in dieser Zeit auch nur den Bezirksvorsteher, der mit Thermomütze und Mundschutz erschien. Ihm gehörte ein Reisladen um die Ecke. Er brachte mir die Mahnung zur Zahlung der Einwohnersteuer und überreichte sie mit den Worten: »Sehen Sie, so viel ist das doch gar nicht. Bezahlen Sie bitte umgehend und machen Sie mir keine weiteren Umstände!« Dann verschwand er eilig.

Von E. hörte ich erst einmal nichts, obwohl ich den Eindruck gehabt hatte, sie werde sich gleich am nächsten Tag bei mir melden. Vielleicht hatten ihrem Klienten meine Werke ja nicht gefallen, oder er war aus dem Vertrag ausgestiegen. So etwas kam vor. Mir war das nur recht, da ich sowieso keine Lust hatte, L.s Hände zu verkaufen.

Das einzig Seltsame war, dass ich mich beim besten Willen nicht an E.s Gesicht erinnern konnte. Ihr schimmernder Lidschatten, der lila Lippenstift, die Form der sich bewegenden Lippen, ihr subtiles Mienenspiel, das alles war mir noch lebendig vor Augen. Sobald ich jedoch versuchte, mir ihr Gesicht als Ganzes vorzustellen, war ich wie gelähmt.

Irgendwann kam mir ihr Gesicht für einen kurzen Moment wie durch ein Wunder wieder in Erinnerung. Dieses Gesicht war starr und hart und ähnelte eher einer abendländischen Totenmaske, der jeder lebendige Ausdruck fehlte. Dann hatte ich es sofort wieder vergessen.

Eine Woche nachdem ich E. kennengelernt hatte, hatte ich einen Traum: L. lag neben mir und ich streichelte ihren Busen. Als ich ihre Wangen streicheln wollte, merkte ich, dass ihr Gesicht hart war wie das einer Gipsskulptur. Vor Schreck öffnete ich die Augen, und neben mir lag nicht mehr L., sondern das totenmaskenähnliche Gesicht von E. Der Körper der Frau, von der ich nicht wusste, ob sie L. war oder E., lag regungslos da, wie ein Leichnam, ohne jede Reaktion, ohne jedes Geräusch. Voller Grauen stieß ich ihn von mir. Im Bett verblieb der Kopf, mit dem Gesicht nach unten. Zitternd saß ich am Kopfende meines Bettes und fragte mich: Sollte ich diesen Kopf umdrehen und mir das zerdrückte Gesicht ansehen? Dann erwachte ich. Ich tastete sofort mit der Hand das Laken ab, um sicherzugehen, dass niemand neben mir lag. Mit weichen Knien stieg ich aus dem Bett.

»Langsam werde ich alt«, murmelte ich und schaltete das Licht ein. »Ich wache schweißgebadet aus einem Albtraum auf.« Ich strich mir über den Nacken, stützte mich mit einer Hand an der kalten Wand ab und dachte noch einmal an E.s hartes Gesicht, das ich im Traum so täuschend echt vor mir gesehen hatte. Ich grübelte, was daran mich an L. erinnert haben mochte. Mein Blick blieb an den vier Händen hängen, die sich E. ausgesucht hatte. Plötzlich erschien mir das Atelier viel zu still. Eine merkwürdige Beklommenheit legte sich um mich.

An dem Morgen, als die Kältewelle unter dem Einfluss eines Tiefs nachließ, rief E. an. Zuerst erkannte ich ihre Stimme nicht. Erst nachdem sie ihren Namen genannt und sogar P. erwähnt hatte, erinnerte ich mich an sie. Ihre Stimme war diesmal geschäftsmäßig freundlich, wahrscheinlich war es ihre Telefonstimme.

»Ich habe mit meinem Klienten gesprochen und ihm die Kataloge gezeigt. Er möchte nicht nur das von mir ausgewählte, sondern noch ein weiteres Ihrer Werke.«

Der Klient hatte sich für die beiden Hände entschieden, die nach vorn geöffnet waren, als würden sie etwas erflehen.

»Hoffentlich sind sie noch nicht verkauft.«

»Nein.«

»Das ist gut.« E. atmete auf. »Er meinte, dass seine Frau sie sicher mögen wird, sie ist katholisch. Meine Arbeit wird noch einen Monat dauern. Ihre Werke werde ich erst zum Schluss aufstellen. Mit dem Klienten habe ich ausgemacht, dass Sie trotzdem sofort bezahlt werden.« Mit einem Zögern fügte sie hinzu, dass sich ihr Klient einen Rabatt wünsche, da er zwei Werke abnehmen würde.

»Na ja«, antwortete ich, »um ehrlich zu sein ...« Plötzlich war es am anderen Ende der Leitung still, als wäre niemand mehr da. Ich begann, die merkwürdige Beklommenheit der vergangenen Nacht wieder zu fühlen. »Das passt mir gut. Denn ich möchte ohnehin nicht verkaufen.«

»Moment, Sie müssen mich missverstanden haben«, fiel sie mir ins Wort. Sie war also doch noch da. Am Schreibtisch irgendeines Büros, das ich nicht kannte.

»Es geht nicht um den Preis. Es ist zu früh, ich kann sie nicht verkaufen.«

»Ich verstehe, dass das ein empfindliches Thema ist.«

»Aber nein«, wehrte ich ab. »Es ist nur so …«

Es war verwirrend. Was nützten umständliche Erklärungen und Rechtfertigungen, mit denen man nur neue Missverständnisse schuf?

»Wollen wir uns treffen, um alles zu besprechen?«, schlug sie vor.

Ich zögerte. Mit freundlicher Stimme fuhr sie fort: »Wann haben Sie diese Woche Zeit? Außer Mittwoch und Donnerstag kann ich immer.«

Entgegen P.s Warnung war sie doch keine besonders schwierige Frau. Sie war weder auffällig wählerisch noch überempfindlich oder reserviert. Fröhlich und unbeschwert betonte sie noch einmal: »Und nicht vergessen: sieben Uhr!«

Am Freitagabend wartete ich in Seocho-dong in der Lobby des Gebäudes, in dem sich E.s Büro befand. Sie kam zehn Minuten zu spät. Ihr ziegelroter Rollkragenpullover und der schwarze Blazer, ein mehr sportlicher Look als bei unserem letzten Treffen, ließ sie aktiv und professionell wirken.

»Entschuldigen Sie meine Verspätung. Ich musste noch einen wichtigen Anruf entgegennehmen.« Ohne Umschweife fügte sie hinzu: »Sie haben sicher noch nicht zu Abend gegessen. Ich lade Sie ein.«

Sie führte mich zu einem Curry-Restaurant, das angeblich das Beste in der unmittelbaren Umgebung war. Das Essen wurde in einer Silberschüssel serviert, verziert mit einem Olivenblatt. Sie kam gleich auf das Geschäftliche zu sprechen.

»Verstehe, so war das. P. hat sich also für mich eingesetzt«, kommentierte E. meine Ausführungen zur Vorgeschichte mit einem verständnisvollen Kopfnicken. Nach einer kurzen Pause erläuterte sie: »Wissen Sie, ich habe den Eindruck, dass mein Klient ein aufrichtiger Mensch ist. Ein Kenner ist er sicherlich nicht, aber er wird Ihre Werke sein Lebtag in Ehren halten. Darauf gebe ich Ihnen mein Wort.« Dann zeigte sie ihr Lächeln und fuhr mit sachlicher Stimme fort: »Am Ende geht es sowieso den Weg alles Irdischen, nicht wahr? Das gilt für uns ebenso wie für das, was wir schaffen … Nichts auf dieser Welt ist für die Ewigkeit bestimmt, oder? Selbst die Welt an sich.«

Ihre Worte waren eine nachgeschobene Kritik daran, dass ich mich so töricht an meinen Werken festklammerte. Gleichzeitig zeigten ihr Blick und jeder einzelne Muskel in ihrem friedlichen Gesicht nichts als das reine Wohlwollen. Diese Diskrepanz war mir unheimlich.

»Mein Wunsch ist es lediglich, so lange mit meinen Werken zusammen zu sein, bis ich nicht mehr auf dieser Erde bin«, sagte ich langsam. Dass sie mir ein Trost waren, sagte ich nicht laut dazu.

»Hat das mit dem Menschen zu tun, zu dem diese Hände gehören?«, fragte sie wie nebenbei.

Ich antwortete nicht. Schließlich nahm sie ihren Silberlöffel von der Serviette und sagte lächelnd: »Das Essen wird kalt. Guten Appetit!«

Das Gespräch über das Geschäftliche schien damit beendet. Danach kamen wir in lockerer Folge auf Verschiedenes zu sprechen. E. war redegewandt und verbreitete mit ihrem Charme eine angenehme Stimmung. Wir verzichteten auf eine Nachspeise und gingen in die beste Cocktailbar, die wir in der Nähe finden konnten.

Sie wirkte die ganze Zeit über sehr natürlich, ganz anders als an dem Tag, an dem wir uns kennengelernt hatten. Jedoch ihr Lachen fiel mir mit der Zeit auf. Es kam immer etwa einen halben Taktschlag zu spät. Und auch ihr Lächeln war, wenn sie es aufsetzte und sich die Mundwinkel hoben, von perfekter Schönheit. Doch sobald es verschwand, schlich sich eine Melancholie in ihre Züge, als wäre sie ein Supermodel, das auf ein Stichwort für das nächste Lächeln warten musste. Ich beobachtete, wie sie beunruhigt abzuwägen schien, ob ein Lächeln gerade angebracht und ob es auch gut genug war. Nach dieser kurzen Beunruhigung formten ihre Lippen entweder wieder ihr elegantes Lächeln oder verschlossen sich zu einem stillen, zuverlässigen Ausdruck.

Sie beeindruckte mich noch einmal mit ihrer Reinlichkeit. Ihr gepflegtes Äußeres, ihre Kleidung, ihre Gesten, ihre Mimik, ihre Gesprächsthemen. Alles an ihr war peinlich genau und geordnet. In ihrer Gesellschaft kam ich mir vor wie ein hochwertiges Stofftaschentuch: piekfein, ordentlich gebügelt und die Ecken genau aufeinandergelegt. Sogar ihre Witze schienen der Situation genau angepasst zu sein. Als würde ihr überaus edles Dasein sie belasten, gab sie sich alle Mühe, sich damit nicht allzu sehr in den Vordergrund zu spielen.

Ganz im Gegenteil, einmal fragte sie: »Diesen Scherz habe ich für bare Münze genommen und überall weitererzählt. Das war echt dumm von mir, oder?«

Da ihr Wert dadurch ohnehin keinen Schaden nehmen würde, konnte sie sich großzügig der Dummheit bezichtigen.

»Na ja. Vielleicht lag es ja daran, dass ich nie von etwas geträumt habe, das für mich unerreichbar war. Auf diese Weise waren alle meine Träume erfüllbar. Genau so wie jetzt habe ich immer leben wollen.«

Sie war bescheiden genug, dass ihre Würde nicht darunter litt, und gerade so selbstbewusst, dass sie die anderen nicht vor den Kopf stieß. Außerdem war sie so schön, dass sie mit einfachen Komplimenten wie etwa »Sie sind wunderschön« gar nicht zu beeindrucken war. Frauen wie sie waren für andere Frauen frustrierend. Weil sie aber so nett und zuvorkommend war, war sie unter ihren Kolleginnen vermutlich auch beliebt.

Kurz nach zehn verließen wir die Cocktailbar.

»Es ist Zeit, dass ich nach Hause gehe«, verabschiedete ich mich höflich. Ich war mir völlig im Klaren darüber, was ihre großzügige Gastfreundschaft zu bedeuten hatte. Jetzt lag es bei mir, die richtige Antwort zu geben.

Ich war irgendwie ermattet. Die Zeit mit ihr hatte mich innerlich ausgehöhlt. Nein, sie hatte merkwürdigerweise das Gefühl der Leere, das ich schon immer in mir getragen hatte, ins Unermessliche verstärkt, obwohl sie die ganze Zeit über eine fröhliche Stimmung verbreitet hatte.

»Sie haben gewonnen. Ich werde die beiden Werke verkaufen«, sagte ich emotionslos.

Ihre Augen hatten aber gar keinen Ausdruck, obwohl sie meine Worte sicher gehört hatte. Nur ihre Mundwinkel verzogen sich automatisch zu einem Lächeln. In diesem Moment fiel mir der Albtraum von vor ein paar Tagen ein. Das harte Gesicht. Die Totenmaske.

Ich sah ihr unter dem taghellen Leuchtschild der Cocktailbar in die Augen. Sie waren wie Spiegel. Was dahinter sein mochte, konnte ich gar nicht erkennen. Nur mein eigenes Gesicht spiegelte sich wohl darin wider.

DAS MINIATURENHAUS

Ich wollte sie wiedersehen. Aber warum?

Weder ihr Aussehen noch ihre Klugheit oder weibliche Attraktivität sprachen mich an. Ich fühlte mich stark angezogen, zugleich aber auch abgestoßen. Jedes Mal, wenn ich an sie dachte, stiegen gleichzeitig Abscheu und Zuneigung in mir auf. Dieser eigenartige Widerspruch machte mich nachdenklich. Und ich kam immer wieder zu dem gleichen Schluss:

Sie verbirgt etwas. Mit Sicherheit tut sie das.

In mir wuchs der Wunsch, ihr das beherrschte Gesicht wie eine Haut abzuziehen, um an ihr wahres Gesicht heranzukommen. Ich wollte ergründen, was sich hinter ihren undurchdringlichen Spiegelaugen verbarg.

An einem Samstagmorgen, nach einer Nacht voller quälender Albträume, rief ich sie schließlich in ihrem Büro an und bat um eine Verabredung.

»Geht es um die Arbeit, Herr Jang?« Sie schien überrascht.

»Nein. Und nennen Sie mich bitte nicht so förmlich ›Herr Jang‹!«

Ein leises Lachen war zu hören. Nach einer kurzen Pause sagte sie zu.

Am Tag darauf trafen wir uns in der Cocktailbar, in der wir das letzte Mal gewesen waren. Nachdem wir die Bestellung aufgegeben hatten, fragte sie ganz unverblümt: »Könnte es sein, dass Sie sich für mich interessieren?«

Der Ton war provokativ, aber in ihrem Gesicht nistete

Zweifel, wie ihn Frauen in ihrem Alter zu hegen pflegen. Ich bejahte.

»Sie meinen, Sie mögen mich?«

»Na ja«, antwortete ich, »es sieht ganz danach aus.«

»Das ist mir bisher gar nicht aufgefallen«, erwiderte sie entschieden. »Ich habe wirklich nicht das Gefühl, dass Sie mich mögen. Sie wirken eher …«, sie zögerte, »unterkühlt.«

Sie sah mir geradewegs in die Augen, scheinbar mit ähnlichen Beklemmungen, wie ich sie bei längerem Blickkontakt mit ihr jedes Mal fühlte.

Da geschah es wieder.

Aus ihrem Gesicht verschwand jedes Leben und ihr ganzer Körper wurde steif. Sie rührte sich nicht mehr, selbst der Atem schien zu stocken. So war es bei unserem ersten Treffen auch gewesen, genauso wie damals dauerte dieser Zustand ein oder zwei Sekunden an. Als hätte jemand diese Frau wie einen Schmetterling aufgespießt. Als der Spuk vorbei war, hob sie den Kopf, als wäre nichts vorgefallen. Der Schmetterling flatterte weiter.

Nachdem sie dem Kellner, der gerade Wasser einschenkte, mit einem kurzen Kopfnicken gedankt hatte, fuhr sie ernst fort: »Ihre Augen scheinen bis auf den Grund Ihres Gegenübers blicken zu wollen, ohne jegliche Vorstellung von Moral. Anfangs hat mir das gefallen, aber dann …«

Ich sah zu, wie sich beim Sprechen ihre Lippen bewegten, deren orangefarbener Lippenstift auf ihr Kostüm abgestimmt war.

»Wenn Sie mich so durchdringend betrachten, fühle ich mich unbehaglich.«

Sie sprach ehrlich und bissig, jedoch mit honigsüßer Stimme. Wahrscheinlich würde sie selbst größte Beleidigungen und Beschimpfungen mit freundlicher Stimme vorbringen. In meinem Bekanntenkreis wäre sie nicht die Erste, die sich so verhielt. Allerdings ließen ihre absolute Vollkommenheit und Schönheit keinen Vergleich zu.

An jenem Abend gingen E. und ich wie ein verliebtes Pärchen ins Kino und sahen uns einen Film an, der seit kaum einer Woche lief. Der Film war eine gute Mischung aus Melodram und Action, und nach so manch grausamer Szene kamen die Hauptfiguren dramatisch zu Tode. Bei der vergleichsweise unspektakulären Schlussszene hörte ich im Saal vereinzeltes Schluchzen. E. weinte nicht. Sie wechselte die übereinandergeschlagenen Beine und hielt sich in ihrem Sitz elegant aufrecht.

»Das war ein tragischer Film«, kommentierte sie kurz beim Verlassen des Kinosaals.

Da fiel mir auf, dass sie bis dahin nie Ausdrücke wie »Ich bin froh« oder »Ich bin traurig« verwendet hatte, sondern nur: »Das ist sehr erfreulich.« – »Das kommt mir sehr gelegen.« – »Absurd.« – »Ja, das muss schwer gewesen sein.«

Anschließend gingen wir in eine Kneipe und tranken ziemlich viel Bier. Ab und zu erlaubte sie sich, ihre braunen Haare über den Bierkrug fallen zu lassen, sodass ich sie das erste Mal in nicht ganz perfekter Aufmachung sah.

Da es schon spät war, bot ich ihr an, sie nach Hause zu begleiten. Wir saßen nebeneinander auf dem Rücksitz des Taxis und schwiegen die ganze Zeit. An den Fenstern glitten die Lichter der Nacht vorbei. Am Straßenrand standen Leute und riefen vorbeifahrenden Taxifahrern zu, wohin sie wollten. Sie sah aus dem Fenster, schien diese Menschen aber nicht wahrzunehmen. Ihre Schultern, die sie sonst immer wie eine Tänzerin in einer federnden Spannung hielt, fielen haltlos nach vorn. Sie war müde.

Nachdem ich nach ihr ausgestiegen war, schlug sie mir überraschenderweise vor: »Kommen Sie noch kurz mit zu mir?«

Mit schwindelerregender Geschwindigkeit beförderte uns der Aufzug in E.s Wohnung im achtundzwanzigsten Stock, während dieser Zeit betrachtete ich ihre vom Alkohol glühenden Wangen. Die Wände des Hausflurs waren sehr sauber und der Marmorfußboden glänzte. Mit klappernden Absätzen stöckelte sie zu ihrer Wohnung am Ende des Flurs. Ich folgte ihr.

»Wie fühlen Sie sich in einer so hochgelegenen Wohnung?«, wollte ich wissen.

»Ich mag hochgelegene Orte.«

Sie öffnete die Wohnungstür mit einer Schlüsselkarte. Als sie eintrat, ging über einen Sensor automatisch das Licht an.

»Haben Sie die Wohnung selbst eingerichtet?«, fragte ich, noch bevor ich meine Schuhe im Eingangsbereich ausgezogen hatte.

»Ja, vor ungefähr zwei Jahren. Damals hatte ich einen anderen Geschmack. Je älter ich werde, umso minimalistischer werde ich. Früher wollte ich es bequem haben und legte nicht so viel Wert auf Äußerliches.«

Wie mir schien, hatte der Schwerpunkt bei der Wohnungseinrichtung aber sehr wohl auf dem Erscheinungsbild gelegen. Eine Vitrine aus Milchglas diente als Raumteiler zwischen Küche und Wohnzimmer. Auf den Zwischenböden waren Bücher und Geschirr arrangiert, und eine Lampe sorgte für angenehmes Licht.

»Ihre Küche blitzt ja nur so.«

Der ganze Arbeitsbereich mit der dunkelblauen Front

und dem kegelförmigen Dunstabzug aus glänzendem Aluminium war makellos sauber.

»Ich koche so gut wie nie.« Sie legte ihren Mantel ab und hängte ihn sorgfältig in den Einbauschrank. »Geben Sie mir Ihren Mantel.«

»Nein danke, ich lege ihn hier auf dem Sofa ab.«

Über das imposante Sofa war ein schwarzer Überwurf gebreitet, einige blaue, kleine, runde Kissen waren dazu drapiert. Ich legte meinen Mantel darauf.

E. holte einen Teekessel aus der Vitrine und stellte ihn auf den Gasherd, der in die Arbeitsplatte eingelassen war. Sie hatte inzwischen ihre orangefarbene Strickjacke und den gleichfarbigen Wickelrock ausgezogen. Jetzt trug sie einen schwarzen Rollkragenpullover, der sich eng an ihre Brüste schmiegte, und Leggings, die ihre Beine zur Geltung brachten. Diese Figur, für die sie offenbar einiges getan hatte, passte gut zum Raum.

»Wie finden Sie die Wohnung?«, fragte sie und beschrieb mit einer schwungvollen Handbewegung einen großen Kreis in der Luft.

»Sieht aus wie ein Modell.«

»Wie bitte?«

»Wie für eine Ausstellung arrangiert.«

Sie warf mit einem spöttischen Lachen den Kopf nach hinten.

»Vor allem Frauen mögen diese von mir konzipierten Räume, weil man alles verstecken kann. Nasse Geschirrtücher zum Beispiel. Die Aufhänger dafür sind unter der Spüle angebracht, sodass man sie nur sehen kann, wenn man direkt davor steht. Für den Staubsauger, zum Aufhängen der Wischlappen, für Bügeleisen, Bügelbrett und Sprühflasche, schaffe ich Raum in einem Verschlag.«

Sie beugte sich ein wenig nach vorn. Als sie die Tür unter

der Spüle aufzog, glitt ihr das Schubfach entgegen. Nachdem sie daraus einen geräumigen Bambuskorb genommen hatte, schob sie die Tür wieder zu.

»Ich arbeite mit allem mir zur Verfügung stehenden Erfindungsgeist. Ich stelle mir den Alltag vor und versuche, Lösungen zu finden, um ihn für die Menschen praktisch und sauber zu gestalten. Alle wollen elegant sein. Wer will schon mit gebeugtem Rücken, unter Anstrengung arbeiten, wenn es auch mit einer sanft gleitenden Rollschiene geht?«

Den rechteckigen Tisch aus hellem Massivholz erkannte ich als eine Arbeit von P. Meinen aufmerksamen Blick kommentierte sie mit den Worten: »Den Tisch hat mir P. gefertigt, als ich ihm von meinem Umzug erzählte.«

Wie vermutet schienen die beiden ziemlich eng befreundet zu sein. Neben dem Tisch mit markanter Maserung standen zwei von seinen Stühlen mit der sinnlich gerundeten Lehne.

»Schwarzer Tee, Kamillentee, Salomonssiegeltee, eine Sechskräutermischung ... Instantkaffee habe ich auch da.«

Sie zeigte mir den Bambuskorb, den sie gerade aus dem Rollfach geholt hatte. Darin waren einige Dutzend Beuteltees. Ich entschied mich für Kamillentee.

»Den mag ich auch, besonders, wenn ich nicht einschlafen kann. Er wirkt beruhigend.«

Während sie die Becher aus dem Regal holte und den Tee zubereitete, konnte ich mich etwas umschauen. Im gesamten Raum war Erlenholz, das dunkler war als im Café 소, in Kombination mit Blau verarbeitet. Der Wohnraum war nicht sonderlich groß, doch obwohl ein wuchtiges Sofa und ein ausladender Esstisch darinstanden, fühlte man sich nicht beengt. Das lag wohl daran, dass außer der Vitrine alle übrigen Möbel eingebaut waren – das Schuhregal, der

Kleiderschrank und selbst das Bücherregal. Als ich zurück zur Küche ging, entdeckte ich noch einen kleinen Raum, der bis in Schulterhöhe mit einem blauen Stoff von der Küche abgetrennt war. Er wirkte sehr gemütlich. Ein Zeichenbrett und ein Stuhl standen dort. Neben dem Computer stapelte sich auf einem kleinen Schreibtisch Fachliteratur. An einem über dem Schreibtisch angebrachten Korkbrett hingen mehrere Exposés. Ganz am Ende des Raumes stand das weiß bezogene Bett, davor lagen einige entzückende, kleine Modelle von Gegenständen auf dem Fußboden verstreut. Im Gegensatz zu dem fast pedantisch aufgeräumten Wohnzimmer und der blitzenden Spüle, bei der die bloße Vorstellung von schmutzigen Geschirrstapeln unanständig war, herrschte in diesem Raum eine ziemliche Unordnung.

E.s Kopf erschien über dem Raumteiler, in den Händen hielt sie zwei Becher.

»Was sehen Sie sich gerade an?«

Ich nahm einen Becher, er hatte ein Dekor aus kleinen blauen Vierecken in einer Linie, wie man es von Kim Hwangis späten Arbeiten kennt. Sie stellte sich neben mich, trank einen Schluck Tee und setzte sich schließlich im Schneidersitz zwischen die verstreut liegenden Modelle.

»Gefällt Ihnen das Sofa?« Sie stellte ihren Becher ab und hob eine daumengroße elfenbeinfarbene Miniatur hoch. »Das habe ich aus Ton geknetet. Das Kissen dazu auch.« Sie zeigte mir ein fingernagelgroßes Kissen, mit angedeuteten Falten auf der Oberfläche.

»Und was sagen Sie zu dieser Lampe?« Sie stellte eine fingergroße Lampe mit einem altertümlichen beigefarbenen Lampenschirm auf ihre Handfläche und lächelte. »Wenn ich meinen Klienten etwas vorstellen möchte, sind solche Miniaturen effektiver als ein Grundriss oder ein 3-D-Bild.

Manche halten diese Arbeit für langweilig, aber mich erfüllt sie sehr.«

Schließlich waren lauter kleine Modelle vor E. aufgebaut, eine Toilette, ein Waschbecken, Schreibtisch, Bett, ein Kleiderschrank. Und sie strahlte wie ein ins Zwergenland versetztes kleines Mädchen.

Ihr Gesicht war völlig verändert, so hatte ich sie noch nie gesehen. Vielleicht lag es ja an ihrer Müdigkeit und dem Bier. Jetzt war sie weder eine elegante noch reife oder sinnliche Frau, sie war ein Kind. Dieser unerwartete, liebenswerte Eindruck überraschte mich. Sie nahm einen winzigen Tonklumpen und zeigte ihn mir mit einem spitzbübischen Lächeln, von dem man nicht glauben mochte, dass es zu einer fünfunddreißigjährigen Frau gehörte.

»Sehen Sie mal hier. Wissen Sie, was das ist?«

Ich erkannte L.s Hände.

»Wie finden Sie das? Ist das nicht lustig?«, sagte sie und lachte glucksend. Dieses arglose Lachen zog mich in seinen Bann. Doch gerade als es sich anfühlte, als würden alle Lichter der Wohnung noch heller strahlen, erlosch plötzlich wieder das Leben in ihren Augen. Diesmal war ich jedoch nicht überrascht. Denn diesen Ausdruck kannte ich. Ihr Kopf sackte nach vorn, als hätte man einem Vogel das Genick gebrochen.

Eine Sekunde verstrich.

Noch eine.

»Eins muss ich noch fragen«, sagte sie dann wieder ganz lebhaft, als wäre nichts vorgefallen. »Wie sind Sie an das Modell für diese Hände gekommen? Haben Sie lange nach der schönen und perfekten Hand gesucht?«

Ich nickte abwesend.

Sie ließ nicht locker. »Musste es genau diese Hand sein? Wollten Sie keine grobe oder alte Hand nehmen?«

»Eine schöne Hand ist aussagekräftiger«, erklärte ich.
Sie runzelte die Stirn und sagte nach einer Weile gedankenversunken: »Das ist wahr. Schöne Hände haben etwas Religiöses, hat P. mal gesagt. Besonders, wenn die Sonne darauf scheint.« Sie hob die Modellhände in Augenhöhe. »Genau an diese Stelle – hier, wo die Sonne hinscheint, da stelle ich sie auf.« Sie bog den Oberkörper mit ihrem schlanken Hals etwas nach vorn und stellte sie behutsam im Wohnzimmer des halbfertigen kleinen Hauses ab. Ich konnte die Spannung in ihren Fingern förmlich spüren. Als ich mir vorstellte, wie konzentriert sie fingernagelgroße Tonklumpen knetete und mit einem feinen Pinsel bemalte, hatte ich plötzlich großes Verlangen danach, sie zu lieben.

Im Garten des Miniaturenhauses standen drei Bäume, die aus ein paar trockenen Zweiglein gebunden waren. Sie strich sanft darüber und sagte mit gesenktem Kopf: »Ich werde Ihnen auch das richtige Haus zeigen, wenn es fertig ist.«

Dann hob sie unvermittelt den Kopf, als wäre ihr plötzlich etwas eingefallen. Ihr stark geschminktes Gesicht war makellos schön.

»Darf ich Ihnen noch eine Frage stellen?«, fragte sie.
Ich nickte.
»Die Frau, zu der diese Hände gehören ... Es ist sicher lange her, dass sie weg ist, oder?«
Als ich nicht sofort antwortete, lachte sie schrill.
»Nun sagen Sie schon!« Wieder ernst fügte sie hinzu: »Möchten Sie mit mir schlafen?«

Ohne mit einem einzigen Finger den Boden zu berühren, stand sie flink wie eine Turnerin auf. Sie stellte sich auf die Zehenspitzen und berührte mit ihrer Stirn meine Nasenspitze: »Sei's drum. In so einer kalten Winternacht wird die Frau zu diesen Händen sicher nicht nur an Sie denken.«

Sie klang auf einmal wie eine Kneipenwirtin. Als sie meine Brust kraulte, legte ich meinen Arm an ihre Taille und zog sie fest zu mir heran. Nach L.s Verschwinden vor einem Jahr war dies das erste Mal, dass ich starkes Verlangen nach einer Frau spürte. E. schob mich sanft von sich.

»Einen Augenblick.« Mit einem aufreizenden Lächeln ging sie an mir vorbei und streifte dabei meine Schultern. »Ich gehe kurz duschen.«

Während das Wasser rauschte, inspizierte ich das Miniaturenhaus, das zu ungefähr zwei Dritteln fertig war. Eine winzige Spüle, ein winziger Esstisch, eine winzige Gardine, winzige Bilderrahmen und Blumen in der Vase. Wie klein würden erst die Menschen sein, die hier wohnten?

Ich ließ den Raumteiler links liegen und näherte mich dem Fenster neben dem Sofa. Als ich die weißen Raffrollos hochzog, breitete sich vor meinen Augen das nächtliche Seoul aus. Die lange Autoschlange, die sich durch das Stadtzentrum schob, wirkte aus der Entfernung wie ein Fluss. Die Passanten auf dem Bürgersteig waren nur schwarze Punkte.

Die Aussicht erschien mir trostlos. Ich fühlte die Hitze, die wegen E. kurz zuvor in mir aufgestiegen war, langsam erkalten. Sie lebte gern weit oben, mir hingegen sagte diese Höhe nicht sonderlich zu.

Ich hörte, wie sich die Badtür öffnete. Mit nassen, offenen Haaren kam sie auf mich zu. Ihre Unterschenkel, die unter dem cremefarbenen Bademantel zu sehen waren, sahen glatt aus wie Eierschale. Leise fragte sie mich: »Wollen Sie auch duschen?«

Auch im Bad war alles in Weiß und Blau gehalten. Die

Behälter für die Zahnpastatube und das Shampoo, die Zahnbürste, die Klobürste, der Badeschwamm, die Seifenschale und die Waschschüssel – alles war hellblau. Die Boden- und Wandfließen, die Toilettenschüssel und die Badewanne waren blendend weiß. Auch das Regal aus Acryl neben der Badewanne. Auf dem Regal standen Duschgels mit verschiedenen Kräuterdüften, die hellblauen Handtücher waren akkurat auf Kante gelegt.

Ich wusch mich langsam und lustlos. In diesem penibel sauber gehaltenen Badezimmer wirkten mein Hemd und meine zerknitterte Hose, die ich achtlos aufgehängt hatte, wie Lumpen.

Als ich diese Lumpen wieder überzog und aus dem Bad trat, waren bis auf die Stehlampe neben dem Bett alle Lichter gelöscht. Ich wollte mich gerade an das Bett herantasten, als ich von E. aufgehalten wurde: »Vorsicht, nicht auf die Modelle treten.«

Der Weg bis zum Bett schien kein Ende zu nehmen, weil ich mich mit dem Rücken an der Wand entlang fortbewegen musste.

Ihre nackten Schultern zeichneten sich unter dem weißen Leinenbezug ab. Als ich es endlich bis zum Bett geschafft hatte, schaltete sie die Stehlampe aus. Ich versuchte, die Kordel zu fassen, um die Lampe wieder anzuschalten, sie war aber schneller, schnappte nach meiner Hand und begann an meinem Zeigefinger zu lutschen. Als ich es mit der anderen Hand versuchte, biss sie mir in der Dunkelheit kräftig in den Finger. Ich schrie auf, doch schon schob sich ihre duftende Zunge in meinen geöffneten Mund.

DIE STIMME

Mit Beginn des neuen Jahres kam die nächste Kältewelle. Bei diesen frostigen Temperaturen waren die Straßen, nun ohne Weihnachtslieder und farbige Lichter, einfach trostlos. Der Schnee blieb lange in den Gassen liegen. Nachts hörte ich ab und zu, wie draußen jemand mit einem Aufschrei dumpf aufschlug.

Es war schon fast einen Monat her, dass ich das Miniaturenhaus in E.s Wohnung gesehen hatte. Ich war in meinem Mantel eingeschlafen und hatte mir einen Schal über das Gesicht gelegt. Als das Telefon klingelte, nahm ich nur unwillig ab.

»Spreche ich mit Jang Unhyong? Hier ist E.« Es war ihre geschäftlich korrekte Stimme. Ohne sich erst nach meinem Befinden zu erkundigen, teilte sie mir mit: »Das Projekt, von dem ich letztes Mal gesprochen hatte, ist fast fertig. Ich möchte Ihre Werke abholen kommen.«

Auch ich sparte mir das Persönliche: »Wann wollen Sie kommen?«

»Je eher, desto besser. Sind Sie heute Nachmittag in Ihrem Atelier?«

»Ja. Ich bin zurzeit immer hier.«

»Dann komme ich zwischen halb drei und drei vorbei.«

»In Ordnung. Bis dann.«

Sie schien abzuwarten, dass ich auflegte. Ich legte auf.

Ich rückte mit dem Klappstuhl näher an den Heizstrahler, der unter dem Tisch stand, und schaltete ihn ein. Die silberne Heizplatte wurde rot und strahlte Wärme ab.

Nach jener Nacht mit E. hatte ich sie kein einziges Mal angerufen. Wahrscheinlich hielt sie mich inzwischen für einen jener Männer, die von einer Frau alles zu wissen glauben, weil sie eine Nacht mit ihr verbracht haben. Jedenfalls ging ich davon aus, dass sie mir gegenüber negative Gefühle – Enttäuschung oder Groll – hegte. Entgegen meiner Vermutung hatte ihre Stimme aber friedlich geklungen. Ihre unveränderte, entspannte Freundlichkeit signalisierte wie gewohnt einen bestimmten Abstand. Als wäre überhaupt nichts vorgefallen.

Ich musste an ihren glatten Körper denken, den ich in der hochgelegenen Wohnung in absoluter Dunkelheit umarmt hatte. Nach einem Monat hatte ich das Gefühl, damals nur Luft oder ein Gespenst in den Armen gehalten zu haben.

Die von ihr ausgestoßenen Seufzer und die heftigen Bewegungen waren zu klar gewesen und zu leidenschaftlich, um vorgetäuscht zu sein. Trotzdem war sie trocken gewesen wie eine Frau, die genommen wurde, ohne Lust zu haben. Als ich deshalb innegehalten hatte, näselte sie erhitzt: »Machen Sie weiter.«

Später schaltete ich die Stehlampe ein und zog mich langsam an. Sie lag mit immer noch nassen, wirren Haaren auf ihrem weichen Kissen, das ihr Gesicht verdeckte. Ihr nackter Körper wirkte, von hinten betrachtet, nicht wie der einer Frau, die sich nach befriedigendem Geschlechtsverkehr entspannte, sondern zeigte die alltägliche Müdigkeit. Dieses Bild von ihr war mir den ganzen letzten Monat nicht aus dem Kopf gegangen.

Sie war aufgeschreckt, als ich ihr über das Haar strich, um sie zum Abschied zu küssen. In dem kurzen Augenblick, in dem sie den Kopf hob, litt ich unter der Wahnvorstellung, dass ihr Gesicht zerdrückt sein könnte. Ihre ungeschminkten Lippen waren zartlila. Sie lächelte, als fände sie es schade, dass ich gehen musste, doch bei genauerem Hinsehen wurde ich unsicher.

Ich küsste ihre Lider, dann ihre Wangen und die Stirn.

Das blasse Gesicht, das meine immer noch heißen Lippen berührten, war kalt.

Sobald ich etwas munterer war, stand ich gegen den Widerstand meines vor Kälte trägen Körpers auf und wusch mir an der Spüle das Gesicht. Dann zog ich einen alten Pullover und eine alte Cordhose als Arbeitskleidung über und setzte mich an den Tonklumpen, den ich in der vergangenen Nacht bearbeitet hatte.

Ich hatte das Material in eine perfekt ovale Form gebracht. Seit einem Monat saß ich daran und versuchte, das Gesicht einer Frau zu formen, manchmal war es L., manchmal E. Das Resultat meiner Bemühungen war immer das gleiche: eine nackte, ungeformte Fläche, ohne jede Erhebung oder Vertiefung.

Insgesamt standen sechs Ton-Ovale auf meinem Arbeitstisch. Sobald ich während der Arbeit feststellte, dass ich dabei war, ein weiteres kahles Gesicht zu formen, trieb mich etwas dazu, die Oberfläche so zu bearbeiten, dass sie glatt wie ein Ei wirkte. Fiel beim Aufwachen mein Blick auf diese Formen, fühlte ich eine geheimnisvolle Faszination, die ich mir beim besten Willen nicht erklären konnte.

Hätte ich es von Anfang an auf die Eiform abgesehen gehabt, wäre ich nicht in diesem Maße fasziniert gewesen. In diesen gesichtslosen Ovalen strudelte alles Mögliche: die Wärme meiner Hände, der Druck und die Kraft meines Griffs, meine Zeit, meine Erinnerungen und meine Versunkenheit in die Arbeit, meine Zweifel und Fragen, mein hartnäckiger Blick und meine Beklommenheit. Da es keine Lösung für dies alles gab und Flucht ausgeschlossen war, standen die Ovale in ihrer stabilen und ruhigen Rundheit einfach da – für immer.

Spreche ich mit Jang Unhyong? Hier ist E.

Ihre Stimme am anderen Ende der Leitung hatte munter und gelassen geklungen. Ich versuchte, dem seltsamen Grusel, den ich bei ihren Worten gefühlt hatte, auf den Grund zu gehen. Ich spürte einen leichten Brechreiz, andererseits war mir der Grusel vertraut. Ich konnte mich aber an keine vergleichbaren Empfindungen in meiner Vergangenheit entsinnen.

Ich streichelte das Oval, das ich in der Nacht zuvor geschaffen hatte, hob es hoch und sah ihm scharf in die imaginären Augen. Dann stellte ich es wieder auf seinen Platz, nahm einen neuen Klumpen Ton und begann daran zu arbeiten. Dachte ich dabei an E.s gelassene Stimme, musste ich innehalten und abwarten, dass der Schauder in meinem Nacken wieder verschwand. Erst dann konnte ich meine Arbeit fortsetzen.

ECHT UND FALSCH

»Oh, Sie arbeiten gerade! Störe ich?«

E. sah nicht so aus, als wäre sie diesbezüglich in Sorge. Ich reagierte nicht darauf, sondern fragte: »Möchten Sie eine Tasse Kaffee?«

»Haben Sie auch etwas anderes da?«

»Jasmintee.«

»Dann bitte einen Jasmintee.«

Ich setzte den Wasserkessel auf.

E. trug einen schwarzen Wollmantel mit chinesischem Stehkragen, ihre Lippen waren bordeauxrot geschminkt. Sonst war alles wie immer, sie hatte weder ab- noch zugenommen und wirkte weder angespannt noch locker. Sie ging mit mir um, als hätte sie nicht einmal meine Hand berührt, geschweige denn mit mir geschlafen. Mir kam es fast so vor, als hätte sie ein Medikament genommen, das alle Erinnerungen an unser Zusammensein ausgelöscht hatte.

Während wir darauf warteten, dass das Teewasser kochte, begann sie, L.s Hände in zwei mitgebrachte Kartons zu packen. Mit wenigen geschickten Handgriffen war alles zusammengepackt, jede ihrer Bewegungen zeigte Entschlossenheit und Sorgfalt. Zum Schluss stellte sie die zwei Kartons übereinander auf den Tisch.

Ich reichte ihr einen Becher mit heißem Tee.

»Danke schön.« Sie zeigte ein strahlendes Lächeln. Ich aber lächelte nicht mit.

Wenn ich spürte, dass jemand etwas verbarg, entstanden bei mir Sympathie und eine Art Faszination für die betreffende Person, und zwar umso stärker, je weniger fassbar das Geheimnis war. Jene Nacht mit E. hingegen hatte mir in einer mir bisher unbekannten Weise zu schaffen gemacht. Es war ein missliches, bitteres Gefühl, weil ich eine attraktive Frau auszuziehen geglaubt hatte, nur um dann festzustellen, dass es doch ein kleines Mädchen gewesen war.

Nach meiner Einschätzung empfand E. nichts für mich. Es war ihr auch nicht darum gegangen, einen exorbitanten Sexualtrieb zu befriedigen. Aber worum ging es ihr dann? Wieso hatte sie mir etwas vorgespielt? Schließlich war ich ja nur ein unbedeutender Bildhauer, sodass politische Motive keine Rolle spielen konnten.

Ich hatte Fragen. Nicht aus freudiger Neugierde, sondern sonderbare, Unglück verheißende Fragen. Sie lasteten immer stärker auf mir, je öfter ich an ihre kindlichen Blicke und diese unschuldige Kopfbewegung inmitten der für ein Zwergenhaus erschaffenen kleinen Modelle dachte.

»Warum haben Sie all Ihre Werke verhängt? Um sie vor

Staub zu schützen?« Mit dem Becher in der Hand stand sie auf und inspizierte jede Ecke meines Ateliers genau, eine Hand in die Hüfte gestützt, wie bei ihrem ersten Besuch. »Wenn Sie irgendwann in einen größeren Raum umziehen, könnten Sie einen größeren Abstellraum gut gebrauchen, damit ein paar gute Werke unverhüllt stehen können. Ich könnte Ihnen bei der Konzeption behilflich sein, wenn Sie nichts dagegen haben.«

»Na ja«, wich ich aus. »Es stimmt schon, dass ich irgendwann umziehen sollte ...«

Noch bevor ich richtig zu Ende gesprochen hatte, fragte sie interessiert weiter: »Was ist hier in diesem Abstellraum?«

»Alte Stücke. Die so klein sind, dass sie da reinpassen.«
»Ach so.« Sie nickte.

Die Frau mit dem zerdrückten Gesicht, die bei ihrem ersten Besuch an der Tür gelehnt hatte, war auch im Abstellraum gelandet.

»Wollen Sie sich dort ein bisschen umsehen?«
»Nein«, wehrte sie ab. »Keine Umstände, lassen Sie nur.«
»Ach, das macht mir nichts.« Ich stand von meinem Klappstuhl auf, öffnete die Tür zum Abstellraum und begann, ein Werk nach dem anderen vor ihr aufzubauen. Die meisten Stücke waren Abdrücke von Körperteilen, die ich in meiner dritten Ausstellung gezeigt hatte.

»Die hatte ich auch schon im Katalog gesehen, aber der unmittelbare Eindruck ist natürlich ein völlig anderer«, sagte sie diplomatisch und fasste sich ans Kinn. Endlich fand ich die Tonfrau an der Wand des Abstellraumes und stellte sie vor sie hin. Ich beobachtete ein verunsichertes Flackern in ihren Augen.

»Ach, das kenne ich«, murmelte sie mit belegter Stimme. »Das hat damals an der Tür hier gelehnt.«

»Sie erinnern sich daran?«

»Es ist mir aufgefallen, deswegen kann ich mich daran erinnern.«

»Aufgefallen? Warum?«

»Keine Ahnung. Es ist nur …«

»Nur was?«

»Es sieht echt aus.«

»Was meinen Sie mit ›echt‹?«

»Es ist in diesem Raum das einzige echte Werk.«

Fassungslos sah ich sie an. Ihr Gesichtsausdruck war ernst und ihre Augen glichen immer noch zwei dunklen, undurchdringlichen Spiegeln.

»Was ist denn das?«, fragte sie überrascht und deutete auf einen Abdruck neben ihrem linken Fuß.

Er war vom Becken einer Frau, bei der ich mich weder an den Namen noch das Gesicht erinnern konnte. Der Abdruck reichte vom Unterleib bis zur Mitte der Oberschenkel. Dadurch hatte er die Form einer Schüssel, mit schwarzen Haaren in der Mitte.

»Sind die echt?« Sie zeigte auf die Schamhaare.

»Ja, die gehören auch zu dem wenigen Echten in diesem Raum.« Ich lachte. Es klang, als würde ich mich selbst auslachen, und verebbte mit einem schwermütigen Nachhall.

Sie stand verlegen inmitten all dieser unordentlich verstreut liegenden menschlichen Hüllen: der fast geschlechtsneutrale flache Busen, die Rückenansicht mit der schönen Schulterlinie, der Bauch mit der Kaiserschnittnarbe, der schlaffe Hintern. Die Körperteile waren mal aufgerissen, mal grob zusammengefügt.

Es gab Zeiten, in denen sie mein Leben bestimmt hatten. Jetzt berührten sie mich nicht mehr. Das lag nicht nur daran, dass L. mich verlassen hatte, es war einfach ein Lebensabschnitt, der hinter mir lag. All die Energie und die

Zeit, die ich hineingesteckt hatte, waren nun ausgeschöpft. Ich war fertig damit.

»Die Hautstruktur, Muskeln, jeder kleine Wirbel – da kann man ja alles genau sehen!«, rief sie verwundert aus. »Sie sehen aus, als würden sie leben … oder als hätten sie gelebt und wären dann gestorben. Trifft es das besser?«

E. erschauderte, als sie vor dem Abdruck eines einarmigen weiblichen Torsos stand, an dem jede Rippe genau zu sehen war.

»Das tut nichts«, scherzte ich. »Das ist nur eine Hülle.«

Ihrem Gesicht war anzusehen, wie sie sich in die Abdrücke versenkte und daran berauschte, den Bruchteil einer Sekunde später war dieser Eindruck einer seltsamen Angst gewichen. Sie trat einen Schritt zurück und berührte versehentlich mit einem ihrer Absätze den Beckenabdruck, der etwas unsicher gestanden hatte. Er kippte um und zerfiel mit einem knirschenden Geräusch in drei Teile.

Sie schrie erschrocken auf.

Ich war selbst überrascht, weil es so unglaublich schnell gegangen war. Mehr als das beschädigte Becken hatte mich jedoch ihr Schrei irritiert. Die raue, schrille Stimme schien gar nicht ihr zu gehören. Es war die Stimme einer fremden Frau, die ich zum ersten Mal hörte.

»Ach, mir war nicht bewusst, wie leicht man hier etwas beschädigen kann.« Ihre schnelle Rechtfertigung kam schon etwas ruhiger, ihre Fassung hatte sie aber noch nicht wiedererlangt. »Ich habe sie eigentlich nur sanft gestreift. Nur ein ganz klein wenig.«

»Das macht gar nichts. Gips ist generell sehr zerbrechlich«, antwortete ich lächelnd.

Obwohl das meine Worte waren, überkam mich doch Trauer. Vom Becken ließen nur wenige Frauen Abdrücke nehmen. Das jetzt zerstörte Stück hatte ich von einer Bardame abgenommen. Sie hatte mir eine Flasche Cognac geschenkt, der siebzehn Jahre alt war. Ihren Namen und ihr Gesicht hatte ich schon vergessen, an die Einzelheiten meines Kampfes um die Erlaubnis, den Abdruck nehmen zu dürfen, konnte ich mich aber sehr lebhaft erinnern. Ich hatte meine gesamten Überredungskünste aufbieten müssen, da sie alles, nur ihren Schoß nicht, für einen Abguss hatte hergeben wollen. Mir war es dann doch gelungen, einen Abdruck von der Vorderseite zu nehmen und einen Termin für die Rückseite auszuhandeln. Die beiden Einzelteile hatte ich dann verbunden. Obwohl sie so lange gezögert hatte, hatte sie, als der Gips beim Antrocknen Scheide und Gesäß erhitzte, gemurmelt: »Was für ein unbeschreibliches Gefühl. Schwer zu beschreiben, aber irgendwie erregend.«

Doch wie E. gesagt hatte, alles ist vergänglich. Wer die Vergänglichkeit nicht akzeptieren kann, kann auch nicht leben.

»Es sind schon früher einige Werke zu Bruch gegangen.« Ich hatte L.s Hülle vor Augen, die sich in einen weißen Staubhügel verwandelt hatte. »Ein Schlag genügt und sie fallen in sich zusammen. Weil sie hohl sind.« Ich lachte.

Gerade wollte ich noch hinzufügen, dass sie sich keine Gedanken machen sollte, als mich ihre gezwungen lächelnden Augen spontan dazu brachten, eine Frage zu stellen: »Wenn es Ihnen so leidtut – wie wäre es, wenn Sie mir als kleine Entschädigung Modell stünden?«

In dem Augenblick begriff ich, was mich den ganzen letzten Monat unbewusst gefesselt hatte: Genau dieses Verlangen war es gewesen, das nun als Gedanke an die Oberfläche meines Bewusstseins gestiegen war. Ich warf einen Blick auf meinen Arbeitstisch, auf dem die sieben glatten Ovale aufgereiht standen.

Das war es also, was ich wollte.

»Ich möchte Sie gern sofort entschädigen, wie viel es auch kostet«, äußerte sie nervös.

»Eine Entschädigung ist gar nicht nötig.« Ich lächelte bescheiden und wusste genau, dass mein Lächeln bei ihr eine Gänsehaut hervorrufen musste, so kalt war es. »Ich möchte einen Abdruck von Ihnen nehmen.«

Da brach sie in schrilles, gereiztes Lachen aus. »Jetzt gehen Sie zu weit.«

Ich erwiderte mit ernster Miene: »Das sollte kein Scherz sein. Aus verschiedenen Gründen habe ich das zwar lange nicht mehr gemacht. Was Sie angeht, ist die Lage jedoch eine ganz andere, von Ihnen möchte ich unbedingt einen Abdruck nehmen.«

»Sind Sie immer so hartnäckig?« Das Lachen war aus ihrem Gesicht verschwunden.

»Meistens. Einmal habe ich eine Frau drei Monate lang per Telefon bekniet, weil ich ihren Körper interessant fand.«

»War das bei dieser Hüfte auch der Fall?«

Sie deutete auf die am Boden verstreut liegenden Bruchstücke. In der Mitte der Innenwölbung waren dunkle Schamhaare zu sehen. Jetzt sah es so aus, als würden sie aus dem harten Betonboden durch den weißen Gips sprießen.

Statt eine Antwort zu geben, sah ich ihr ins Gesicht. Sie lächelte kalt und fragte: »Sie wollen also einen Abdruck meines Beckens?«

Ihr Atem duftete nach Jasmintee.

»Nein.«

Lächelnd wartete sie auf meine Antwort.

»Normalerweise sehe ich mir die Person an und entscheide dann, von welcher Partie ich Abdrücke nehmen möchte.«

»So? Und woran dachten Sie da bei mir?«
»Ich dachte … an Ihr Gesicht.«
Ich glaubte, meinen Ernst in ihren Augen widergespiegelt zu sehen. Da erst fühlte auch ich die Magie, die von meinen Worten ausging, die Gier.

SCHMUTZ

Am nächsten Tag besuchte ich P. in seinem Atelier in einem der Seouler Vororte. Obwohl die gnadenlose Kälteperiode vorbei war, zeigte sich kein Grün an den Bäumen. Die Stadt erinnerte an eine Wüste. Der Himmel, der Fußweg, die ewig gleichen Gebäude – alles war von einem matten, dürren Aschgrau.

P. wohnte in einem kleinen einstöckigen Ziegelhaus am Stadtrand. Er hatte mir einmal erzählt, dass er an dem Haus fast alles selbst gemacht hatte. Es erwies sich als so schlicht und geschmackvoll, dass es schon von weitem auffiel. Er hatte mir geraten, mich an einem gelben Tor zu orientieren. In der Tat war das aus Holzstämmen zusammengesetzte Tor in einem zarten Zitronengelb gestrichen.

Es war offen. Ich durchquerte den kleinen Hof auf einem Kiesweg. Mein Klopfen ging aber im lauten Schnarren einer Säge unter. Ich trat durch die geöffnete Tür.

Über den ganzen Boden lagen helle Sägespäne und Reste von Brettern verstreut, an einigen Stellen sammelten sie sich zu kleinen Haufen. An den Wänden hingen ein paar Bilder, an einer Wand standen fertige Möbel und andere Stücke in Arbeit: die Stühle mit der geschwungenen Rückenlehne, abstrahierte Frauenkörper als Stehlampen – das war mittlerweile sein Markenzeichen geworden –, wenig praktisch erscheinende Schreibtische, ein noch weniger praktisch erscheinender Schminktisch und dazu noch einiges mehr.

Arbeitende Menschen empfand ich immer als attraktiv. P. stand vor seiner Werkbank unter einem sonnendurchfluteten Fenster und sägte. Seine Ärmel waren hochgekrempelt, seine Hände steckten in schmutzigen Arbeitshandschuhen. An seinen Armen traten die Adern hervor, aus seinen Augen leuchtete ein tiefer Ernst. Das war wohl der Gesichtsausdruck, den er hatte, wenn er sich unbeobachtet fühlte. Witze, das ansteckende Lachen, die politischen Bemerkungen und der Sarkasmus, die übertriebenen Gesten des Selbstmitleids – nichts von alledem.

»Ach, wen haben wir denn da?«, rief P. laut. Er wirkte überrascht.

»Hatte ich nicht gesagt, dass ich am Nachmittag vorbeikomme?«

»Ich habe mir nichts weiter dabei gedacht, als du mich heute früh anriefst und nach der Lage meines Hauses fragtest. Na so was, wer hätte denn gedacht, dass jemand wie du solch eine Mobilität an den Tag legt?« Inzwischen hatte er wieder seine leutselige Miene aufgesetzt. »Man muss nur lange genug leben, um so etwas zu erleben. Aber es freut mich. Bleib nicht dort stehen, nimm doch bitte Platz.«

Er wies auf einen braunen Stuhl. Die engmaschig geflochtene Rückenlehne war angenehm elastisch.

»Der ist ja bequem.«

»Findest du auch? Den habe ich für mich gebaut, um etwas Bequemes zum Sitzen zu haben. Dann wollten ihn noch ein paar Leute nachgebaut haben. Kannst du kurz warten? Ich muss das hier noch schnell fertig machen.«

Ich blieb sitzen und beobachtete, wie er sein öffentliches Gesicht ablegte, zu dem einfachen zurückkehrte und nach beendeter Arbeit das abgelegte wieder aufsetzte.

»Na, da hast du ja ganz schön lange warten müssen«, stellte er dann fest und zog seine Arbeitshandschuhe aus. »Möchtest du etwas trinken?«

»Nein, danke.«

»Ich hab dir ja schon immer gesagt, dass das dein Problem ist. Du weißt einfach nicht, dass es eine Freude sein kann, wenn jemand einem Umstände macht ... Ich mache dir einen Cappuccino. Ich wollte sowieso einen trinken.«

Beim Kaffeekochen summte er *My Old Kentucky Home* vor sich hin: »Weep no more my lady, oh! weep no more today ...« Dieses Lied hatte er oft mit seiner hellen Stimme gesungen, wenn er betrunken war.

Er holte sich einen der Stühle mit der geschwungenen Rückenlehne, reichte mir einen Cappuccino, setzte sich mir gegenüber, schlug die Beine übereinander und roch genüsslich an seiner Tasse.

»Ich habe ein wenig Zimt in meine Tasse getan.« Er lächelte zufrieden. »Nicht nur mit dem Kaffee, auch beim Essen probiere ich täglich etwas Neues aus. Kochen bedarf sowieso einer guten Portion Fantasie, nicht wahr?«

Ich nickte lächelnd. »Ganz richtig. Du hättest mir ruhig auch eine Prise hineintun können.«

Er lachte schallend und sagte: »Nein, es ist einfach nicht zu glauben, wirklich. Erst überraschst du mich mit einem Besuch, dann trinkst du Kaffee und nun machst du auch noch Scherze ... Ich sollte das heutige Datum in meinem Kalender vermerken.«

Dann herrschte kurz Stille.

»Übrigens, hat es denn mit deinem Auftrag gut geklappt?«

Ich hob den Kopf und las in seinen Augen eine leichte, aber mit Gelassenheit getarnte Anspannung.

»Welchen Auftrag meinst du?«

»Den mit den Lifecasting-Händen. Ich habe gehört, dass der Mann zwei Werke zu erwerben wünscht.«

»Ja, ich habe beide verkauft.«

Er nickte. »Ach, das ist gut.« Wie um das Gesprächsthema zu wechseln, fragte er: »Hast du es leicht gefunden? Ich meine, das Haus hier.«

»Ja, ohne Probleme. Das gelbe Tor sieht man ja von weitem.«

P. schien etwas auf dem Herzen zu haben, zögerte aber noch. So etwas wie Nachdenklichkeit, Stottern oder Zögern kam bei ihm eigentlich nie vor. Es stand ihm auch nicht. Doch andere Orte machen andere Menschen. Besonders, wenn es um das eigene Haus geht, in dem man isst und schläft.

»Diese Frau …«, brach er nach langem Schweigen die Stille.

Ich musste nicht fragen, ob er E. meinte. Denn hätte er nicht zuerst über sie gesprochen, hätte ich es getan. Nur aus diesem Grund hatte ich mich, wo ich doch sonst so gut wie nie mein Atelier verließ, auf den langen Weg hierher gemacht.

Er seufzte auf. Vielleicht aus Schwermut, Ratlosigkeit, Beklommenheit oder Verlegenheit, oder es war von allem ein bisschen dabei. Wieder etwas, das nicht zu jemandem wie ihm passte, der den Spruch »Carpe diem« für sich beanspruchte.

»Wie findest du sie, jetzt, nachdem du sie kennengelernt hast?«

Ich begegnete seinem forschenden Blick und antwortete gelassen: »Nicht schlecht.«

»Da hast du recht.«

Auf einmal lag in seiner Miene wirkliche Seelenqual, er

war fast nicht wiederzuerkennen. Er setzte seine Brille ab und putzte sie mit einem Taschentuch. Ohne Brille sah er nicht so klug aus, er wirkte plötzlich weich und klein.

Er setzte die Brille wieder auf und berührte dabei die goldenen Bügel so sorgfältig wie ein Optiker. Er sah an mir vorbei und sagte: »Das habe ich bisher noch niemandem anvertraut ... Aber du bist ja verschwiegen.« Er nahm einen Schluck Kaffee. »Zu dieser Frau habe ich mich eine Zeitlang hingezogen gefühlt.«

Er stand auf, ging vor seiner Werkbank auf und ab und lehnte sich kurz an. Er ging zu dem Schminktisch und streichelte gedankenverloren den Rahmen des viereckigen Spiegels.

»Dir ist sicher auch aufgefallen, dass sie ihren Mitmenschen das Gefühl vermittelt, durch ihre Gegenwart reiner zu werden.« Er berührte seine Lippen.

Ich trank wortlos den weißen Schaum meines Cappuccinos ab.

»Wie du weißt, bin ich das Kind einer Zweitfrau. Jetzt kann ich offen darüber sprechen, aber in der Pubertät trug ich damit schweres Leid. Selbst jetzt, wo ich alles überwunden zu haben glaube, bin ich noch davon gezeichnet. So wie ein Loch zurückbleibt, wenn man die Nadel herausgezogen hat.« Er lehnte sich wieder an seine Werkbank. Schließlich setzte er sich im Schneidersitz darauf und erzählte weiter: »Immer, wenn ich mit ihr unterwegs war, fühlte ich mich, als hätte ich keine Vergangenheit. Das war ein Zustand, wie ich ihn mir immer gewünscht hatte: eine erfüllte Gegenwart. Wenn ich mich mit dieser eleganten Frau unterhielt, schwieg die Vergangenheit, und ihr außergewöhnlicher Charakter schien meine Wunde sanft zu verdecken. Ich dachte darüber nach, wie es wäre, mit ihr zusammenzuleben. Aber du weißt ja, dass ich von der Ehe nichts halte. Man schaufelt sich damit sein eigenes Grab. Alles, was bleibt, sind enttäuschte Hoffnungen. Trotzdem verspürte ich den Wunsch, allmählich mit dem Graben zu beginnen. Selbstverständlich hat diese Frau auch einige Makel und ihre Schwächen würden früher oder später offen zutage treten. Ich nahm jedoch an, dass der von Grund auf so klare, helle Eindruck von ihr sich nicht ändern würde. Ich glaubte, dass ich neben diesem leuchtend klaren Wesen alle Fesseln und enttäuschten Hoffnungen würde ertragen können.«

Er stellte seine Kaffeetasse ab und faltete die Hände vor den Lippen. Verlangen macht blind, dachte ich bei seinem Anblick.

»Vor ungefähr drei Wochen ist es dann passiert«, fuhr er fort. »Wir verabredeten uns in einem Restaurant. Ich nahm meinen Mut zusammen und setzte alles auf eine Karte. War ich nervös! Seit meiner frühesten Jugend hatte ich keine Liebeserklärung mehr gemacht.«

Das war etwa eine Woche nach der einen Nacht gewesen, die ich in ihrer Wohnung verbracht hatte.

»Und wie hat sie reagiert?«

»Du meinst, was sie gesagt hat? Na ja, ich habe nichts gehört. Sie hat einfach gelächelt. Du kennst ja ihr Lächeln.«

Natürlich kannte ich es. Strahlend, erhaben wie bei einem Model, das auf Anweisung lächelte.

»Statt einer Antwort ... hat sie mich zum ersten Mal in ihre Wohnung mitgenommen.«

Ich nickte und sagte einfach: »So war das also.«

»Lach nicht, aber mein Herz schlug vor Aufregung, als wäre ich ein kleiner Junge. Welche Antwort hätte deutlicher sein können? Du wirst mir kaum glauben, aber gegenüber dieser Frau habe ich mich immer anständig verhalten. Wir kennen uns schon fast zwei Jahre, doch ich habe sie nie angemacht und nie ist mir was rausgerutscht, das mich hätte verraten können. Bei ihr gab es immer eine bestimmte Grenze, die ich nicht überschreiten durfte. Dass wir uns dadurch nicht näher kamen, hat mich manchmal bedrückt. Gleichzeitig war unsere Beziehung deswegen sehr sauber. Als ich dann annahm, dass sie die ganze Zeit über wohl auch Interesse an mir gehabt hatte, hielt ich es nicht mehr aus.«

Nach seinem Bekenntnis herrschte lange Stille. Wie es danach weitergegangen war, konnte ich mir grob vorstellen. Seine bekümmerte Stirn, sein gequälter Blick, seine bebenden Lippen sagten fast alles.

»Ich hätte dir nicht davon erzählen sollen«, brach er schließlich die Stille. Seine Stimme klang gefasst und traurig.

»Das macht mir nichts aus«, war das Einzige, was ich zu erwidern wusste und was in jede Richtung interpretiert werden konnte.

»Ich weiß nicht, wie ich es dir erklären soll … Ich kann es nicht einmal mir selbst erklären«, murmelte er seufzend vor sich hin.

»Was denn?«

Er faltete wieder die Hände und drückte mit seinen aneinandergelegten Daumen sanft auf seine Lippen.

»Ja, wir haben miteinander geschlafen … Ich habe mit dieser Frau geschlafen.«

Ich wartete, dass er weitersprach.

»Davor war alles gut. Alles war bezaubernd. Ich war sehr erregt und gleichzeitig nervös.« Plötzlich brach er in ein hüstelndes Lachen aus. »Aber wenn ich das sage, bietet sich das Missverständnis natürlich geradezu an! Als würde ich nach dem Beischlaf feststellen, dass sie zu erfahren oder ihre Technik enttäuschend wäre. Davon kann keine Rede sein.«

»Ich weiß«, entfuhr es mir.

Aber P. schien das nicht mitbekommen zu haben und fuhr hastig fort: »Ich weiß nicht. Manchmal kann ich es vergessen, aber dann fällt es mir schlagartig wieder ein. So etwas hatte ich noch nie erlebt. Ich fühlte mich, als hätte ich schwerwiegend gesündigt, als wäre ich fürchterlich beschmutzt worden ... Nein, Schmutz trifft es nicht ganz ... aber ...« Er stockte. »Ich schwatze schon viel zu lange über etwas, das ich nicht erklären kann.«

»Aber nicht doch«, entgegnete ich.

»Hattest du nicht auch Interesse an dieser Frau?«

»Nein.«

Er nickte, trank einen Schluck von seinem Kaffee, der inzwischen sicher schon kalt war, und schob die Tasse dann ans andere Ende der Werkbank.

»Ein paar Tage darauf habe ich sie in ihrem Büro angerufen. Ich wollte meine Liebeserklärung zurücknehmen und fürchtete mich davor, dass sie meinen Anruf schon lange erwartete. Außerdem bereute ich das Geschehene, denn es würde nicht einfach werden, wieder so eine Kundin zu bekommen. Es war klar, dass mein Geschäft Schaden nehmen würde.« Er lächelte bitter. »Aber was wirklich seltsam war: Sie nahm meinen Anruf wie immer entgegen. Meine Liebeserklärung, die Nacht ... als wäre nichts davon wahr. Als hätte ich das alles nur geträumt. Sie war weder freundlicher noch kühler als sonst, also kein bisschen anders als früher. Zum Glück, dachte ich. Gleichzeitig war es ein sehr sonderbares Gefühl.«

Er schaute drein, als wäre er aus einer Trunkenheit erwacht.

»Jedenfalls lasse ich die Finger von ihr«, schloss er energisch. »Dieses Gefühl, dieses unbeschreiblich schmutzige Gefühl ... Das möchte ich nie wieder haben.«

DAS PARADIES

Als ich aus P.s Haus trat, dämmerte es schon. Er wäre gern auf ein Gläschen mit mir gegangen, aber ich schob eine Verabredung vor.

»Komm bald mal wieder überfallartig vorbei, so wie heute.«

Ich schüttelte seine Hand. Nach ein paar Schritten drehte ich mich noch einmal um. Er lehnte mit müdem und leerem Gesicht an dem gelben Tor.

Nach Hause nahm ich den Bus und die U-Bahn. Es war schon nach acht. Ich aß in meinem Stamm-Imbiss zu Abend und kehrte zum Atelier zurück.

Jetzt war Februar, der März stand vor der Tür. Ende März würden in der ganzen Stadt die tot scheinenden Blumen und Bäume wie durch ein Wunder aufblühen. Aber noch war es nicht so weit, und die Nachtluft in Seoul war dick und trocken. Ich hatte mal wieder einen jener seltenen Tage im Jahr, an denen ich mich irgendwie ängstlich und einsam fühlte, weil niemand auf mich wartete.

Ungewaschen und in Gedanken versunken, saß ich im Dunkeln vor meinem Schreibtisch im Atelier. Ohne dass ich etwas davon bemerkt hätte, war es schon wieder Mitternacht. Telefonklingeln zerriss die Stille.

»Hallo.«

»Hier ist E.«

Ich richtete mich auf. Ein Hauch Unbeherrschtheit hatte in ihrer Stimme gelegen.

»Haben Sie getrunken?«, wollte ich wissen.

»Ein wenig.«

Ihre kurze Antwort hatte nichts von der Höflichkeit, die ich sonst von ihr gewohnt war.

»Was machen Sie gerade?«, fragte sie.

»Nichts Besonderes.«

»Einfach so?«

»Ja, ich sitze einfach so hier.«

Ich hörte, wie sie in Gelächter ausbrach und dabei den Hörer mit der Hand verdeckte. Auch das war für ihre Verhältnisse unhöflich.

»Wie wäre es, wenn Sie kurz in meinem Paradies vorbeikämen? Haben Sie Lust?«, fragte sie japsend, als würde sie nur mit Mühe ihr Lachen unterdrücken. »Morgen übergebe ich meinem Klienten den Schlüssel für sein Haus. Sie erinnern sich, dass ich versprochen hatte, Ihnen das Haus zu zeigen?«

»Ja, ich erinnere mich«, antwortete ich.

Sie lachte wieder – sehr rau, es klang weder nach einem Mann noch nach einer Frau.

»Warum zögern Sie? Komm schon und sieh dir deine heiligen … deine stümperhaft heiligen Werke noch einmal an. Wer weiß, vielleicht das letzte Mal?«

Als Treffpunkt hatte sie einen Laden auf der Hauptstraße im Stadtbezirk Sungbuk-dong vorgeschlagen. Es war das einzige noch erleuchtete Geschäft, da es rund um die Uhr geöffnet hatte. Ich stieg aus dem Taxi und sah ihren weißen *Sonata* mit eingeschalteter Warnblinkanlage. Sie saß mit geschlossenen Augen auf dem Fahrersitz. Ich klopfte auf der Beifahrerseite ans Fenster und öffnete die Tür.

»Sind Sie überhaupt in der Lage zu fahren?«

Sie öffnete ihre Augen. Sie hatte wohl doch nicht geschlafen, denn ihr Blick war völlig klar. Mir schlug ein Gemisch aus zartem Parfüm und Alkohol entgegen.

»Falls Sie diesbezüglich in Sorge sind – mir macht es nichts aus, wenn Sie zu Fuß hinterherkommen«, sagte sie und sprach jedes Wort betont deutlich aus.

Ich setzte mich auf den Beifahrersitz. Sie schaltete die Warnblinkanlage aus und fuhr los.

Nachdem wir einige herrschaftliche Villen mit hohen Mauern passiert hatten, kamen wir in eine höhergelegene Gegend. Wir hielten vor einem einstöckigen Haus, das von einer niedrigen Mauer umgeben war.

»Da wären wir«, sagte sie und schaltete den Motor aus. »Das hier ist mein Paradies.«

Sie nahm ihren Camel-Mantel von der Rückbank, hängte ihn sich über den Arm und stieg aus. Sie trug eine schwarze Seidenbluse und eine ebenfalls schwarze, weite Hose. Der Nachtwind war recht kalt, sie hielt sich gerade, als würde sie es nicht bemerken. Sie stöckelte auf das Haustor zu und öffnete es routiniert. Ganz so, als hätte sie die letzten Jahre nichts anderes getan.

Vor der Haustür brannte eine geschmackvolle Holzlampe in Quaderform – auf den ersten Blick sah sie nach P. aus. Dank dieser Lampe konnte ich den ganzen gepflegten Garten mit den vielen Obstbäumen überschauen. Die acht bis neun Meter zur Haustür legte man auf Mühlsteinen zurück. E. öffnete die Haustür und bat mich, zuerst einzutreten.

Der Flur war so breit, dass zwei Menschen problemlos nebeneinander gehen konnten.

»Soll ich die Schuhe ausziehen?«, fragte ich angesichts der weißen Fußbodenfliesen mit den hellbraunen Wildblumen.

»Nein.« Sie kicherte. Es klang fast, als würde sie mich auslachen.

An den weißen Wänden des Flurs hingen, zu beiden Seiten und in drei Reihen angeordnet, ein paar Dutzend Holzschnitte. Hier waren, dem Wunsch des Klienten entsprechend, vorrangig Werke namhafter Künstler vertreten.

Beim Betreten des Wohnzimmers am Ende des Flurs fiel zuerst der Kamin direkt gegenüber auf. Warme, weiche Flammen leckten an den Holzscheiten. Davor stand ein Liegesessel, auf dem zusammengelegt eine dunkelbraun karierte Decke lag. Die in hellerem Khaki gehaltene Sesselgarnitur stand vor dem Ganzglasfenster. Die Decke und der Fußboden hatten einen sanften Braunton. Anders als E.s Wohnung oder das Café vermittelte dieses Haus eine gewisse Gediegenheit und Solidität, sodass ich mir das Alter und den Geschmack der Hausbesitzer vorstellen konnte.

E. warf ihren Mantel aufs Sofa, als wäre sie hier zu Hause. Dann ging sie weiter vor mir her, eine schlanke Erscheinung, die durch ihre schwarze Kleidung noch graziler wirkte. Ich folgte ihr schweigend. Ihre braunen Haare waren zerzaust, ihre freimütige Sprechweise und weit ausholenden Gesten wirkten irgendwie wild. Ich fühlte mich mehr denn je von ihr angezogen.

»Bitte schön, hier sind sie«, sagte sie schließlich und stützte ihre Hände in die schlanken Hüften. Erst da erkannte ich, weshalb sie zielstrebig vorangeschritten war. Meine beiden Lifecasting-Hände standen in dem Flur, der das Wohnzimmer mit den anderen Zimmern verband, obwohl E. sie ursprünglich in ein sonnendurchflutetes Fenster im Wohnzimmer hatte stellen wollen. Das Grundstück musste die Form eines langgestreckten Rechtecks haben, da das Haus letzten Endes viel größer war, als es von außen den Anschein hatte. Zu beiden Seiten des ungefähr zehn Meter langen Flurs waren von der Decke bis auf Hüfthöhe Fenster eingelassen. Die Bilder an den Wänden und die Skulptur in der Mitte des Raumes waren wie in einer Galerie angeordnet.

»Die Stücke wirken beeindruckender, wenn du beim Gehen auf sie triffst, als wenn du beim Sitzen gelangweilt darauf blickst. Wer hier reinkommt, wird erst einmal innehalten, um sich alles anzusehen. Die Sonne scheint vormittags von der einen und nachmittags von der anderen Seite herein und lässt die Schatten deiner Werke über den Boden und die Wände wandern.«

Ihre raue Stimme, mit der sie mich im Wechsel duzte und siezte, war deutlich zu verstehen, nur die Endungen vernuschelte sie in ihrer Trunkenheit etwas.

Hinter den dunklen Fenstern standen einige offenbar bewusst gesetzte Bambuspflanzen. Ich blickte geistesabwesend auf ihre zarten, immergrünen Blätter. Das sanfte Flurlicht spiegelte sich auf ihnen, ich sah ein blasses Abbild von mir und E.s schmalem Körper darauf. Im Spiegel der Fenster hoben sich ihre Wangenknochen noch deutlicher ab. Der Schatten ihrer niedergeschlagenen Wimpern reichte bis zu ihrem weißen, schmalen Kinn.

»Was sehen Sie?«, fragte ich das Spiegelbild ihres gesenkten Kopfes in der Fensterscheibe.

»Deine Hände«, klang ihre leise Stimme durch den Flur.

»Es sind nicht meine Hände«, widersprach ich.

»Ach ja, richtig. Es sind die Hände der Frau.«

Auf der dunklen Fensterscheibe, mitten in dem schwarzblauen Schatten der Bambuspflanzen, sah ich in E.s Gesicht ein Lächeln. Ich war verblüfft, wie es sich in meinem Kopf mit einem tristen und faden Lächeln von L. überlappte.

»Haben Sie darüber nachgedacht?«, fragte ich nach kurzem Zögern.

»Worüber?« Sie riss die Augen weit auf.

»Dass ich Abdrücke von Ihrem Gesicht machen möchte. Und wenn Sie das mit dem Gesicht nicht möchten«, setzte ich ernst hinzu, »würde ich gern Abdrücke vom Körper nehmen. Wenn Ihnen auch das unangenehm ist, fangen wir einfach mit Ihren Händen an.«

Da zitterten ihre Schultern. Schnell ließ ich ihr Spiegelbild sein und blickte direkt in ihr Gesicht.

»Wie … bitte?« In ihren großen Augen lag die blanke Angst, als würde sie gerade erwürgt. Alle nur vorstellbaren Gefühle streiften ihr Gesicht: Feindseligkeit, Hass, Wut, Angst, Verzweiflung und noch viel mehr Furchtbares, das meinen eigenen Erfahrungshorizont überstieg. All das lauerte in ihr.

Gerade, als ich sogar Mordlust zu erkennen glaubte, schienen alle Gefühlsregungen schlagartig auszusetzen. Ihr Kopf knickte weg wie bei einem Vogel mit gebrochenem Genick. Atem, Bewegungen, alles hörte auf. Ich packte sie fest bei den Schultern und schlug ihr ins leichenblasse Gesicht.

»Kommen Sie zu sich!«

Ihre Augen begannen zu fokussieren, der Atem kehrte hörbar wieder. Obwohl in ihren Augen immer noch schwach die Angst lag, hatte sich ihr Gesicht schon wieder in eine undurchdringliche Maske verwandelt.

»Können Sie mir sagen, was eben mit Ihnen los war?«, fragte ich mit zitternder Stimme.

»Was meinen Sie?«, fragte sie zurück und fasste sich an den Kopf, als wäre ihr schwindlig. Ihre Stimme war hoch, aber ruhig. »Ich muss betrunken sein. Ist das ansteckend? Du siehst so aufgeregt aus. Was hast du?«

DIE SEHENDEN AUGEN

In der Küche stand ein runder Tisch aus Massivholz. Die kunstvoll geschwungenen Tischbeine trugen nicht P.s Handschrift. Direkt über dem Tisch befand sich ein rundes Fenster, etwas größer als der Tisch. Über mir war der schwarze Himmel, in dem vereinzelt zarte Sterne blinkten.

E. füllte ihr Glas nach, in dem nur noch Eis war. Der Kragen ihrer tief ausgeschnittenen schwarzen Bluse saß schief, und von ihrer korrekten Haltung war auch kaum mehr etwas übrig. Es schien nicht viel zu fehlen, und sie würde vornüber auf die Tischplatte kippen.

»Na, wie steht's? Sie beobachten die Sterne?«

»Hier muss die Luft sehr klar sein«, antwortete ich.

»Während der Regenzeit werden die Regentropfen heftig darauf trommeln, im Winter wird man durch den Schnee für eine Weile kaum etwas erkennen können, und in der Frühlingssonne wird es blendend hell sein.«

Da sie sich mit dem Handrücken immer wieder zerstreut über die Lippen fuhr, war von ihrem Lippenstift nicht mehr viel da. Die rechte Seite war rot mit Lilastich, die linke eher blassblau. Sie hätte auch für ein Theaterstück absichtlich so geschminkt sein können. Ich blickte in ihre Augen, die durch die langen, künstlichen Wimpern noch größer und tiefer wirkten.

Was hatte es mit diesem Schatten auf sich, der diese schöne, erfolgreiche und wohlhabende Frau belastete? Frauen wie sie brachten Mädchen wie L. zur Verzweiflung. Aber wie kam es nur, dass ich bei ihrem Anblick so oft Enttäuschung, Leere und Brechreiz fühlte?

»Die Eigentümer dieses Hauses werden nicht so wohnen, wie ich mir das vorgestellt habe. Manche renovieren dann noch einmal nach ihrem Geschmack. Deshalb kehre ich in die von mir entworfenen Häuser nie zurück. Aus welchem Anlass auch, schließlich gehören sie ja anderen Leuten. Das Haus hat mir nie gehört. Heute Nacht ist die einzige Gelegenheit, bei der ich mich als Besitzerin fühlen kann.«

Sie legte ihren Oberkörper auf den Tisch, eine Wange berührte die Tischplatte. Während sie so aus dem runden Fenster in der Decke blickte, nahm ihr Gesicht wieder den Ausdruck kindlicher Naivität an, wie damals in ihrer Wohnung. Ihr zarter Körper mit den schmalen Schultern wirkte wie der eines Kindes. Ich erinnerte mich an ihren flachen Busen, den ich in der Dunkelheit gesehen hatte, nachdem sie den gepolsterten BH ausgezogen hatte. Damals fand ich, dass dieser Busen sehr gut zu ihrem schlanken Körper passte.

»Wie spät ist es?«

»Drei Uhr morgens.«

»Gehen Sie bitte. Ich möchte allein sein«, murmelte sie.

»Haben Sie in so einer Nacht schon einmal irgendjemanden kommen lassen?«

Sie lächelte: »Um Gottes willen. Diese eine Nacht ist viel zu kurz, um sie mit anderen zu teilen. Wozu sollte ich mir das antun?«

»Warum haben Sie mich dann hergeholt?«

Ihr Gesicht lag noch immer auf der Tischplatte. Es wirkte sehr jung und sehr müde.

»Keine Ahnung. Vielleicht wollte ich Ihnen ein letztes Mal Ihre Hüllen zeigen, wo Sie doch so an ihnen hängen.«

»Ich danke Ihnen dafür«, erwiderte ich mit nachdrücklichem Ernst.

»Sie brauchen sich nicht zu bedanken.« Ihr Tonfall war grob, ähnlich schrill und fremd wie ihr Schrei in meinem Atelier, nachdem sie den Abdruck zerbrochen hatte.

»Ich werde aber erst gehen, wenn ich Ihre Antwort habe.«

»Antwort, worauf?«, fragte sie zurück, murmelte dann jedoch gleich »ach so«. »Sie sind aber auch hartnäckig.« Sie richtete sich auf und lehnte sich an die Stuhllehne aus Büffelleder. Mit deutlich veränderter, klarer Stimme fragte sie: »Warum? Warum wollen Sie das? Haben Sie etwa Schwierigkeiten, an Modelle heranzukommen?«

»Ich werde offen sprechen«, erwiderte ich.

»Das war einer Ihrer besten Sätze bislang. Ich werde mir mal anhören, wie offen das am Ende ist, und dann überlege ich mir, wie weit ich mit meiner Offenheit gehe.« Ihre Mundwinkel hoben sich. »Ich war schon immer neugierig, was Sie an mir interessiert. Ich glaube nämlich nicht, dass Sie mich sonderlich mögen. Liegt es an meinem vermeintlichen Reichtum? An meinem Sex-Appeal? Aber nein, so einer sind Sie nicht. Sie sind eher ein Gespenst. Jemandem wie Ihnen möchte man im Dunkeln nicht begegnen. Das hat man Ihnen schon oft gesagt, nicht wahr?«

»Nein. Das ist das erste Mal.« Ich schüttelte den Kopf.

»Na ja, es gibt auf dieser Welt viele Blinde. Und die Sehenden pflegen nicht über das zu sprechen, was sie sehen.« Ein übertrieben fröhliches Lächeln zeigte sich auf ihrem Gesicht.

»Ich habe das Gefühl, dass Sie etwas zu verbergen haben«, offenbarte ich mich.

»Ach was?«, erwiderte sie mit einer heiteren Stimme. »Was soll das denn sein? Meinen Sie, das können Sie erkennen, wenn Sie Abdrücke von mir nehmen? Wenn Sie noch einmal mit mir schlafen wollen, dann sagen Sie das doch bitte. Aber reden Sie mir nicht mehr von Ihren Abdrücken.«

Inzwischen war ihr Gesicht kühl und elegant wie immer, die Trunkenheit schien verflogen.

»Wenn wir einmal gearbeitet haben, werde ich Sie nie wieder belästigen.«

Ihre großen Augen schienen mein Gesicht zu spiegeln, das ruhig und gefasst war.

Plötzlich überfiel sie wieder ein unbändiges Lachen. Ihr ganzer Körper zuckte, und sie wischte sich immer wieder über die tränenfeuchten Augen. Ihre wirren, wogenden Haare wurden von den kleinen Sternen am nächtlichen Himmel bestrahlt. In diesem fremden, prunkvollen Haus hörte ich ein nicht enden wollendes, metallenes Ticken von dem Sekundenzeiger der Wanduhr.

TOTENMASKE

»Warum soll ich den Seidenstrumpf übers Gesicht ziehen?«, fragte E., die auf der Bettkante saß.

»Sie wollen doch sicher nicht, dass Ihre Augenbrauen herausgerissen werden.«

Sie runzelte die Stirn, dann stülpte sie den Strumpf über ihr Gesicht. Ich schnitt mit einer Schere die Nasenlöcher akkurat aus und steckte vorsichtig ein transparentes Stück Strohhalm hinein. Dann legte sie sich mit geradem Rücken auf das Bett und streckte die Beine aus.

Wir hatten für den darauffolgenden Samstagnachmittag mein Atelier als Treffpunkt ausgemacht. Aber ich hatte bis zum letzten Augenblick an ihrem Kommen gezweifelt. Pünktlich zur verabredeten Zeit war sie jedoch mit strahlendem Gesicht ins Atelier getreten. Sie trug eine auf dem Rücken geknöpfte weiße Bluse und eine weite schwarze Hose. Über ihrem Arm hing ein anthrazitfarbener Wollblazer, in der anderen Hand klapperte ihr Autoschlüssel mit einem Kleeblatt-Anhänger. Die anschließende Szene, in der eine elegant gekleidete Frau mit Seidenstrumpf über dem Gesicht auf dem Bett lag, erinnerte an einen Krimi.

»Am Anfang fühlt es sich kalt an, dann wird es langsam warm. Manche meinten, ihre Haut würde verbrennen. Aber das ist nur ein Gefühl, und die Haut wird nicht verletzt. Zum Schluss fühlt man sich eingeengt.« Ich strich den in Wasser eingeweichten Gips zuerst auf die Stirn und sprach dabei weiter: »Während der Gips antrocknet und Sie sich nicht bewegen können, wird Ihnen die Zeit sehr lang vorkommen. Das Abnehmen schmerzt auch ein wenig ... Da es aber nicht auf der bloßen Haut ist, wird es sicherlich nicht so schlimm.«

Sie konnte nicht antworten, sie schwieg. Die Linien der feinen Gesichtszüge mit Gips zu bestreichen, bedurfte besonderer Aufmerksamkeit. Still begrub ich ihr Gesicht – von der Stirn bis zum Kinn, von der rechten Wange zur linken, die geschlossenen Augen, die Nase, die schmalen Lippen.

Als alles fertig bestrichen war, blieb uns nur noch zu warten, bis der Gips angetrocknet war. Die Stille wurde immer dichter, weil sie nichts sagen konnte und ich nichts zu sagen hatte.

Sie lag wie eine Tote auf dem Bett, ohne einen einzigen Zeh zu rühren. Ich näherte meine Wange dem Strohhalm, um ihren Atem zu erhaschen. Ich wurde das Gefühl nicht los, dass ich eine Totenmaske fertigte. Bilder von Leichen, deren Nasen und Ohren mit Watte verstopft waren, kamen mir in den Sinn.

Natürlich war sie lebendig. Durch die Nasenlöcher, die im Gesicht die einzige Verbindung zur Außenwelt waren, strömte der warme Atem. Bei genauerem Hinsehen sah ich das unmerkliche Heben und Senken ihrer Brust.

Für sie war es sicherlich sehr beklemmend, nichts sehen zu können. Und ich musste reden, egal worüber.

»Ist es sehr einengend?«, fragte ich in die Stille hinein.

»Die meisten leiden darunter.«

Die meisten meiner Modelle, von denen ich Abdrücke eines oder mehrerer Körperteile nahm, bewegten sich dort, wo sie konnten, sobald das Gefühl von Enge unerträglich wurde. Diese Frau aber rührte keinen Finger. War sie etwa eingeschlafen?

»Sie haben viel Geduld.« Nur die schwere Stille antwortete.

Eine merkwürdige Mischung aus Mitleid und einer sonderbaren Furcht stieg in mir auf. Was, wenn beim Abnehmen der weißen Maske das zerfallene Gesicht einer Toten zum Vorschein kam?

»Und jetzt richten Sie sich bitte auf.«

Anders als bei den Körperabdrücken wollte ich das Gesicht möglichst unversehrt in einem Stück abnehmen. Ich half ihr, sich hinzusetzen und zog vorsichtig an der Maske. Sie klebte an dem Seidenstrumpf fest. Als ich vom Hinterkopf aus ein wenig daran zog, bewirkte die Elastizität des Strumpfes, dass sich der Gipsabdruck sofort löste. Ich legte die Maske behutsam auf den Tisch und entfernte die Strohhalme und den Strumpf.

»Ist alles in Ordnung?«

E.s Gesicht war blass und starr. Mit geschlossenen Augen atmete sie lange aus.

»Öffnen Sie bitte Ihre Augen.«

Sie blinzelte und öffnete langsam den Mund, als wäre die Muskulatur taub. Vorsichtig formte sie mit ihren Lippen einige Laute. Wie ein Goldfisch.

»Ist jetzt alles fertig?« Ihre nun geöffneten großen Augen sahen mich aus einem unfassbar blassen und müden Gesicht an.

»Ja, es ist fertig.«

»Es hat sich angefühlt, als hätten Sie eine Totenmaske von einer Lebenden genommen«, sagte sie, als hätte sie meine Gedanken gelesen, und streckte die Hand aus. »Nicht das schlechteste Gefühl. Kann ich mal sehen?«

Ich reichte ihr die Gipsmaske.

»Und wie wird das jetzt weiterverarbeitet?«

»Man muss die Maske mit Gips ausgießen und gewinnt dadurch einen Abguss.«

»Ach so.« Sie nickte. »Wenn Sie fertig sind, würde ich es gern einmal sehen.«

Voller Neugier und Sorgfalt betrachtete sie die Innenseite der Maske, die Negativabdrücke von Augen, Nase und Mund. Als sie mir die Maske zurückreichte, fragte sie: »Darf ich jetzt gehen?«

Ich weiß nicht mehr, wie es kam, dass ich in diesem Augenblick das Verlangen spürte, meine Lippen auf ihre zu drücken. Vielleicht war es die Tatsache, dass sie lebendig war, dass sie ihre Lippen bewegte, redete und lächelte. Es kam mir wie ein Wunder vor. Ich war erstaunt und verängstigt, als wäre die von mir getötete Geliebte nun lebendig zurückgekehrt.

»Was sehen Sie mich so an?«

Sie erhob sich, zog ihren Blazer über, der in Kombination mit der weißen Bluse noch adretter und sauberer wirkte, und streifte ihre Haare hinters Ohr.

Um ihren Autoschlüssel vom Tisch holen zu können, musste sie an mir vorbei. Ich fasste sie an der Schulter und küsste sie. Ihre lila Lippen waren weich und kalt und entfachten ein bisher unbekanntes, heftiges Gefühl in mir. Eine Art Wehmut stieg in mir hoch.

»Ich muss jetzt gehen.« Sie befreite sich von mir, mit einem seltsam huldvollen Lächeln, das ich nicht zu deuten wusste, und ging. Mir blieb nur noch, in stocksteifer Haltung dem sich über die Treppe entfernenden Klappern ihrer Absätze hinterherzulauschen.

DAS WIEDERSEHEN

Als ich die Maske mit Gips ausgoss und so den ersten Abguss von ihrem Gesicht gewann, überlief mich ein Schauder. Das Gesicht mit den geschlossenen Augen und Lippen war genauso schön und symmetrisch wie das Original. Der einzige Unterschied lag im Material: Es war nur eine harte, dünne Hülle aus Gips. Ich konnte mir nicht erklären, weshalb mich dieses Gesicht so befremdete. Es flößte mir einen derartigen Schrecken ein, dass ich es am liebsten aus meinem Atelier geschafft hätte.

Doch ich beruhigte mich, setzte mich schließlich an meinen Arbeitstisch und malte es an. Die Lippen, die geschlossenen Lider, die schmalen Wangen und die Stirn kamen der Wirklichkeit sehr nahe. Umso mehr stieß mich das Gesamtergebnis ab. Es war einfach unpassend, als hätte man einer Toten Make-up aufgetragen.

Ich goss die Maske erneut aus. Den zweiten Guss bestrich ich nur in Blautönen. Die bläuliche Blässe wirkte kühl und schwermütig. Sie widerte mich zwar nicht an, aber es fehlte noch etwas.

So vergingen drei Nächte, in denen ich sieben Abgüsse von ihrem Gesicht nahm. Am Anfang veränderte ich nur die Farbtöne, dann fügte ich Federn aus einem Schlafsack hinzu, die ich bunt eingefärbt hatte. Ich schnitt auch farbige Werbeseiten aus alten Zeitschriften auseinander und fügte sie auf Wangen und Stirn zu einer Collage. Auf diese Weise war das sechste Gesicht kaum als das ihre wiederzuerkennen.

Sobald ein Abguss fertig bearbeitet war, setzte ich ihn einem der Ton-Ovale auf, die inzwischen im Regal standen, und schnürte ihn mit einem dünnen Draht fest. Nur den letzten Guss ließ ich unbearbeitet auf dem Tisch liegen. Diese weiße, feine Maske gehörte mir nicht. Sie besaß eine eigene Lebenskraft und schwieg eine angsterregende, perfekte Stille.

Am Mittwochmorgen rief ich E. auf der Arbeit an: »Es ist fertig.«

»Was meinen Sie?«

»Ihre Totenmaske.«

»Ach so.«

»Ich kann sie Ihnen heute zeigen.«

»Das passt schlecht, ich habe heute Abend eine Verabredung. Wie machen wir es?«

»Wie wäre es mit morgen? Wir können uns irgendwo bei Ihrem Bürogebäude treffen.«

»Nein, zu Hause wäre besser.«

»Dann komme ich zu Ihnen in die Wohnung. Am besten um …«

»Nein, ich rufe Sie morgen an.« Sie legte auf.

Nach der anstrengenden Arbeit der letzten drei Tage, die mich regelrecht elektrisiert hatte, war ich überreizt und müde. Ich zog den Vorhang zu, um das Licht abzuhalten, und legte mich ins Bett. Da mich selbst das Ticken meines Weckers störte, entfernte ich die Batterien und versuchte einzuschlafen.

Als ich erwachte, hatte ich keinerlei Zeitvorstellung. In meiner Schlaftrunkenheit hörte ich nur, dass jemand an die Tür klopfte. Das Klopfen ging wie ein Riss durch meinen Schlaf. Erschöpft wälzte ich mich herum, erhob mich schwankend aus meinem Bett, setzte die Brille auf, die am Kopfende lag, und ging auf die Tür zu, nicht ohne mit dem Schienbein gegen eines der metallenen Stuhlbeine zu stoßen. Wie spät ist es bloß? Ist das der Postbote? Oder E.? Ist sie jetzt etwa zu mir gekommen?

Ich rieb mir die Augen mit den Fäusten und brachte ein wenig Ordnung in meine Haare und meine Kleidung. Als ich die Tür öffnete, erstarrten alle meine Bewegungen.

Vor meiner Tür stand L.

DIE WARMEN HÄNDE

»Darf ich reinkommen?«, fragte L. scheu. Ich trat ein paar Schritte zurück, um ihr Platz zu machen.

»Komm rein.«

Sie genierte sich wie jemand, der zum ersten Mal zu Besuch kam. Sie trug eine weite Denim-Jacke zu einer Jeanshose. Ich schätzte sie auf wenig über fünfundfünfzig Kilo. Ihr lichtes Haar hatte sie sehr kurz schneiden lassen, ohne Busen hätte sie auch ein Mann sein können.

Ich blieb stehen und sah zu, wie sie mit distanziertem Blick das Atelier musterte. Meine Müdigkeit war wie weggeblasen. Ich wusste nicht, welches Thema ich anschneiden oder was ich zuerst fragen sollte. Wohin bist du damals gegangen? Wie geht es dir jetzt? Ich dachte damals, du wärst gestorben.

»Wie lange wird es wohl her sein? Ein Jahr? Sicher länger«, sagte ich.

»Du hast dich gar nicht verändert.« L. drehte sich um und sah mich an. »Und du bist offenbar nicht böse auf mich. Wie jemand, den ich gestern und vorgestern noch getroffen habe.«

Das letzte Jahr hatte sie jedenfalls überlebt, schließlich stand sie jetzt als lebender Beweis vor meinen Augen. Sie redete so langsam wie immer, ihr Gesichtsausdruck war jedoch entspannter, Zynismus und Gereiztheit waren aus ihrer Stimme verschwunden.

»Welchen Anlass hätte ich denn, böse zu sein?«

»Schließlich habe ich hier damals alles kurz und klein geschlagen.«

»Ich hatte keine Zeit, böse zu sein.« Plötzlich hatte ich das innige Verlangen, liebevoll zu sein. »Ich habe mir große Sorgen gemacht.«

»Wirklich?« Sie lachte leise und wurde rot. »Ich wusste gar nicht, dass du so etwas sagen kannst.« Verschämt senkte sie den Kopf. Als ihr Blick auf den Tisch fiel, rief sie erstaunt aus: »Ach, von wem ist denn das?« Sie zeigte auf E.s weißen, dünnen Gesichtsabdruck. »Die ist aber hübsch.«

In ihren Augen waren Neid, Entzücken und Bewunderung zu lesen.

»Inzwischen nimmst du wohl auch Abdrücke von Gesichtern?«

Mich wunderte, dass dieses Gesicht sie nicht befremdete. Vielleicht würde ihr keine von E.s seltsamen Eigenheiten auffallen, selbst wenn sie sich gegenüberstünden. So wie das bei P. war, der E. zur edelsten und klarsten Frau der ganzen Welt erhoben hatte.

»Das sind meine ersten Versuche.«

»Ach so.« Sie nickte zerstreut.

Da begriff ich, dass sie mit einem konkreten Anliegen gekommen war.

»Wie geht es dir denn?«

»Ich bin in Behandlung.« Sie lächelte strahlend, aber doch irgendwie schwermütig.

»Was für eine Behandlung?«

»Ich nehme Medikamente und mache eine Gesprächstherapie. O. hat mir geholfen. Ich bin ihr sehr dankbar dafür.«

»Ich dachte sofort, dass du eine gesündere Gesichtsfarbe hast.«

»Nicht wahr?«

»Setz dich doch und erzähl ein bisschen. Möchtest du etwas trinken?«

»Nein danke. Ich muss auch gleich wieder gehen.«

Unschlüssig blieben wir vor dem Tisch stehen. In dieser gezwungenen Stille sahen wir uns an, als wären wir Fremde. Nein, wir waren Fremde.

»Ehrlich gesagt bin ich hergekommen, weil ich eine Bitte habe.« Sie errötete bis zu den Ohren.

»Schieß los.«

»Du hast doch Abgüsse von meinen Händen gemacht ... Kann ich einen davon bekommen?«

Ich konnte ihr ansehen, dass es sie etwas kostete, ihre Schuldgefühle und Scheu zu überwinden.

»Nicht die mit der Narbe an der rechten Hand ... die aus unserer Anfangszeit. Sind die noch da?«

»Natürlich.«

Ich hatte alles aufbewahrt, ausgenommen die von L. zerschlagenen und die zwei, die ich an E. verkauft hatte.

Ich holte meinen Klappstuhl, stellte mich darauf und nahm das Laken ab, mit dem ich das Regal verhängt hatte. Dann begann ich, L.s Hände vorsichtig herauszuholen, bis ein Dutzend davon auf dem Arbeitstisch standen, die narbenlosen Hände mit den Narbenhänden vermischt. L. ließ sich Zeit und traf ihre Wahl für ein Paar erst nach reiflicher

Überlegung. Als sie den Kopf wieder hob, waren ihre Augen feucht.

»Du hattest einmal gesagt, dass die Hände meine Schutzengel sind. Kannst du dich noch daran erinnern?«

Verstohlen fuhr sie sich mit der rechten Hand über die Augen. Die Narbe war immer noch zu sehen, jedoch nicht mehr rot oder frisch aufgerissen. Als sie meinen Blick bemerkte, versuchte sie die Hand hinter dem Rücken zu verstecken. Ich griff behutsam danach.

»Deine Hände sind viel wärmer geworden.«

Sie zog die Hand eilig zurück und blickte hinab auf ihre geöffneten Hände. Kleine Tränen tropften darauf. Leise begann sie: »Ach, Unhyong. Damals hast du mich mal gefragt …, ob die Blicke der anderen für mich wichtig sind.« Aus tränenfeuchten Augen schaute sie mich an. »Daran musste ich oft denken. Inzwischen weiß ich ungefähr, was du meintest.« Sie kaute auf ihrer Unterlippe. »Ich lebte ja so, als gäbe es mich selbst gar nicht, sondern nur das Bild, das die anderen von mir hatten. Hätte nicht ich, sondern jemand anderes mir das angetan, wäre er längst im Gefängnis gelandet. Im Wechsel hungern lassen und mästen, dann das Kotzen … Nur Verbrecher misshandeln ihre Opfer so.«

Langsam und jedes Wort sorgsam abwägend, fuhr sie fort: »Weißt du was? Ich sehe nicht so oft in den Spiegel. Ich stelle mich auch nicht auf die Waage. Einfach, weil ich es nicht will. Und ich fühle mich erleichtert. Ich hatte ja keine Vorstellung, was für eine große Erleichterung das sein kann. Ich dachte immer, dass ich nur aus diesen zwei Zahlen, die auf der Waage erscheinen, und meinem Spiegelbild bestünde.«

Ihr kleines, kindliches Gesicht wirkte plötzlich viel älter. Was ich sah, war das Gesicht einer reifen Frau, das aus ihrem Inneren still nach außen durchschien, wie Tinte durch Löschpapier.

Leise, aber entschlossen sagte sie dann: »Wir werden uns nicht wiedersehen, nicht wahr?« Ihre leuchtenden Augen schienen in mir lesen zu wollen. »Falls wir uns zufällig begegnen sollten, kennen wir uns nicht, einverstanden?«

Ihr Blick war so direkt und eindringlich, dass ich ihm kaum standhielt.

Nun war es also wirklich vorbei. Und diesmal endgültig. Eine merkwürdige Einsamkeit überfiel mich.

»Ich möchte an die Vergangenheit nicht mehr denken müssen. Auch nicht an die Zukunft. Das hat mir auch mein Therapeut empfohlen. Ich will gar nicht daran denken, dass meine Zähne, mein Körper, meine Jugend, dass alles dahin ist. Ich denke über all das und wie ich weiterleben soll, einfach gar nicht nach. Sollte ich doch anfangen nachzudenken, bemühe ich mich, wieder zu vergessen. So lebe ich von einem Augenblick zum nächsten. Das ist angenehmer.«

Ein rätselhafter Frieden lag auf ihren Zügen. »Es ist wie im Paradies.«

Ich hätte ihre gefalteten Hände in einen Karton gepackt, sie bestand jedoch darauf, die Hände wie einen kostbaren Schatz vor der Brust zu tragen. Ich wollte sie bis zur Haustür begleiten, sie hielt mich davon ab. Ich glaubte, etwas wie »ich danke dir« oder »es tut mir leid« zu hören, aber da hatte ich mich vielleicht auch getäuscht. Als sich die Tür hinter ihr schloss, fröstelte ich, nur meine Hände enthielten noch die Wärme von L.s Händen. Mit geballten Fäusten hörte ich Radio. Der Schüttelfrost verstärkte sich, inzwischen lief mir kalter Schweiß den Rücken hinunter. Ich kam erst wieder zu mir, als nach einem Werbeblock und ein paar Oldies die Uhrzeit angesagt wurde. Es war achtzehn Uhr.

Schwankend erhob ich mich. Ich steckte die Batterien wieder in den Wecker und stellte die Uhrzeit ein. Ich war ja mit E. nach Feierabend in ihrer Wohnung verabredet. Sollte ich sie anrufen oder sie mich? Ich wählte ihre Handynummer.

»Ja, hallo?«

Sie war offensichtlich noch nicht zu Hause. Ich hörte Bohrer und Schleifmaschinen. Ich musste sehr laut sprechen.

»Haben Sie einen kurzen Moment Zeit?«

»Einen Augenblick bitte«, sagte sie laut.

Dann wechselte sie offenbar ihren Standort. Es war aber immer noch laut, sodass sie nicht in normaler Lautstärke sprechen konnte.

»Was gibt es denn?«

»Ihre Totenmaske ist fertig.«

»Ich weiß.«

»Wir hatten ausgemacht, dass ich heute zu Ihnen in die Wohnung komme.«

»Ja, und?«

»Ich fühle mich nicht so gut. Könnten Sie vielleicht hier vorbeikommen?«

»Nein, ausgeschlossen.« Die Kälte in ihrer Stimme war kaum zu überbieten. »Ich muss jetzt auflegen.«

Damit war die Verbindung auch schon beendet. Ich warf mich mit dem Hörer in der Hand auf mein Bett. Beim Anblick des Arbeitstisches, auf dem L.s weiße Hände standen, wurde ich von meinen Gefühlen übermannt. Zitternd und kochend vor Fieber zog ich die Wolldecke über mich.

DÜNNES HÄUTCHEN

Dass es Frühling geworden war und einige ungeduldige Blumen schon blühten, merkte ich erst, als ich wieder einmal Reis kaufen gehen musste. Die Luft war so hell und sanft, dass mein dicker Mantel völlig unpassend war. Ich hatte mich in meinem Atelier verschanzt, bis alle Dosen, alles Eingelegte im Kühlschrank, das letzte Ei und das letzte Reiskorn aufgebraucht waren.

In mein Bett oder den Sessel gekauert, hatte ich geistesabwesend die Stunden verstreichen lassen oder hatte die weiße Hülle von E.s Gesicht, die auf dem Tisch auf sie wartete, gestreichelt und aufgesetzt. Das war alles. Keine Arbeit, keine Skizzen, keine Entwürfe. Auch keine Bücher, keine Zeitschrift. Ich war wie gelähmt und die Zeit schritt ohne mich voran.

Als ich mit dem Reis zurückkam, rief J. an. Er hatte gleich nach dem Studium als Bühnenbildner angefangen und brauchte offenbar dringend ein Werk von mir.

»Hast du die Arbeit von damals fertiggestellt? Ich würde sie gern ausleihen.«

Er hatte sich früher sehr interessiert an meinen Abdrücken vom menschlichen Körper gezeigt und mir eines Tages eine Schauspielerin vorgestellt, mit der er sich gut verstand. Leider hatte sie einen so makellosen Körper, dass mich die Arbeit daran nicht gereizt hatte. Aber sie hatte unbedingt einen Abdruck von ihrem gesamten Körper gewollt. Nach Abschluss der Arbeit, für die meine Bekannte B. mir wieder helfen musste, hatte ich allerdings keine Lust gehabt, einen Abguss zu machen.

»Ich habe die Arbeit nur als Negativschale.«

J. wollte sie trotzdem sehen. Ich ging in die Abstellkammer. Die mit einer großen Plastikfolie umwickelte Negativschale war im hintersten Teil abgestellt. Zum Glück war sie noch gut erhalten.

Kurz darauf stand J. vor der Tür. Er trug die Negativschale in den Laderaum eines kleinen Transporters und reichte mir zwei Eintrittskarten für das Theaterstück, bevor er sich wieder hinters Steuer setzte.

»Heute ist Premiere. Beim Transport ist dummerweise ein Requisit beschädigt worden. Nun brauchte ich innerhalb kürzester Zeit Ersatz, eine Skulptur in Lebensgröße. Ich werde mich ein anderes Mal erkenntlich zeigen.«

»Für diese Kleinigkeit doch nicht.« Ich lächelte.

»Was ist eigentlich mit deinem Bart? Wenn du so auf die Straße gehst, wird man dich für einen Obdachlosen halten.«

Nachdem J. wieder abgefahren war, ging ich zurück in mein Atelier, wusch mir langsam das Gesicht und rasierte mich. Obwohl es im Bad nicht sonderlich warm war, ließ ich die Schüssel voll Wasser laufen und wusch mich.

Dann zog ich die Baumwollhose, das Hemd und die leichte Jacke an, die ich im Frühling und Herbst immer trug, und wählte die Telefonnummer von E. Es hatte kaum zweimal geläutet, da nahm sie auch schon ab, als hätte sie nur auf meinen Anruf gewartet: »Ja, hallo?«

»Lange nichts von Ihnen gehört.«

»Ach, wirklich?«

»Falls Sie heute noch nichts vorhaben – was halten Sie von Theater?«

»Ich bin schon verabredet.«

»Wie wäre es dann mit nächster Woche?«

»Ich rufe Sie an.«

Genau so hatte ich es erwartet. Ich legte auf und grübelte.

Seitdem ich den Abdruck von ihrem Gesicht genommen hatte, ging sie mir unverhohlen aus dem Weg. Außer dieser Hülle würde mir von ihr nichts bleiben, wenn das so weiterging.

Warum hatte ich das überhaupt gewollt? Hatte ich etwa geglaubt, einer verborgenen Wahrheit auf die Spur zu kommen, wie damals bei L.? Hatte ich etwa erwartet, diese Wahrheit mit meinen Händen greifen zu können? Da hatte ich mich wohl gründlich verrechnet. Nichts hatte ich damit zutage gebracht. Geblieben war nur diese grässliche, abstoßende Maske.

Ich stand auf und ging hinaus auf die Gasse, über die sich langsam die Abenddämmerung senkte. Es dauerte ziemlich lange, bis ein Bus kam, mit dem ich in die Daehakro-Straße fahren konnte. An diesem Abend schaute ich mir ein Theaterstück mit abgedroschener Story an, in dem mein Abdruck einer Schauspielerin mit ausgebreiteten Armen auf der Bühne hing. Danach hatte ich in einer Kneipe die Schriftstellerin H. kennengelernt, die diese lakonische Frage »warum?« in den Raum gestellt hatte.

Ich wusste nicht, wie es kam, dass sich diese naheliegende, ungeschickte Frage so hartnäckig in meinem Kopf einnistete. Von nun an konnte ich nur noch zusehen, wie alle meine Lebensgrundsätze verwässerten, ihre Konturen verloren und sich schließlich auflösten. Alles, was ich bisher erkannt zu haben glaubte, zeigte mir von da an gleichmütig seine Kehrseite.

Ich habe all das innerhalb eines Monats niedergeschrieben. Aber was wollte ich damit erreichen? Wollte ich mir lediglich die Ereignisse wieder vor Augen führen?

Beeindruckend war für mich dabei, dass jedes Mal, wenn ich diesen Zeichenblock aufschlug und die Feder über das Papier gleiten ließ, ich mir vorkam, als würde ich mich an ein feines Häutchen herantasten. Wie an das dünne, weiße Häutchen, das zum Vorschein kommt, wenn man ein Ei schält. Bedeutete dies, dass mein Leben ein einziges Sich-Herantasten an ein hauchdünnes Häutchen gewesen war?

Manchmal legte ich meinen Füllfederhalter zur Seite und fragte mich, ob es wirklich Menschen gab, die in der Lage waren, angesichts der todernsten Frage »Warum?« eine wahre Antwort zu geben. Wenn man die Wahrheit sehen will, muss man sich bis zum Abgrund vorwagen. Und was würde der gähnende Abgrund antworten? Sollte ich H. jemals wiedersehen, würde ich ihre Meinung dazu gern hören.

Die Frage ließ mich nebenbei auf eine weitere Merkwürdigkeit stoßen. Mir ging L.s friedvolles Lächeln nicht aus dem Sinn, das ich beim besten Willen nicht deuten konnte.

Die prächtigen Blüten der Bäume verwelkten und fielen von den Zweigen. Ich wurde mehr und mehr zum Außenseiter und lebte vollständig in meiner Vergangenheit. Für mich stand die Zeit schon seit Langem still. Es war so magisch und faszinierend, etwas schriftlich zu hinterlassen, dass ich es mir als Begleitung für den Rest meines Lebens vorstellen konnte. Zwischen dem tatsächlichen Leben und der Niederschrift bestand ein wehmütig geschlossener Pakt des Schweigens. Daher rührten sicher Schwermut und Weltverneinung der meisten Schriftsteller.

Jeden Tag geht die Sonne auf und wieder unter. Nichts wird sich ändern. Ich bin nun fast vierzig und meine Haare sind deutlich grauer geworden. Bei dieser Geschwindigkeit werde ich schon bald selbst hinter einem Wandschirm in einem Sarg liegen. Bald werde auch ich Haare lassen wie weiße Federn und schließlich wird der letzte Vorhang fallen. Auch dieses Stück werde ich über mich ergehen lassen müssen, wenn es auch wegen meiner dürftigen Kontakte zur Umwelt sicherlich kein Kassenschlager werden wird.

Einmal hat mich meine jüngste Schwester angerufen und sich nach meinem Befinden erkundigt. Auf die Frage, ob ich mir Essen koche, antwortete ich, dass sie sich keine Sorgen machen soll. Ob ich meine Neffen denn nicht vermisse. Oder mal wieder vorbeikomme. Bevor wir auflegten, sagte sie ernst: »Ich kann dich wirklich nicht verstehen. Ich habe dich kein einziges Mal verstanden, fürchte ich. Ich werde dafür sorgen, dass unsere Kinder keine Künstler werden.«

Anstelle einer Antwort konnte ich nur unbestimmt lächeln.

DRAGEE

Das vielleicht dreihundert Quadratmeter große, unmöblierte Büro wirkte trostlos. Mit weißer Farbe beschmierte Männer in Arbeitskleidung eilten mit Aluminiumleitern und Werkzeug durch den Raum. Klopfen, Rufe und der durchdringende Lärm von Schleifmaschinen erfüllten die Luft, dazu der beißende Geruch frischer Farbe.

E. stand in der Tür des Büros. Ihre langen Haare wurden von einer Spange in Form einer Mondsichel gehalten, wie es gerade Mode war. Die Ärmel ihres dünnen, grauen Hemdes waren hochgekrempelt. Ihre Füße steckten in lässigen Halbschuhen und eine schwarze Jeans brachte ihre schmale Taille zur Geltung.

»Welche Farbe haben denn die Jalousien? Haben Sie die wirklich mit dem Farbmuster verglichen, das ich Ihnen hatte zukommen lassen?« Ihre scharfe Frage war an einen Mann gerichtet, der deutlich älter war als sie.

»Finden Sie nicht, dass die Farben sehr ähnlich sind?«

»Sie wissen ganz genau, dass wir so etwas wie Ähnlichkeit nicht brauchen können. Wie oft haben wir inzwischen zusammengearbeitet? Ist es das erste Mal?«

Der Mann versuchte zu lächeln und kratzte sich verlegen am Hinterkopf.

»Sie wissen aber schon, dass die Räume morgen früh bezogen werden. Uns bleibt keine Zeit, wir müssen das jetzt so durchziehen.«

Der Mann entspannte sich bei diesen Worten etwas. Ihr Gesicht blieb unverändert kühl.

»Tut mir leid.«

»Solche Irrtümer erschweren die Zusammenarbeit. Wie soll ich Ihnen das nächste Mal vertrauen?«

»Beim nächsten Mal wird es keinen Irrtum geben.«

Erst da lächelte sie gnädig. Ihr Gegenüber verabschiedete sich von ihr.

Als er an mir vorbeiging, sah ich sein versteinertes Gesicht.

»Frau Abteilungsleiterin, kommen Sie doch bitte mal hier nachsehen.«

»Frau Abteilungsleiterin« war also die offizielle Anrede für E. Sie durchquerte das Büro mit raschen Schritten. Vor einem geräumigen Zimmer, das sich in der Mitte des Objektes befand und das für den Chef bestimmt zu sein schien, rief sie: »Was ist denn hier mit der Beleuchtung passiert?«

»Na ja, ich finde es etwas dunkel.«

Ich konnte den Mann nicht sehen, der ihr antwortete, aber von der Stimme her schätzte ich ihn auf Mitte oder Ende der Zwanziger.

»So geht das nicht. Tauschen Sie das bitte sofort aus.«

»Das Lampengeschäft wird schon geschlossen haben.«

»Ich habe die Handynummer«, erwiderte sie und wählte bereits mit ihrem Handy. »Hallo? Spreche ich mit Herrn Mun? Hier ist E., Abteilungsleiterin. Haben Sie schon Feierabend?«

Wegen des störenden Hämmerns hielt sie sich das andere Ohr zu und ging zur Eingangstür. Da erst sah sie mich. Verlegenheit huschte über ihr Gesicht, doch wandte sie mir zunächst den Rücken zu und ging zum Fenster. Während des Telefonats beobachtete sie die Lichtkegel der wenigen Autos, die vorbeifuhren. Schließlich war sie fertig.

»Und, geht das in Ordnung?«, fragte ein junger Mann mit Basecap, der aus dem Chefbüro trat.

»In einer Stunde schickt er jemanden. Es wird nicht reichen, nur die Lampe zu wechseln. Eine anständige Hängelampe habe ich gleich mitgeordert. Und bestellen Sie was beim China-Imbiss, das hier wird länger dauern. Sie haben die Nummer, oder?«

Der junge Mann musterte mich misstrauisch von Kopf bis Fuß, als E. mit großen Schritten auf mich zukam. Sie ging an mir vorbei zum Aufzug und blieb in der Nähe des Notausgangs stehen. Ich war ihr wortlos gefolgt. Dann wandte sie sich mir zu und fragte schroff: »Woher wussten Sie, dass ich hier arbeite?«

»Ich habe in Ihrem Büro nachgefragt.«

»Wie Sie sehen, bin ich sehr beschäftigt.«

»Haben Sie nicht irgendetwas, wo ich mit anpacken könnte? Ich habe geschickte Hände.«

Daraufhin brach sie in hysterisches Gelächter aus. Aber es schien sie zu entspannen.

»Für einige Details hatten wir einfach zu wenig Zeit. Das ist das erste Mal, dass wir bis zur letzten Minute arbeiten müssen. Ach, so was, hier ist ja Farbe …«

Sie holte ein einfaches Messer aus ihrer Brusttasche und begann, weiße Farbe von der Fensterscheibe zu kratzen.

»Was möchten Sie essen, Frau Abteilungsleiterin?«, fragte der junge Mann mit dem Basecap durch den Türspalt.

»Für mich den gebratenen Reis, bitte«, antwortete sie, ohne den Kopf zu heben.

»Und …« Der Mann strich sich unbehaglich über den Nacken.

»Ja?« Sie blickte auf.

»Was ist mit Ihrer Begleitung?«

»Danke, ich habe schon gegessen«, antwortete ich.

Der junge Mann warf einen bedeutungsschweren Blick auf sie, den sie mit einem neutralen Lächeln erwiderte. Als er wieder hinter der Glastür verschwunden war, setzte sie ihre Arbeit an der Fensterscheibe fort. Zwischendurch richtete sie sich auf und sagte: »Gehen Sie schon mal in Ihr Atelier. Ich komme dann nach.«

Der Schweiß perlte ihr von der Stirn und ihre Stimme war süß wie ein Dragee.

Mir war klar, dass sie das nicht ernst meinte.

Trotzdem drehte ich mich um, überließ sie ihrer Arbeit und stieg in den Aufzug. Ich passierte den Eingang, wo ein älterer Pförtner in einem starken Dialekt telefonierte, und ging hinaus auf die Straße, durch die der kühle Nachtwind wehte. Als die Ampel auf Grün schaltete, steuerte ich auf das gegenüberliegende Bankgebäude zu, in dem das Licht schon ausgeschaltet war, und setzte mich dort auf die Treppe.

Nach einer Weile fuhr ein Motorrad vom China-Imbiss mit silbernem Lieferkasten vor. Nach rund einer Stunde betraten zwei Männer mit zwei großen Kartons auf dem Rücken das Gebäude, das war sicherlich für die Beleuchtung. Nach kurzer Zeit kamen sie mit leeren Händen zurück. Dann, es war inzwischen nach dreiundzwanzig Uhr, kam der Mann vom China-Imbiss das Geschirr abholen. Schließlich verließ auch der junge Mann mit dem Basecap und einem großen Rucksack das Gebäude, gefolgt von den Malern, die sich umgezogen hatten. Es war gegen eins. Man verabschiedete sich, die einen gingen zum Parkplatz, andere nahmen ein Taxi. E. war bisher nicht dabei gewesen.

Ich wartete ab, dass im Büro im siebten Stock das Licht ausging. Aber alle Fenster blieben auch nach zehn Minuten hell erleuchtet. Ich überquerte die Straße und betrat das Gebäude erneut. Der Pförtner hielt mich sicherlich für jemanden vom Team der Innenarchitekten, denn statt mich anzuhalten, nickte er mir nur kurz zu.

ERSCHÖPFUNG

In ungefähr zehn Stunden würde man in diesem Raum Schreibtische, Stühle, Aktenschränke, einen Trinkwasserspender und Getränkeautomaten aufgestellt haben. In spätestens dreißig Stunden würden die ersten Anrufe und der Besucheransturm gekommen sein. Überall würden die verschiedensten Männer- und Frauenstimmen zu hören sein. Das Geräusch von Schuhen, Tastaturgeklapper, quietschende, papierspeiende Drucker, brummende Kopierer – all das würde sich zu einem typischen Bürolärm vermischt haben.

Um diese Zeit war das Büro noch völlig leer. Decke, Wände, Glastüren und die Fenster mit den heruntergelassenen hellblauen Jalousien waren makellos sauber. Die Stille war so absolut wie unter dem Meeresspiegel.

Ich ging zuerst zum Büro des Chefs. Von E. keine Spur. Die Lichtverhältnisse hatten sich deutlich verbessert: Die silberne Hängelampe in Form eines langgestreckten Vierecks mit abgerundeten Ecken harmonierte gut mit der Deckenbeleuchtung, obwohl alles in letzter Minute zusammengestellt worden war. In einer quadratischen Vertiefung in der Wand, auf die der Blick beim Betreten des Raumes zuerst fiel, waren zusätzliche Beleuchtungselemente installiert worden. In einem Globus aus Kristall, der eine Spezialanfertigung zu sein schien, brach sich das Licht. Ich fand den Geschmack des Chefs ein wenig platt.

Im Konferenzraum, dessen Tür halb geöffnet war, saß E., vor sich einen leeren Bildschirm. Sie hielt die Augen geschlossen und drückte sich mit einer Hand an die Schläfe, als würde sie Akupressur machen. Sie sah aus wie jemand, der sich ein langweiliges Briefing anhören musste.

Ich setzte mich auf den Stuhl ihr gegenüber. Zwischen uns stand ein langer, rechteckiger Tisch aus Walnussholz.

»Alles geschafft?«

»Ja, alles erledigt«, antwortete sie mit geschlossenen Augen, als hätte sie mich erwartet.

»Sie sehen erschöpft aus.«

Sie öffnete die Augen. Unter ihren eingesunkenen Augen lagen tiefe Schatten.

»Ich habe ein paar Nächte durchgemacht.« Sie klang heiser. »Ehrlich gesagt traue ich mich nicht, zu fahren. Ich bin so müde, dass ich kaum die Augen offenhalten kann. Deswegen bin ich noch ein wenig hier sitzen geblieben.« Ihr Lächeln wirkte gereizt. »Sie sehen auch ziemlich müde aus. Wie jemand, der lange krank war.«

»Ich wollte mich ein bisschen ausruhen und habe deswegen fast nur in meinem Atelier gehockt«, antwortete ich. »Ich musste über etwas nachdenken. Heute Abend bin ich zum ersten Mal wieder rausgegangen.«

Sie nickte, als würde sie das nicht besonders interessieren. »Warum sind Sie dann ausgerechnet zu mir gekommen?«

»Ich habe Sie vermisst.«

Sie zeigte ihr kühles Lächeln. »Das nehme ich Ihnen nicht ab.«

»Es ist mein Ernst«, konnte ich nur erwidern. »Wenn Sie möchten, fahre ich Sie nach Hause.«

»Haben Sie denn einen Führerschein? Das hätte ich nicht gedacht.«

»Klasse eins. Ich bin beim Militär Panzer gefahren.«

Sie lächelte wie über einen guten Witz, ihr müdes Gesicht jedoch ähnelte der weißen zerbrechlichen Maske, die in meinem Atelier jetzt im Dunkeln stand.

Ihre Wohnung hatte sich in den letzten Monaten nicht verändert: Die Einbaumöbel und kleinen Gegenstände waren perfekt arrangiert, wie für die Titelseite eines Hochglanzmagazins. Der einzige unordentliche Raum war ihr Arbeitszimmer hinter dem Raumteiler. Statt des Modells des Einfamilienhauses waren in dem Raum lauter Miniaturen, die zu einem Café zu gehören schienen.

Seit wir uns ins Auto gesetzt hatten, hatte E. mich kein einziges Mal angesprochen. In ihrer Wohnung bot sie mir nicht einmal einen Stuhl an, stattdessen verschwand sie wortlos ins Bad, duschte sich und kam in ihrem cremefarbenen Bademantel wieder. Dann löschte sie das Licht, zog den Bademantel aus, legte ihn zusammengelegt auf den Nachttisch und ging nackt schlafen.

Ich fühlte mich wie auf Besuch bei einer alten Geliebten. Erst einmal suchte ich im Kühlschrank nach etwas zu trinken. Er war fast leer, ein Liter Milch fand sich im Türfach, im Gemüsefach ein Sixpack Budweiser, in einem anderen Fach lagen ein paar Konserven. Butter und Marmelade gab es auch, nur so etwas wie Brot konnte ich nirgends entdecken.

Ich trank die Milch und holte mir ein kaltes Bier. Bis der Morgen dämmerte, hockte ich mit dem Bier in der Hand in der Dunkelheit und beobachtete E., wie sie, auf dem Bauch liegend, schlief.

Sie schlief sehr tief, nur ab und zu hörte ich so etwas wie ein Stöhnen. Jedes Mal hatte ich dann das Bedürfnis, mich neben sie zu legen, ihre wirren Haare zurückzustreifen und ihr Gesicht, das so tief in das Kissen eingesunken war, dass sie darin zu ersticken schien, zu mir zu drehen.

Ich hatte E. tatsächlich vermisst. Seit L. mich zum Abschied mit ihrem friedvollen Lächeln angesehen hatte, nahm die Frage nach dem »Warum« in mir mehr und mehr Raum ein. Vor dieser erstickend stillen Frage hatte ich Angst. Seitdem ich diese Frage in mir trug, wurde mir E. überraschenderweise immer vertrauter.

Ich hatte sie wiedersehen müssen. Ich musste wieder den Brechreiz und die Leere fühlen, die ich bei ihrem Anblick verspürt hatte. Ich wollte die Enttäuschung wittern, die mich so abstieß. Meine Gefühle für E. waren zwiespältig, da ich so etwas wie Zuneigung für sie empfand, aber auch das Gegenteil.

Völlig unverständlich war mir jedoch die Tatsache, dass etwas Bitteres an den Enden der beiden gegensätzlichen Gefühle eingesickert war und dass es Mitleid ähnelte. Zu meinem Erstaunen fühlte es sich an, als würde man mir ein Stück meines Herzens herausschneiden. Von diesem traurigen Sehnen nach ihr, diesem stillen Verlangen, konnte ich mich nicht losreißen, weil es beharrlicher als Begierde war. Ich konnte mich darin selbst nicht verstehen, gab es doch keinen Grund, für eine Frau wie sie so etwas zu empfinden.

Als langsam der Morgen dämmerte, legte ich mich schräg

auf die Leinendecke. Der Wecker auf dem Nachttisch klingelte. Ich streckte den Arm aus und schaltete ihn ab.

In diesem Moment hob sie ihren Kopf und sah mich aus weit geöffneten, klaren Augen an.

»Schlafen Sie weiter«, flüsterte ich.

»Hm, ich muss heute nicht zur Arbeit. Ich bin frei.« Aus ihrem Mund mit den rauen Lippen strömte mir ein süßlicher Geruch entgegen. Dann streckte sie ihre kalte Hand zu mir herüber und ließ sie unter mein Hemd gleiten.

Am frühen Nachmittag schließlich, so gegen zwei, stand sie endlich auf.

»Wollen Sie etwas trinken?«, fragte ich sie über den Raumteiler hinweg. Ich hatte mich bis dahin mit einer Dose Pfirsiche, einer Dose Ananas und irgendeinem Instant-Kaffee über Wasser gehalten und war gerade dabei, meine zweite Tasse Kräutertee zu trinken.

»Ja, bitte einen schwarzen Tee.«

Ich brühte eine Tasse Lipton auf. Strahlender Sonnenschein lag über ihrem weißen Bett und beschien ihre strubbeligen braunen Haare und ihr leicht aufgedunsenes weißes Gesicht. Sie rieb sich die Augen und langte nach dem Wecker auf dem Nachttisch.

»Haben Sie noch keinen Hunger?«

Die Frage klang, als wäre sie an die Uhr gerichtet, da sie mich dabei nicht ansah.

HÜLLE UND SCHALE

Am Abend kam ein ziemlich starker Wind auf, der angenehm feucht auf der Haut prickelte. Für die kommende Nacht und den folgenden Tag kündigte sich starker Regen an. Die Frühlingstage fühlten sich wie überreife Früchte an. Nach dem starken Regen würden sie herunterfallen, all ihre klebrige Süße in die Erde fließen lassen und schließlich langsam verfaulen.

In dieser ungewöhnlichen Frühlingsnacht wehte süßlicher Wind durch das kleine Kippfenster in meinem Atelier.

»Wie sieht das aus?«, fragte E., den Wind im Haar, nachdem sie die von mir blau angemalte Gipsmaske aufgesetzt hatte.

»Steht Ihnen gut.«

Lachend setzte sie die Maske wieder ab. Ihr hellblaues Kostüm und die bläulich schimmernden Perlenohrringe passten wirklich gut zu der Maske.

»Aber eigentlich gefällt mir die hier am besten.« Sie griff nach der Maske, aus der ich mit bunten Bildern aus verschiedenen Zeitschriften eine Collage gemacht hatte. Längs der Nase zogen sich die schlanken Beine eines Models bis zur linken Seite des Kinns hinunter.

»Sieht aus wie von einem Schamanen«, kommentierte sie die Maske mit den rot gefärbten Federn auf der Stirn. »Darin sehe ich aus wie ein Zauberer aus Lateinamerika, finden Sie nicht?«, fügte sie fröhlich hinzu.

Zum Schluss fiel ihr Blick auf den weißen, dünnen Abguss, den ich nicht weiter bearbeitet hatte. Sie nahm die Maske in ihre Hände und sah sie lange und intensiv an.

»Die gehört Ihnen«, sagte ich leise.

»Seltsam«, murmelte sie und legte sie zurück auf den Tisch, ohne sie aufgesetzt zu haben.

»Was finden Sie seltsam?«, fragte ich gespannt.

»Na ja …« Sie stand auf und ging mit großen Schritten auf das Kippfenster zu. »Sieht nach Regen aus, oder?«, wich sie mir mit falscher Heiterkeit aus.

Sie hatte mir den Rücken zugewandt, ihre Hände konnte ich nicht sehen.

»Was ist das?« Sie drehte sich um und zeigte auf die Negativschale der Schauspielerin, die J. auf der Bühne benutzt und zurückgebracht hatte. »Sie hat etwas Unheimliches an sich.«

Sie zog die Schultern hoch, als würde sie frösteln. Mit wenigen Worten hatte ich ihr erläutert, auf welche Art sich diese Schale nach Jahren hatte nützlich machen können.

»Ach so.« Sie nickte. »Das ist also eine Negativschale.« Plötzlich sprach sie lauter: »Manchmal muss ich an die Arbeiten denken, die Sie aus dem Abstellraum geholt haben, als ich das letzte Mal bei Ihnen war. All diese zerrissenen Hüllen …« Sie unterbrach sich abrupt. »Entschuldigen Sie.«

»Aber wofür denn?«, entgegnete ich lachend. »Ich nenne sie auch nicht anders.«

»Bei mir war es nur das Gesicht, aber die anderen Frauen mussten sich ja komplett ausziehen.«

»So ist es.«

»Bei mir brannte nur das Gesicht wie Feuer, aber diese Frauen mussten das am ganzen Körper ertragen«, murmelte sie wie zu sich selbst und streichelte sanft die Negativschale der Schauspielerin. »Wie sich das wohl anfühlt?«

Ich fasste die Gelegenheit beim Schopf, um ihr mehr davon zu erzählen: »Eine der Frauen hat es mir beschrieben.«

Ihre Blicke schienen mich zu durchbohren.

»Es fühle sich an, als würde die Schale abgezogen.«

Ich musste an ihre glatten Beine denken, die ich nur wenige Stunden zuvor in ihrer Wohnung gesehen hatte. Die blitzten jetzt aus dem Schlitz ihres langen blauen Rockes hervor. Und an ihre Scham, die trocken gewesen war wie bei unserem ersten Mal. Ich hatte mich schweigend von ihr gelöst und mit einem fingernagelgroßen Stuhl aus Ton gespielt, den ich aus ihrem Zwergenland gegriffen hatte.

»Was ist?«, hatte sie keuchend gefragt. Ich hatte nur auf ihr blasses Gesicht und ihren zartlila Mund gestarrt, der bis gerade noch erregt gestöhnt hatte.

»Ich habe Hunger«, hatte ich geantwortet.

Sie hatte ein hohles Lachen hören lassen und dann geantwortet: »Hier ganz in der Nähe gibt es ein Lokal, in dem man köstliche Suppe mit selbstgemachten Nudeln bekommt.«

Wir hatten uns angezogen und waren essen gegangen. Die blanken braunen Tische waren durch Raumteiler in der gleichen Farbe voneinander abgetrennt. Das einheitlich gekleidete Personal war übertrieben höflich. Zufällig war nur ein Zweiertisch frei, an dem man nebeneinandersitzen musste. Während wir die Udon aßen, war eine unwiderstehliche Lust über mich gekommen, sie zu küssen. Wie sie die Suppe schlürfte, die Udon kaute und ab und zu von einer Scheibe eingelegten Rettichs abbiss – diese Geräusche waren unheimlich aufreizend gewesen. All das war echt, und ich war dem völlig ausgeliefert.

»Das ist das erste Mal, dass ich mit Udon im Mund küsse«, hatte sie gescherzt. Ich hatte gleich noch einmal von ihren Lippen gekostet, auf denen die Suppe wie Lipgloss geglänzt hatte. Auf meiner Zunge war ein süßlich salziger Geschmack zurückgeblieben. Wortlos hatte sie mich mit ihren ausdruckslosen, unergründlichen Augen angesehen.

»Die Schale?«, fragte E. lächelnd zurück. »Erinnern Sie sich vielleicht an das, was Sie früher in der Schule über den Unterschied zwischen einer Schale und einer Hülle gelernt haben?«

»Na ja …« Ich schüttelte verständnislos den Kopf. »Allein der Klang ist ja schon völlig unterschiedlich.«

»Die Hülle ist eher etwas Hartes, wie bei Muscheln, Krebsen oder Schildkröten. Eine Schale hingegen ist mit dem, was sie umgibt, unmittelbar verbunden, so wie bei den Äpfeln, den Birnen, Katzen, Hunden und … Menschen.«

Verstohlen blickte sie auf ihr weißes Gipsgesicht, das immer noch auf dem Tisch lag. Plötzlich erkannte ich vage, dass dieses harte Ding nur eine Hülle war, dass die Schale über ihrem Gesicht jedoch unberührt geblieben war.

»Soll ich die Tür schließen?«, fragte ich, als ein feuchter Windstoß hereinwehte.

»Lassen Sie nur, das ist ganz angenehm.«

Ihre braunen Haare bewegten sich sanft.

HÄUTUNG

Sie blieb in ihrem Kostüm, bis ich den Gips fertiggerührt hatte.

»Beeilen Sie sich bitte etwas«, sagte ich. »Bevor der Gips antrocknet.«

Ich sah zu, wie sie ein Kleidungsstück nach dem anderen ablegte. Sie trug ein beigefarbenes, einfaches Unterkleid ohne jegliche Spitze. Darunter kamen dunkelbraune Dessous zum Vorschein. Am Bauch hatte sie nicht ein Gramm Fett, Hüften und Gesäß waren rund. Schließlich zog sie BH und Slip aus und ließ damit ihren kleinen Busen und den Schamhügel zum Vorschein kommen.

»Darf ich anfangen?«

E. gluckste ein Ja.

Ich begann mit den Füßen. Da ich die Arbeit allein

machte, wollte ich unten beginnen und erst am Schluss den Abdruck vom Oberkörper nehmen. Während ich den rundlichen Fußrücken mit Gips bestrich, blieb sie reglos sitzen – wie damals, als ich den Abdruck von ihrem Gesicht genommen hatte. Ich arbeitete mich über die glatten Waden, über die Knie, bis zu den Oberschenkeln vor. Von allen Modellen, mit denen ich je gearbeitet hatte, beherrschte sie sich am meisten. Es erstaunte mich, wie gelassen sie war und überhaupt keine Scham oder Abwehr zu empfinden schien. Sie war auch die Einzige, die nicht darauf bestand, ihren Schoß mit den eigenen Händen einzuschmieren. Als ich bei ihrer Taille angelangt war und der Bauchnabel unter dem Gips verschwand, sah ich mir ihr Gesicht an: Abgesehen von den leicht geröteten Wangen war kein großer Unterschied zu ihrem gewöhnlichen Gesichtsausdruck zu bemerken.

»Wie fühlen Sie sich?«

»Es ist heiß.«

»Können Sie es noch ertragen?«

»Nein.«

Sie sah mich an und wir mussten beide grinsen.

Es war nicht notwendig, den Abdruck des Unterkörpers abzunehmen, bevor ich den übrigen Körper bestrich. Sie war so dünn und zudem dermaßen erstaunlich kooperativ, dass sich die Arbeit nicht im Mindesten verzögerte. Also setzte ich meine Arbeit oberhalb der Taille fort. Bis auch der weiche Busen, die Schlüsselbeine, die Achseln und schmalen Handgelenke mit Gips bedeckt waren, wirkte sie sehr friedlich. Am rechten Handgelenk angelangt, bat ich sie: »Bitte öffnen Sie Ihre Faust.«

Die Faust blieb verschlossen, als hätte sie mich nicht gehört.

»Machen Sie Ihre Finger bitte ein wenig locker«, wiederholte ich.

Ohne ihre Faust zu öffnen, reagierte sie schließlich: »Fahren Sie doch einfach mit Ihrer Arbeit fort.«

Ich bestrich die Faust mit Gips. Sie hielt sie fest verschlossen. Die Hand zitterte dadurch leicht.

»Was für eine starke Faust«, bemerkte ich. »Wie die einer Boxerin.«

»Wirklich? Das ist ja verrückt«, erwiderte sie mit zittriger Stimme. »Als Kind wollte ich immer Boxer werden. Das ist kein Scherz.« Sie lachte.

Um den linken Arm zu bestreichen, setzte ich an der Achselhöhle an. Beim Handgelenk stieß ich wieder auf eine fest verschlossene Faust. Die Fingerknöchel leuchteten weiß, der Handgelenkknochen trat als Kugel hervor und auf dem Handrücken krümmten sich dicke, blaue Adern. Immer noch diese nur schwer gebändigte Kraft in einem zitternden Griff.

»Aber diese Hand können Sie doch öffnen. Ich finde, das wär besser als zwei geballte Fäuste.«

»Es hindert Sie nicht an der Arbeit, oder?«, sagte sie bissig und schon leicht gereizt.

Das war der Ton, den fast alle Modelle irgendwann beim Herstellen der Abdrücke angeschlagen hatten. Wollte ich sie beschwichtigen, musste ich es mit Humor versuchen.

»Was halten Sie denn versteckt, hm? Eine Handlinie, die auf ein außergewöhnliches Schicksal hindeutet?«

Sie lachte nicht. Ich versuchte, ihre linke Faust zu öffnen, indem ich den Daumen zurückbog. Sie hielt mit ganzer Kraft dagegen.

»Was erlauben Sie sich!«, schrie sie plötzlich.

»Ich möchte Ihre Faust öffnen.«

»Ich sagte doch, dass Sie mit Ihrer Arbeit fortfahren sollen!«

In diesem Moment begannen ihre Augen gefährlich zu

leuchten. Als ich den Daumen, den ich mit Kraft zurückgebogen hatte, mit Gips bestrich, schrak ihre Hand sichtbar auf. Als ich mit dem Zeigefinger genauso verfahren wollte, ging ein Ruck durch ihren Oberkörper.

»Es ist noch nicht trocken. Sie dürfen sich nicht bewegen!«

»Ich hatte doch gesagt, dass du das lassen sollst!«, brüllte sie. Dann blickte sie an ihrem in Gips begrabenen Körper herunter. »Ich will hier raus!«

»Haben Sie noch etwas Geduld.«

»Ich fasse es nicht. Wo hatte ich meinen Verstand? Ich will hier raus. Hol mich sofort hier raus!«

Ich wusste nicht, wie ich reagieren sollte.

Sie bewegte ihren Oberkörper in dem nur halb angetrockneten Gips heftig hin und her. Bei jeder Bewegung entstanden neue Risse in der weißen Oberfläche.

»Halten Sie bitte nur noch für einen kurzen Moment aus!«

»Du bist doch völlig durchgeknallt. Für wen soll ich das hier aushalten?«

Ihr wildes Geschrei zerriss die nächtliche Stille. Mit einer völlig fremden Stimme und verzerrtem Gesicht, wie ich es noch nie bei ihr gesehen hatte, beschimpfte sie mich. »Hol mich hier raus, verdammt … Du Mistkerl! Nun mach schon, dass ich hier rauskomme! Bist du taub, oder was?«

Sie versuchte, Arme und Beine zu bewegen, doch unter der bereits getrockneten Gipsschicht an den Beinen hatte sie keine Chance. Ich wollte gerade versuchen, sie zu beschwichtigen, und um einen letzten Funken Geduld bitten, als ich sah, dass Schaum auf ihren verzerrten Lippen war. Von ihren Augen sah ich nur das Weiße.

»B-beruhige dich«, stotterte ich. »Komm zu dir!« Ich schlug ihr mit der Hand kräftig auf die Wangen, bis ihre

Pupillen wieder zu sehen waren. »Warte. Bleib ruhig. Ich hole dich raus ... Bleib ruhig.« Mit zitternden Händen begann ich zu meißeln. »Wenn du dich bewegst, verletze ich dich. Halt bitte still.«

Von meiner Stirn tropfte der Schweiß. Ich begann den Gips entlang der Abrisslinie in der Reihenfolge abzunehmen, wie ich ihn aufgetragen hatte: erst die Füße, dann die Waden, die Knie, die Oberschenkel.

»Das presst mir den Hintern zusammen ... Ich werde noch verrückt vor Hitze!«

Als ich den Gipsabdruck vorsichtig von ihrem Schoß abnahm, schrie sie schrill auf.

»Du Mistkerl, Widerling, Dreckskerl!« Sie riss mir mit ihrer linken Hand das Stück Gips, aus dem sich Haare kräuselten, aus der Hand und warf es weit von sich. Es zerfiel in tausend Stücke, eine weiße Staubwolke stieg auf.

Ich befreite den Bauch, den Busen und schließlich die Schlüsselbeine. Unter jeder Hülle, die ich abnahm, kam schweißglänzende Haut zum Vorschein. Nachdem ich den Gips vom rechten Arm mit einem langen Schnitt abgenommen hatte, blieb nur noch die rechte Faust übrig, die filigrane Handarbeit verlangte. Meine Arbeitskleidung war völlig mit Schweiß durchtränkt. Er lief mir über die Stirn und brannte in den Augen. Und sie hörte nicht auf, mich mit den wildesten, unflätigsten Beschimpfungen zu versehen.

Als ich den Gips von der Faust abnahm, tropfte purpurrotes Blut auf den Boden. Obwohl ich mit maximaler Vorsicht gearbeitet hatte, war die Haut durch mein hektisches Meißeln verletzt worden. Als sie das Blut sah, zögerte sie keine Sekunde und schlug mir mit der Faust ins Gesicht.

Es war zwar eine Frauenhand, doch der Schlag kam unvermutet und mit voller Wucht. Ich fiel nach hinten auf den Boden. Und sie stand da, mit einem immer noch eingegipsten linken Arm und schweißglänzendem Oberkörper.

»Komm schon. Steh auf«, schnaufte sie erbarmungslos. Ich stand auf. Meine Unterlippe war taub und schien anzuschwellen.

»Nimm den Rest auch noch ab.«

Ich schnitt den Gips an ihrem linken Arm, den sie mir entgegenhielt, in acht Teile. Durch das wilde Herumfuchteln hatte er schon zahllose Risse. Die Arbeit ging dennoch zäh vorwärts und benötigte äußerste Konzentration. Nachdem ich das letzte Stück Gips vom Daumen abgenommen hatte, warf sie sich bäuchlings auf den Boden und schlang die Arme um ihren Kopf. Gekrümmt wie ein Embryo lag sie da, umkränzt von ihren langen, braunen Haaren.

Völlig abgekämpft fasste ich mit zitternden Fingern an meine geschwollene Unterlippe. Mein Atelier war ein einziges Schlachtfeld. Einiges war völlig zerlegt, anderes war im Fragment erhalten geblieben. Die Abdrücke von Füßen, Waden, Bauch und Busen lagen wirr verstreut.

Ich holte tief Luft. Der Betonfußboden, auf dem ihr nackter Körper lag, war sicherlich sehr kalt. Mir fehlte jedoch der Mut, sie aufzuheben. Über ihrem nackten Körper lag eine unheimliche Stille. Ich war todmüde.

Schließlich kniete ich mich neben sie auf den Boden.

»Warum hast du das getan?«, fragte ich. »Warum bloß?« Ich streckte meine zitternde Hand aus und strich über ihr Haar. Dann nahm ich sie in meine Arme und hob sie hoch. Schwer lag die Entkräftete in meinen Armen. Ich schleppte sie auf das Bett, küsste sie auf ihre mit Gips weiß gepuderten Lippen und leckte ihren glänzenden Nacken. Als die Müdigkeit mich zu überwältigen drohte, legte ich mich zu ihr.

Wann hatte es zu regnen begonnen? Der Regen fiel in dicken Schnüren senkrecht durch die schwarze Stille der Nacht. Für die Jahreszeit war es ein unerwartet heftiger Regenguss, als wollte er den Hof überschwemmen und über die Treppe ins Atelier hereinströmen. Nein, der Regen war vielleicht gar nicht so heftig. Es klang in dieser sonderbar stillen Nacht nur so laut.

Sonderbarer Regen. Sonderbare Frau. Sonderbare Nacht. Mir schien, als hätte ich schon sehr lange neben dieser Frau gelegen. Seit meiner Geburt, nein, schon davor. Und bis in alle Ewigkeit. Es war kein Entkommen möglich.

»Weißt du, was mein größter Wunsch ist?« Ich hielt meinen Handrücken ins Licht der Leuchtstofflampe.

»Nein. Was denn?«

Wider Erwarten war sie weder bewusstlos noch eingeschlafen. Ihre Stimme war so tief, wie ich sie noch nie gehört hatte.

»Ich möchte den Abdruck von einer Frau nehmen, die größer ist als ich. Dann lege ich mich in die Negativschale und sterbe. Auf diese Weise kann ich für immer mit ihr zusammen sein.«

»Das könnte schwierig werden. Aber ganz unmöglich ist es nicht.«

Vielleicht lag es am starken Regen, dass ihre Stimme völlig verändert klang. Stimme, Ton und Akzent, alles schien einer ganz anderen Person zu gehören.

»Ich habe es mir gerade überlegt ...«, flüsterte ich. »Ich werde meinen Sarg aus deinem Körper machen.«

»Wie das? Ich bin nicht größer als du.«

»Ich muss mich nur ein wenig zusammenkauern.«

Ich küsste ihre fühllosen Lippen. Bis ich meine Lippen von ihren löste, lag sie mit offenen Augen da und rührte sich nicht. Tief atmete ich den Geruch ein, der von ihr ausging, der Geruch nach Gips, Schweiß, zarter Bodylotion und Blut. Ich streichelte still und traurig ihr schmales Kinn. Sie glich einem glitschigen Fisch, der in meiner Hand zappelte, mit einer kraftvollen Bewegung in die Luft sprang und dann in den unergründlichen Tiefen verschwand.

Plötzlich begann sie zu lachen. Es war ein merkwürdig tiefes, trauriges Lachen, wie von einer dieser alten Bardamen. »Du bist wirklich erbärmlich … Ich wusste von Anfang an, dass du ein erbärmlicher kleiner Junge bist.« Sie kicherte ins Leere. »Aber deine Augen haben mir so gut gefallen.«

Diese Worte kannte ich schon.

»Weil darin keinerlei Moral zu sehen war?«

»Nein, nicht nur das. Sie sind leer. Völlig hohl.« Sie kicherte weiter und wischte sich über die Augen, als würde sie Tränen lachen.

»Ich weiß, was du willst«, belehrte sie mich mit einer Stimme, die wieder den kindlichen Beiklang hatte, der mir schon einmal aufgefallen war. Dieser Gegensatz ließ mich frösteln. »Seit meinem neunzehnten Lebensjahr habe ich es niemandem gezeigt … Aber weil du so ein erbärmlicher kleiner Junge bist …«

Sie richtete sich auf, streckte ihre beiden Hände aus und hielt sie mir vors Gesicht.

»Bitte, sieh genau hin.« Das Lachen war verschwunden. »Da hast du, was du wolltest.«

Im Liegen nahm ich ihre Hände in meine. Wieder fing sie an, wie irre zu kichern.

Es war das erste Mal, dass ich ihre Hand auf diese Weise berührte und aus der Nähe betrachtete. Bisher hatten wir uns nur die Hände geschüttelt. Das war schon sehr merkwürdig, vor allem wenn man bedachte, wie lange ich mich bereits für Hände interessierte und dass ich bei neuen Bekanntschaften eigentlich die Gewohnheit hatte, zuerst das Spiel der Hände zu beobachten.

Mein erster Eindruck war, dass ihre Hände sehr kalt waren. Und sie waren nicht besonders schön. Darin passten sie überhaupt nicht zu ihrem Gesicht. Taumelnd richtete ich mich auf und starrte mit gerunzelter Stirn auf ihre Hände. Ihre kalten Hände … Was wollten mir diese Hände sagen, jetzt, wo ich sie zum ersten Mal betrachtete?

WAS DU WILLST

»Man merkt es nicht sofort. Du musst genau hinschauen. Siehst du das nicht? Siehst du wirklich nichts? Na so was … Wenn du dich konzentrierst, kannst du es sicher erkennen. Ach, vergiss es. Du brauchst gar nicht so entsetzt oder mitleidig dreinzuschauen, du bist nicht der erste Mensch, dem ich das zeige. Ich kann mir aber vorstellen, wie dreckig du dich jetzt fühlen musst.

Meinen ersten Freund hatte ich mit vierzehn. Dann habe ich alle paar Monate gewechselt. Trotzdem nahm ich jede Beziehung ernst. Ist das nicht lächerlich? Sobald die Jungen aber das hier gesehen hatten, wandten sie sich immer von mir ab, manche auf eine subtile Art, manche aber auch direkt. Selbst Jungen, von denen ich das nie gedacht hätte, waren völlig verändert.

Sie sagten, sie hätten genug von meinem Komplex. Widersprach ich, erklärten sie, dass ich doch selbst gesagt hätte, seit meiner Kindheit unter diesem Finger gelitten zu haben. Dabei wussten sie davon erst, seit ich es ihnen erzählt hatte. Und behaupteten nun, von meinem Komplex genug zu haben. Dass ich überempfindlich reagierte, wäre doch der klarste Beweis für einen Komplex. So und ähnlich lief es immer. Und das waren noch die harmlosen Varianten.

Mit sechzehn war ich mit dem älteren Bruder einer meiner Freundinnen zusammen. Er war damals Student und der erste Mann, dem ich mich hingab. Als wir bei ihm einmal gemeinsam kochten und ich auf einem Brett etwas schnitt, zeigte ich ihm meinen Finger. Ich hatte dann den Eindruck, dass er im geschnittenen Fleisch nervös nach meinem sechsten Finger suchte, als hätte ich den Finger, der gar nicht mehr existierte, mit hineingeschnippelt.

Allmählich kam ich zu der Erkenntnis, dass so etwas wie die Wahrheit oder ein Geständnis nicht angebracht ist. So etwas wird immer ausgenutzt, selbst von lieben Menschen. Irgendwann kommt immer der Moment, in dem sie verärgert sind oder mich kränken wollen … Wie hieß noch mal das Buch von William Somerset Maugham? Das ist so ein Roman, in dem die Hauptfigur eine Behinderung am Bein hat. So ähnlich ist das bei mir auch. Jedes Mal, wenn ich mit dem Gedanken spielte, mich von dem jeweiligen Freund zu trennen, weil er sich mir gegenüber so verändert hatte, fiel nach einem Streit der Satz: ›Sechsfingerchen. Ich wollte sowieso mit dir Schluss machen. Es war widerwärtig, deine Hand anzufassen.‹

Alle glauben, dass ich aus Seoul bin. Das ist mir nur recht, inzwischen behaupte ich es von vornherein. In Wirklichkeit komme ich vom Land. Ich bin in einem dieser kleinen Dörfer aufgewachsen, die hier kein Mensch kennt. In meinem Dorf brauchte ich keinen Namen, alle wussten, wer mit Sechsfingerchen gemeint war. Fiel dann doch einmal mein Name, wusste niemand etwas damit anzufangen.

Ja, ich komme vom Land. Ich habe nie rosa Mädchenschlüpfer getragen, meine Haare waren immer fettig und unter den elf Fingernägeln war schwarzer Dreck. Damals hatte ich zwei Träume: meinen überflüssigen Finger abschneiden lassen und Boxer werden. Meine Faust sollte alle treffen, die mich gepeinigt hatten: die Kinder, die mich gehänselt und geschlagen hatten, die erbarmungslos mich mit ihren Blicken durchbohrenden Erwachsenen … Meine Finger wollte ich in einem weich gepolsterten, roten Boxhandschuh verstecken, meine Zähne wollte ich in einen Beißschutz schlagen und diesen nach dem Kampf blutig ausspucken. Im dunklen Zimmer habe ich bis zur Erschöpfung in mein Kopfkissen geboxt.

Meinen Eltern gehörte der Metzgerladen in der Dorfmitte. Nach jedem Rindermarkt wurden riesige rote Fleischstücke angeliefert. Mein Vater war in seiner blutverschmierten Kleidung den ganzen Tag damit beschäftigt, das Fleisch zu zerteilen. An allen Gegenständen in unserem Haus haftete verfärbtes Blut: an Türklinken, am Fernseher, an den Bettdecken und selbst an den zerknitterten Geldscheinen, die mir meine Mutter für meine Schulhefte gab.

Kurz bevor ich in die fünfte Klasse kam, hatten wir so viel Geld angespart, dass die Familie nach Incheon umziehen konnte. In den Winterferien ließ mir meine Mutter den sechsten Finger abnehmen. Es war eine grausige Operation. In den darauffolgenden zwei Monaten musste ich einen Verband tragen. Nachdem man ihn entfernt hatte, war noch lange die Narbe zu sehen.

Als ich aber im März die Schule wechselte, war ich ein völlig normales Kind mit fünf Fingern. Es war unglaublich. Vielleicht hätte ein sehr aufmerksamer Erwachsener die Narbe deuten können. Doch die Kinder konnten sich nicht vorstellen, dass es Menschen mit sechs Fingern überhaupt gab. Für sie stammte die Narbe von irgendeiner Verletzung.

Ich war aber von klein auf daran gewöhnt, meine linke Hand zu verbergen. Mit der Narbe war das ein Kinderspiel. Trotzdem verfolgte mich hartnäckig die Angst. Sobald ich seit der Pubertät jemanden kennenlernte, der zu meiner Heimat in irgendeiner Beziehung stand, rutschte mir das Herz in die Hose. Vielleicht wäre es mir in diesem gottverlassenen kleinen Nest, in dem mich jeder kannte, besser gegangen. Jetzt, da mir so ein perfekter Neuanfang in Incheon gelungen war, konnte ich mir nicht auch nur den kleinsten Fehler leisten.

Über einen langen Zeitraum habe ich mein Umfeld aufmerksam beobachtet. Mir wurde klar, dass viel verdeckt werden kann, solange Gesicht und Kleidung in den Bann ziehen. Dann bleibt nicht einmal der Körperbau des Menschen in Erinnerung.

Mein Grundsatz wurde demzufolge: immer Licht im Gesicht haben. Immer selbstbewusst, klar und deutlich auftreten, um nicht den Eindruck zu erwecken, es gäbe etwas zu verbergen. Am wichtigsten war natürlich, immer fröhlich zu wirken. Überzeugend, sympathisch und anziehend.

Auf diese Weise schuf ich mir ein Gesicht, das sich von meinem alten völlig unterschied. Plötzlich hatte ich viele Freunde. Noch auf der Mittelschule, bevor sich meine Brüste entwickelten, erhielt ich Liebesbriefe. Ich hatte mich an das neue Leben gewöhnt und war nicht mehr in der Lage, selbst wenn ich es gewollt hätte, mein zaghaftes, nervöses Gesicht von früher aufzusetzen. Dieses Gesicht war wohl sowieso nicht mein echtes Gesicht gewesen. Niemand hat von Geburt an solch einen Ausdruck … Auf jeden Fall wusste ich irgendwann nicht mehr, was für ein Mensch ich wirklich war.

Was so schlimm daran wäre, wenn das mit dem sechsten Finger bekannt werden würde? Du meinst, ich bräuchte nur selbstbewusst aufzutreten? Dann hör mir mal gut zu: In meinem Dorf nannten mich alle nur Sechsfingerchen. Ich brauchte weder einen Rufnamen noch einen Familiennamen. Hätten meine Freunde in Incheon davon erfahren, dann hätten sich hinter meinem Rücken alle ausgetauscht: ›Die kennst du nicht? Na, das Mädchen, das alle nur Sechsfingerchen nennen …‹ Genau so wäre es gekommen.

Aber damals war ich noch naiv. Ich dachte, dass dieser Finger Anfang und Ende meines Daseins bedeutete, mein verborgenes wahres Ich. Dass ich keine Beziehung würde aufrechterhalten können, ohne ein Geständnis zu machen. Wie lächerlich und naiv.

Unglücklicherweise sickerte mein Geheimnis irgendwann bei den Jungen, die es mit ins Grab hatten nehmen wollen, durch. In der zwölften Klasse fragte immer mal wieder jemand nach, was es mit dem Gerücht auf sich habe – so auch mein Klassenlehrer. Jedes Mal stritt ich es vehement ab. ›Wer erzählt denn so absurde Geschichten? Das höre ich zum ersten Mal. Ach, haben Sie das etwa geglaubt? Meinen Sie die Narbe hier? Da habe ich mir die Hand in der Tür eingeklemmt, als ich zwei war. Das musste genäht werden.‹

Als ich zum Studium nach Seoul ging, schwor ich mir, diesen Fehler nie wieder zu machen. Warum ich Innenarchitektur studiert habe? Das kann ich gar nicht so genau sagen. Nachdem der Finger entfernt worden war, musste ich nicht mehr Boxer werden. Außerdem war mir natürlich klargeworden, dass ich es nie geschafft hätte. Vielleicht, weil ich mich nach sauberen Räumen gesehnt habe. Auch in dem großen Fleischerfachgeschäft, das meine Eltern vor einer der Hochhausreihen in Incheon eröffnet hatten, war der Geruch von Blut allgegenwärtig. Und das erinnerte mich an dieses gottverlassene Nest, aus dem wir kamen. Ich hasste die Bettdecke, die immer feucht war, ich hasste die Blutspuren an der Türklinke, ich hasste das Geräusch des Fleischwolfs und den traurigen Schatten unter der rosa Leuchtstofflampe. Stattdessen träumte ich von gemütlichen, duftigen Zimmern, von Wohnzimmern – Räumen, in denen ich bis dahin noch nie gelebt hatte.

Während des Studiums stellte ich mir immer wieder die Frage, ob ich abbrechen sollte, da die Finger bei diesem Beruf leicht im Mittelpunkt stehen. Andererseits wusste ich, dass das Thema nur dann in den Hintergrund rückte, wenn ich etwas tat, das ich gut konnte.

Zum Glück hatte ich Talent. In der Kammer hinter dem Metzgerladen, geschützt vor den Hänseleien der Kinder, hatte ich eine starke Phantasie entwickeln können. Auch dass ich damals unentwegt mit meinen Fäusten in das Kissen geschlagen hatte, kam mir wider Erwarten zugute.

Bis heute habe ich die Angewohnheit, mir in schlaflosen Nächten vorzustellen, dass ich in dem Haus lebe, dessen Räume ich gerade gestalte. Nicht mein innerstes Ich – von dem ich sowieso nicht mehr weiß, wer das wirklich ist –, sondern mein professionelles Ich versetzt sich in Körper, Herz, Beruf und Geschmack meines Klienten und lebt dessen Alltag. Da ich ja gelernt habe, keine Schwäche zu zeigen, fällt mir das leicht. Ich bin erst zufrieden, wenn mein Auftrag zu hundertfünfzig Prozent erfüllt ist. Mein Perfektionismus passt sehr gut zu dieser Art Arbeit.

Während ich als Innenarchitektin Karriere machte, starben meine Eltern. Mein kleiner Bruder, mit dem ich nie viel gemeinsam hatte, übernahm das Geschäft. Der Kontakt mit ihm ist schon lange abgebrochen. Ich habe keine

Schulfreunde. Und ich fahre nie nach Incheon. Wenn ich auf der Straße jemandem von dort begegne – das kam nur ein paarmal vor –, tue ich so, als würde ich ihn nicht kennen. ›Wer? Tut mir leid, aber Sie müssen mich verwechseln.‹

Auf diese Weise sind inzwischen alle Menschen aus meinem Leben verschwunden, die sich an meine Vergangenheit erinnern könnten. Solange ich das Schweigen nicht breche, wird niemand davon erfahren. Niemand kann mich als das Mädchen mit den fettigen Haaren aus dem kleinen Dorf erkennen. Den Namen dieses Mädchens kennt erst recht niemand.

Ich kann mich nicht erinnern, seit wann alles so schrecklich leer ist, seit wann ich mich morgens nach dem Aufwachen im Spiegel nicht mehr erkenne.

Die Leute bezahlen mich dafür, dass ich aus ihren vier Wänden etwas Neues mache. Wie schön das Neue ist! Ich hasse gebrauchte Sachen, Flohmärkte und Recycling-Ware. Die Zeit, die an diesem Zeug viel zu viele Spuren hinterlassen hat, in Form von Erinnerungen, Schmutz, Staub, Kratzern, Narben und Zeichen des Alters … Ich kann das alles nicht ertragen. Neues ist anders. Es ist sauber und schön. Ich mag Dinge, die noch nicht benutzt wurden. Ein Bett oder ein Sofa, die noch in Folie eingepackt sind, Kleidungsstücke mit Preisschild, noch nie gespülte Teller … Ich liebe diesen chemischen Geruch, von dem all diese Dinge durchdrungen sind, ich liebe ihren ebenmäßigen Glanz. Das ist auch einer der Hauptgründe, warum ich eine Nacht in den Räumen verbringe, nachdem die Arbeit abgeschlossen ist. Das verschafft mir mein beinahe einziges Glück.

Meine Klienten denken sicher, dass sie nun ein ähnliches Leben führen wie ich, genauso sauber, genauso elegant und selbstbewusst. Das macht sie zufrieden. Ich versuche, alles maximal ihrem Geschmack anzupassen, sodass sie sich jeden Tag mehr in ihren Geschmack verlieben, wie eine Prinzessin, die im Spiegel von ihrer eigenen Schönheit hingerissen ist.

Mein eigener Geschmack? Man hält mich für eine Minimalistin. Dass ich nicht lache. Soll ich ehrlich sein? Ich glaube einfach, dass dieser Stil überdauern wird.

Ich werde ehrlich zu dir sein. Ich habe manchmal das Gefühl, dass ich auf einem Irrweg bin, meist wenn ich mich extrem kaltherzig oder triebhaft verhalte. Schon länger traue ich meinen Worten und Taten nicht mehr, auch nicht meinem Lachen, meinen Tränen und meiner Zunge.

Natürlich traue ich anderen Menschen genauso wenig. Auch wenn mich jemand mag, gibt es da mit Sicherheit einen Haken. Höflichkeit, zuvorkommendes Verhalten, Aussehen, soziale Stellung und was im Allgemeinen als Güte oder Herzlichkeit bezeichnet wird – fiele das alles weg, würde man mich dann noch mögen? Nie und nimmer! Ich erträume mir nichts, also kann ich auch nicht enttäuscht werden. Ich habe zu niemandem ein vertrautes Verhältnis, also kann ich auch von niemandem verletzt werden.

Vor zwei Menschentypen jedoch nehme ich mich in Acht: den neugierigen Zweiflern – anfangs dachte ich, du gehörst auch dazu – und den neidischen Bewunderern. Bei solchen Menschen versuche ich Abstand zu halten, zugleich überschütte ich sie mit Aufmerksamkeiten, um sie mir gewogen zu machen. So können sie mich nicht ausnutzen oder mir schaden. Ist es ein Mann, dann schlafe ich einmal so mit ihm, dass es keine Fortsetzung geben wird.

Als ich dich zum ersten Mal sah, jagten mir deine Augen einen richtigen Schrecken ein. Dein Blick schien mich durchbohren zu wollen, es war ein Albtraum. Aber irgendwie war ich dir auch zugeneigt. Woher kam das? Vielleicht spürte ich damals schon, dass du der einzige Mensch in meinem Leben sein würdest, dem ich all diese verrückten Geschichten erzählen kann.

Ich habe immer wieder darüber nachgedacht, worum es dir geht. Was hat dich so angezogen? War es die Spur des verlorenen Fingers? Je länger ich darüber nachdachte, desto komplizierter wurde es. Was wollte ich denn eigentlich verbergen? Am Anfang war es nur der Finger. Dann meine ganzen Strategien, mit denen ich den Finger zu verbergen suchte. Und schließlich musste ich die Tatsache vertuschen, dass ich überhaupt etwas zu verbergen hatte.

Als du mir sagtest, dass du einen Abdruck von mir nehmen möchtest, klang das für mich, als würdest du meine äußerste Schale abziehen wollen. Diese ganzen Hüllen, die du geschaffen hast … Sie sind so trist wie hinterhältig. Aber warum habe ich dann trotzdem eingewilligt? Wahrscheinlich wollte ich dir nur beweisen, dass meine Hülle unübertrefflich schön ist. Solange meine Hülle makellos ist, macht es ja nichts, dass sie lediglich eine Hülle ist, oder?

Vielleicht ist es ja so wie mit den Zwiebelhäuten. Nimmt man eine nach der anderen ab, bleibt zum Schluss nichts übrig. Wenn du verwirrt warst, weil du mein echtes Ich kennenlernen wolltest, dann merk dir: Mein Make-up, meine Gestik, mein Gesichtsausdruck, ja, das Gesicht, von dem du den Abdruck nehmen wolltest, das bin ich. Manchmal stelle ich mich splitternackt vor den großen Spiegel. Ich trage mein bestes Parfüm auf und ziehe meine besten Sachen an, von der Unterwäsche bis zum Kostüm. Dann lege ich ein perfektes Make-up auf und lächle dazu mein hinreißendes Lächeln. Ich habe nichts anderes als mein Studium, meine Karriere, die von mir konzipierten Räume, mein dickes Konto, Bücher, Zeitungen und Zeitschriften, die ich bisher gelesen habe, Wissen und Manieren, Anerkennung und Lob von Menschen, die mich mögen. Ja, ohne Lob könnte ich nicht leben.

Hörst du überhaupt zu? Warum sagst du nichts? Du bist doch nicht etwa eingeschlafen? Wenn doch, umso besser.

Als ich dann aber merkte, wie auch du leidest, wie auch du getrieben bist, mich greifen willst, da wurde mir plötzlich klar, dass du einfach nur ein erbärmlicher kleiner Junge bist.

Vielleicht war ich das kleine Mädchen, das bei der Schulaufführung in ihren rosa Schuhen am schönsten und lebendigsten tanzte, sich dabei aber völlig verausgabte. Und eigentlich wollte ich gar keine rosa Ballettschuhe, die nur die Füße einengen, sondern ein Paar große, rote Boxhandschuhe.

Ich kann mich noch genau daran erinnern. Ich war gerade acht Jahre alt. Es war früher Morgen und außer mir war noch niemand aufgewacht. In der Nacht hatte ich keine Sekunde geschlafen. Ich stand auf und schlurfte in meinen Pantoffeln aus dem Hinterzimmer unseres Geschäfts bis in den Laden. An diesem Tag wollte ich mir mit dem viereckigen Metzgermesser meinen Finger abhacken. Ich legte meine linke Hand auf das große, vom Blut schwarz gefärbte Brett und holte aus. Im letzten Moment wurde ich dann doch schwach und so ging der Schlag knapp daneben. Das Blut floss in Strömen, ein Hautfetzen hing herunter, aber der Knochen war nicht verletzt worden.

Ich kann mich noch sehr gut an meinen Finger erinnern, wie er in einem Reagenzglas schwamm. Am Abend zuvor hatte ich den Fingernagel sorgfältig geschnitten und gefeilt. Eine Krankenschwester, keine Ahnung, ob sie freundlich sein oder mich ärgern wollte, schwenkte das Reagenzglas vor meinem Gesicht. Für fast ein Jahr gehörte dieses Bild zum Repertoire meiner Albträume. Fast ein Jahr. Manchmal wollte ich den Finger bewegen und stellte dann erstaunt fest, dass er weg war. Manchmal schmerzte oder juckte er auch unerträglich. Dieses Gefühl, dass der wegoperierte Finger noch existierte, machte mir Angst. Es ist zu komisch: Inzwischen habe ich so eine … so eine Sehnsucht nach diesem Ding.«

HINTER DER MASKE

Wie getrieben hatte sie diese Worte hervorgestoßen, hastig und leidenschaftlich. Dann sank sie erschöpft ins Bett zurück. Im nächsten Augenblick war sie eingeschlafen, ich hörte ihren regelmäßigen Atem. Als ich ihren nackten Körper in die Wolldecke hüllte, lachte sie im Schlaf laut auf. Es klang wie bei einem wilden Tier oder einem ruppigen Kerl. Ich stand auf, ging zum Kühlschrank, trank ein Glas Mineralwasser und löschte das Licht. Dann zog ich meine völlig durchgeschwitzte Arbeitskleidung aus, die mir kühl an der Haut klebte, und legte mich nackt zu ihr.

Die ganze Nacht über regnete es heftig. Hin und wieder wurde das kleine Fenster von Blitzen erhellt. Das Donnergrollen kam mal näher, mal war es weiter entfernt. Ich fiel in einen flachen Schlaf, aus dem ich immer wieder aufschreckte. Irgendwann war ich wohl tief eingeschlafen. Aber spät in der Nacht erwachte ich von Eiseskälte auf der Brust.

Der Schrei blieb mir im Hals stecken. Das Atelier wurde nur von einer kleinen Lampe neben dem Bett erleuchtet. Neben meinem Kopf stand E., ihre Maske auf dem Gesicht. Ich hatte damals Gips über ihre geschlossenen Augen gestrichen, jetzt aber leuchteten aus zwei Löchern schwarze Augen. Dazu hatte sie sich meine Arbeitskleidung übergeworfen, die ich wenige Stunden zuvor abgelegt hatte. Sie war barfuß. Auf dem kleinen Tisch neben meinem Kopf stand eine Gummischüssel mit frisch angerührtem Gips. Und über meiner Brust hielt sie ein Messer, von dem dickflüssiger Gips heruntertropfte.

»Keine Bewegung.« Ihre Stimme hinter der Maske klang gepresst. Ich versuchte aufzustehen, sie drückte jedoch ihre Fingerspitzen auf meine Stirn und wiederholte: »Rühr dich nicht.«

Ich lachte auf: »Hör mal! Das kannst du nicht einfach so machen, das muss man lernen! Wer darin nicht geübt ist ...«

Plötzlich hielt sie mir die Klinge an den Hals. Zwar war das Messer nicht besonders scharf, aber einfach zu nah. Als ich schluckte, streifte das kalte Metall meine Kehle.

Ich konnte ihr Gesicht nicht sehen. Hatte keinerlei Anhaltspunkt, ob sie nur scherzen wollte und dabei etwas übertrieb. Vielleicht war es ihr Ernst – eine Gewalttat. Oder sie hatte völlig die Kontrolle über sich verloren. Solange ich das nicht erkennen konnte, konnte ich nichts tun. Falls sie mit der Wucht zustechen würde, mit der sie mich am Abend geschlagen hatte, dann hätte ich keine Chance. Mich schauderte.

Die weiße Gipsmaske zeigte E.s Lächeln mit den leicht hochgezogenen Mundwinkeln. Das war ihr kultiviertes Gesicht, gleichzeitig ruhig und freundlich. Was sich hinter dieser schönen Hülle verbarg, konnte ich nicht erkennen. Ich warf einen verstohlenen Blick auf ihre Hände. Da war ihre Rechte, die ich kurz zuvor mit dem Meißel leicht verletzt hatte. Das Blut war zu einer schwarzroten Kruste getrocknet. An der linken Hand erkannte ich die blasse Spur des chirurgischen Eingriffs, der zwanzig Jahre zurücklag. Abgesehen von diesen Äußerlichkeiten konnte ich aus den Händen auch nichts lesen.

Ich schloss die Augen, versuchte meine Gliedmaßen zu entspannen – wie ein Patient vor einer Operation, der sich seinem Arzt überließ. Der flüssige Gips bedeckte langsam meine Brust und floss über Schultern und Arme. Das Hitzegefühl folgte entsprechend zeitversetzt.

»Das ist das erste Mal für dich, sehe ich das richtig?« Ihre Stimme klang dumpf durch die Maske.

»Könnte man so sagen«, antwortete ich mit geschlossenen Augen. Vor Angst und Anspannung zitterte meine Stimme etwas.

»Interessant, eine Premiere.«

Ich öffnete die Augen und sah zu ihr hoch. Da ihr Gesicht nicht zu sehen war, konnte ich diese Worte nicht deuten. Vielleicht hatte sie Spaß daran, vielleicht machte sie sich über mich lustig. Oder sie wollte mir wehtun.

Ich presste die Lippen zusammen, weil mich der Gips an der Brust mit sengender Hitze einzuengen begann. Als ich vor ein paar Jahren die Abdrücke von L.s Hand nehmen wollte, hatte ich zuvor eine Probe an meinem Fuß gemacht. Jetzt wurde zum ersten Mal eine so große Körperfläche von mir mit Gips bestrichen. Da es mit eingegipstem Oberkörper schon so schlimm war, musste der Schmerz unvorstellbar sein, wenn der ganze Körper von Kopf bis Fuß bedeckt war. Im Nachhinein konnte ich es kaum glauben, dass die Frauen so geduldig ausgeharrt hatten. Frauengesichter zogen vor meinem geistigen Auge vorbei: L., die Schauspielerin, deren Namen ich vergessen hatte, und all die anderen.

E. arbeitete sich langsam zu meinen Beinen vor. Inzwischen war auch mein schlaffes Geschlechtsteil bedeckt, dann die Hüften und die Oberschenkel. Kalter Schweiß rann mir von den Schläfen. Ich zitterte haltlos.

»Soll ich dich jetzt wieder herausholen?«

Ich biss mir auf die Zähne und zwang mich, möglichst ruhig zu antworten: »Das ist noch nicht trocken. Zuerst musst du mit dem Meißel eine Linie markieren. Dann kannst du beginnen, die Hülle abzunehmen.«

Ich glaubte, sie lachen zu hören. Plötzlich erhellte ein Blitz ihr weißes Gesicht. Ganz in der Nähe zerriss ein Donnerschlag die Finsternis. In der nachfolgenden Stille blickte ich heftig atmend zu ihr auf. Sie jedoch sah ruhig auf mich herunter. In der einen Hand hielt sie fest das Messer, in der anderen den Meißel. Worauf sie den Blick gerichtet hatte, konnte ich nicht erkennen.

»Wollen wir jetzt anfangen?« Ihre Stimme war so leise und undeutlich, dass ich sie nur mit Mühe verstehen konnte. Ich wusste bereits, dass die ärgsten Grausamkeiten nicht in Erregung oder aus Empörung heraus begangen werden, aber bis zu diesem Moment hatte ich das nicht so hautnah erlebt. Ich schnappte nach Luft und fragte: »Schaffst du ... das?«

»Ich habe es noch nie gemacht. Aber ich gebe mir Mühe.«

Meine Zunge und mein Hals waren völlig ausgedörrt.

»Nun sag schon, dass ich dich rausholen soll. Mach schon. Fleh mich an«, sagte sie monoton und aufreizend langsam.

Der Gips schien die Haut auszuwringen, mein ganzer Körper kochte. Ich rang nach Luft. Mit schwindender Kraft fixierte ich ihre schwarzen Augen, die mich durch die Maske anstarrten. Blanke Panik stieg in mir hoch, in meinem Schädel brodelte Wut.

»Es – wird – Zeit ... Wenn du das nicht jetzt gleich aufschneidest, bleibt beim Ablösen die H-Haut am Gips hängen!«

»Soll das heißen, dass du raus willst?«

»Das ist kein Spaß! Fang endlich an! Wenn nicht, dann …!«, konnte ich nur noch schreien, mit schmerzverzerrtem Gesicht.

Ihre kalte Stimme unterbrach mich: »Wenn nicht – was dann?« Ruhig fügte sie hinzu: »Hast du etwa vor, mich andernfalls umzubringen? Vielleicht mit den Armen und Beinen, die du nicht bewegen kannst?«

Ihr gepresstes Lachen wurde von der nächtlichen, feuchten Luft wie von einem Schwamm geschluckt.

»Du musst nicht nervös werden«, flüsterte sie. »Jetzt …«

Ich ertrug es nicht mehr. Doch als ich versuchte, mich zu bewegen, passierte nichts. Wenn ich hier lebendig rauskäme, würde ich sie erwürgen. Der Schweiß lief mir in die Ohren.

»… jetzt werde ich deine Schale abziehen.«

Blanker Hass erfüllte mich. Ich hasste sie. Ich hasste die Stille in diesem kleinen, schachtelartigen Kelleratelier, und ich hasste mich dafür, dass ich die ganze Situation herbeigeführt hatte. So konnte ich nur darauf warten, dass sie mit der Operation begann. Als sie in dem schwachen Licht den Meißel hob, schien die Zeit stillzustehen.

Ich hielt den Atem an, während sie an der Brust begann, die Hülle zu öffnen. Der Meißel rief einen brennenden Schmerz hervor, aber die Haut schien nicht verletzt worden zu sein. Nun zog sie eine gerade Linie von der Magengrube bis zum Unterbauch, zwei parallele Linien von den Schultern über die Achseln bis in die Seiten. Als sie endlich die zwei Teile der Hülle abnahm, fühlte es sich an, als würde sich die Haut mit ablösen. Vor Schmerz biss ich die Zähne zusammen, dennoch fühlte ich mich sofort besser, als die Haut zum Vorschein kam. Das Atmen fiel mir leichter. Bis dahin war noch alles in Ordnung.

Ich schrie laut auf, als sie an meinem rechten Arm zu tief meißelte.

»Bleib ruhig!«, fuhr sie mich mit rauer Stimme an.

Die noch nicht abgelöste Gipsschale färbte sich rot. Beim Entfernen schien sich die Haut in Fetzen mit zu lösen … Ich brüllte.

»Stell dich nicht so an.«

Ich blickte an meinem nun befreiten rechten Arm herunter. Die Wunde blutete, aber nicht schlimm. Die Haut, von der ich gedacht hatte, sie sei abgelöst, brannte feuerrot.

»Ich mache jetzt weiter.«

Während sie die Finger meiner rechten Hand einzeln bearbeitete, kniff ich die Augen fest zusammen. Meine Lippen zitterten. Zum ersten Mal in meinem Leben wusste ich, wie sehr ich meine Hände liebte. Sie waren mir näher als mein Gesicht und meine Verbindung zur Welt. Ohne sie konnte ich nicht leben.

Zwischen den Fingern perlte Blut. Als die letzten Stücke der Hülle endlich entfernt waren, floss es aus einer Wunde zwischen Daumen und Zeigefinger. Hastig schnitt sie einen Stoffstreifen von meiner Arbeitskleidung und verband damit die Hand. Alle ihre Bewegungen waren zweckmäßig und flink. Ich konnte jedoch immer noch nicht erkennen, ob sich hinter der Maske eine verlegene E., ein routinierter Chirurg oder ein höhnisches Grinsen versteckte.

»Ich mache das noch fertig.«

Ihre Stimme schien zu zittern, ich war mir aber nicht ganz sicher.

Mit klappernden Zähnen überließ ich ihr meinen linken Arm. Um durch das Zittern nicht zusätzlich verletzt zu werden, musste ich alle Muskeln anspannen. Endlich war auch der linke kleine Finger freigelegt. Obwohl Hüften und Beine noch in Gips steckten, stützte ich mich mit beiden Händen ab, schnellte hoch und packte E. am Hals. Gemeinsam fielen wir zu Boden. Ihr Kopf stieß dabei gegen die Negativschale von ihrem Busen, die ich nur wenige Stunden zuvor gemacht hatte und die nun zerbrach. Sie schlug um sich, doch ich hielt mit der linken Hand immer noch ihren Hals umfasst. Mit der verbundenen rechten Hand riss ich ihr die Maske vom Gesicht und warf sie weg. Scheppernd zersprang sie in Stücke.

In dem fahlen Licht wirkte ihr Gesicht leichenblass. Erschrocken ließ ich sie los und stützte mich auf. Sie lag neben mir, fasste sich an den Hals und hustete. An ihrer Kehle leuchteten rot meine Fingerabdrücke. Ihre Wangen waren von Schweiß und Tränen verschmiert, sie hatte wohl schon länger geweint. Auf einer Wange war ein blutiger Fingerabdruck – ob es mein Blut war oder ihres, wusste ich nicht.

»Es ist vorbei«, spie sie mit bleichen, zitternden Lippen aus. »Alles ist vorbei.«

Sie hustete und verdeckte mit beiden Händen ihr Gesicht. Ich sah auf ihren schmalen, mit Blut und Gipspulver verschmierten Handrücken hinunter.

MEINE FINGER

Von meinem Becken und meinen Beinen löste ich den Gips selbst ab. Danach saßen wir beide mit verbundener rechter Hand auf der Bettkante. Da sie die durchgeschwitzte Arbeitskleidung ausgezogen hatte, waren wir beide nackt. Wie uralte Geschwister starrten wir geistesabwesend geradeaus, ohne die Schultern gegeneinander zu lehnen, uns bei den Händen zu halten oder einander anzusehen. Ohne ein Wort saßen wir da und lauschten in die Nacht. Das Rauschen des Regens, das alles ausgefüllt hatte, schien langsam schwächer zu werden.

»Was sagst du dazu?«, brach sie das Schweigen und hob die geborstene Hülle meiner rechten Hand auf. Das Handgelenk war von meinem Blut braun gefärbt, und die Finger, die jeden Moment abzubrechen drohten, waren an den Ansätzen mit einer trockenen, schwarzen Blutkruste überzogen.

»Sieht aus, als würde sie zu einem Toten gehören«, antwortete ich. Meine heisere Stimme klang wie die eines Fremden.

»Das Gleiche habe ich auch gedacht. Die Hand sieht aus, als hätte sie vor ein paar Tagen zu verwesen begonnen«, murmelte sie.

Bei dem vorangegangenen Gerangel war mein linkes Brillenglas sternförmig gesprungen. Ich hob den Kopf und betrachtete mein Atelier durch das gesprungene Glas. Der Boden war bedeckt mit Körperteilen und Bruchstücken, alles war voller Blut, Schweiß und Staub. Zu wem die Körperteile gehörten, war nicht mehr zu erkennen.

»Dieser Anblick erinnert mich an jemanden«, sagte ich.

»An wen?«

»An einen Verwandten, den Bruder meiner Mutter.«

Die Hülle von meiner verwesenden Hand und die Hand meines Onkels auf dem Totenbett, mit den entblößten Stümpfen von Daumen und Zeigefinger, fügten sich zu einem Bild.

Plötzlich fiel mir auf, dass sie ihre linke Hand hinter dem Rücken versteckte. Sie schrak zusammen, als ich danach griff. Gegen ihren Widerstand legte ich ihre Hand in meinen Schoß. Wie vor einigen Stunden, als ich einen Abdruck davon hatte nehmen wollen, war sie fest zur Faust geballt. Vergeblich versuchte ich, gegen den Brechreiz anzukämpfen, der mich wieder überkam. Unter der Zunge sammelte sich säuerlicher Speichel. Diese bittere Übelkeit durchzog mein ganzes Leben. Das Leben ist eine Hülle, die sich über einem Abgrund wölbt, und wir leben darauf wie maskierte Akrobaten. Mal hassen wir, mal lieben wir, und manchmal brüllen wir vor Wut. Über unseren Kunststücken vergessen wir, dass wir vergänglich sind und sterben müssen.

Sie zog ihre linke Faust aus meiner Hand und stand auf. Sie hielt ihre geballten Fäuste wie ein Boxer und sah zu mir herüber.

»Soll ich den Rest auch noch vernichten?«

Sie tastete unter dem Bett nach etwas, hielt dann ihre Schuhe in den Händen und zog sie über ihre nackten Füße. Dann begann sie, die wild durcheinander geworfenen Bruchstücke zu zertreten. Wie ein spielendes Mädchen hüpfte sie mal auf einem Bein, mal auf dem anderen und schlug wie ein Boxer auf die Gipsstücke ein. Schließlich sprang sie wild ekstatisch wie eine Schamanin auf und ab und schrie dabei. Ihr kreischendes Lachen schlug gegen die niedrige Decke, die alten Wände und die Skulpturen, die mit eingestaubten Plastikplanen eingehüllt waren.

»Komm! Mach mit!«

Ich saß auf der Bettkante, versuchte, den Brechreiz zu besänftigen, und sah dieser nackten Frau in ihrer Ekstase zu.

Nachdem sie alles restlos zerschlagen hatte, war ihr Gesicht mit einer Schicht aus Schweiß und Gips überzogen. Fast schien es mir, als hätte sie eine neue Maske aufgesetzt. Plötzlich erstarrte ihr Körper, ihr Atem setzte aus. Wie bei einer Puppe kippte der Kopf nach vorn.

Eine Sekunde.

Noch eine Sekunde.

Dann erwachte sie wieder aus ihrem Zauber.

»Was war das?«, fragte ich. »Was war mit dir los?«

Ihre schwarzen Augen waren starr auf mich gerichtet. »Ich habe mich an etwas erinnert.«

»Woran?«

»An meinen Finger. Ich hatte zum letzten Mal den Nagel geschnitten. Der Finger, den ich in jener Nacht vor dem Einschlafen gegen das Licht hielt.«

»Du denkst immer noch daran.«

»Ich denke nicht daran. Das Bild erscheint mir, einfach so. Dann verschwindet es wieder.« Sie umschlang ihre Brust mit den Armen, als wäre ihr kalt. »Vielleicht ist das mein Tunnel«, murmelte sie kaum hörbar.

»Dein Tunnel wohin?«

»Ein Durchgang zu dem, was nach mir kommt. Weder Tod noch Leben. Eher ein bodenloser Abgrund.« Sie flüsterte mit einem geistesabwesenden Gesicht: »Ich weiß nicht ...«

»Was weißt du nicht?«, fragte ich.

»Als du mich vorhin herausgeholt hast ...« Sie hatte die Schuhe wieder ausgezogen. Sie hielt ihre Brust immer noch mit beiden Armen umschlungen und kam mit kleinen Schritten auf mich zu. »Irgendwie hatte ich das Gefühl, dass ich wirklich herausgeholt wurde.«

Ich schluckte den sauren Speichel, der sich unter meiner Zunge gesammelt hatte, und an meinem Hals brannte die Stelle, die von der Klinge berührt worden war.

»Und wie ging es dir?«

»Nicht besonders«, antwortete ich. »Aber was meinst du mit herausgeholt werden?«

»Vielleicht hast du mich herausgeholt – und ich dich?«

Sie lachte. Es klang weder düster noch hysterisch, sondern nur sehr müde. »Angenommen, wir sind beide herausgeholt worden. Was sollen wir nun machen? Wenn wir in die zerschlagenen Hüllen nicht wieder hineinkönnen?«

Mein zersprungenes Brillenglas irritierte mich, also setzte ich die Brille ab und legte sie auf den Tisch. Dann streckte ich mich vorsichtig auf dem Bett aus. Selbst die kleinste Bewegung löste Brechreiz aus.

»Ich bin müde. Ich sollte schlafen.«

Da streichelte sie unglaublich liebevoll die Wunde an meinem rechten Arm.

»Tut es sehr weh?«, fragte sie im Stehen.

»Ich halte das schon aus.«

»Ich halte es auch aus.«

Sie legte sich zu mir und bedeckte mein rechtes Bein mit ihren beiden. Ich hielt mir den linken Arm vors Gesicht, um meine Augen vor dem direkten Licht zu schützen, und atmete tief durch. Langsam begann die Übelkeit nachzulassen.

»Wann hast du Geburtstag?«, fragte ich sie, schon im Einschlafen.

»Wie bitte?« Sie wandte sich mir zu.

»Wann dein Geburtstag ist.«

»Im März«, summte sie mit schläfriger Stimme.

Ich streifte ihr die nassen Haare hinters Ohr. Im März vor fünfunddreißig Jahren drängte ein Mädchen durch den Geburtskanal einer Bauersfrau auf die Welt. Ein verfluchter Finger zu viel rief bei der Hebamme das blanke Entsetzen hervor und ließ die Mutter in Ohnmacht fallen.

Ich blickte an unseren nackten Körpern herunter, sie deckte mich mit ihrem halb zu. Ich weiß nicht, warum meine Augen in diesem Moment brannten. Endlich fühlte ich die Anspannung, die mich mein Leben lang begleitet hatte, von mir abfallen. Ich zog ihre verkrampfte linke Hand an mich und öffnete jeden Finger einzeln, obwohl sie sich immer noch dagegen sträubte. Dann leckte ich sie alle vom Fingernagel bis zur Wurzel ab. An der Stelle, wo der sechste Finger entfernt worden war, leckte ich so lange, bis ich keinen Widerstand mehr spürte. Danach ging ich auf ihren Körper über – in der Reihenfolge, in der ich ihn auch mit Gips bestrichen hatte. Als schließlich mein Finger in ihre Vagina glitt, war sie warm und feucht.

»Darf ich?«

Statt eine Antwort zu geben, drehte sie ihren Kopf zur Seite.

Vorsichtig drang ich in sie ein. Die warme Flüssigkeit war wie das Blut, das die Stirn meiner neugeborenen kleinen Schwester rot gefärbt hatte. Noch bevor ich mit meinen Bewegungen aufhörte, drang ein Laut über ihre Lippen, halb Seufzer, halb Stöhnen.

Ich drückte meine Lippen auf die ihren. Sie waren warm. Meine Hände streichelten ihr Gesicht, als wäre es das erste Mal, dass sie etwas berührten. Die Haut zwischen den Fingern schmerzte. Plötzlich griff sie nach meinen Händen und legte sie auf ihr pochendes Herz.

»Sie sind warm«, flüsterte sie keuchend. »Es sind warme Hände.«

Ich rieb mein Gesicht an ihrem. Mein klebriger Schweiß und meine salzigen Tränen, die irgendwann zu fließen begonnen hatten, vermischten sich mit dem Gipsstaub auf ihren Wangen. Sie hatte ein Lächeln auf ihren Lippen. Es war so rätselhaft wie das Engelslächeln bei einem Baby.

EPILOG

1

An dieser Stelle endeten seine Aufzeichnungen. Bei dem dunklen Fleck auf der letzten Seite war ich mir nicht sicher, ob es Blut war.

Beim Aufstehen stützte ich mich auf dem Schreibtisch ab. Ich hob den Kopf und sah das morgendliche Zwielicht hinter dem Fenster. Ich kühlte meine immer noch fiebrige Stirn an der kalten Fensterscheibe und sah auf die Uhr.

Sechs Uhr dreißig.

Ich starrte nachdenklich auf die Telefonnummer, die Jang Haesuk auf das Kuvert geschrieben hatte. Was sollte ich ihr sagen, wenn sie anrief? War es vielleicht besser, wenn ich zuerst anrief und sagte, ich wolle das Päckchen zurückgeben?

Wahrscheinlich sollte ich mich endlich hinlegen. Meine Freundin Sunyoung wies mich oft darauf hin, dass häufige Überanstrengung eine schlechte Angewohnheit sei.

Ich zog nur meinen Pullover aus, ließ mich mit der übrigen Kleidung unter die Bettdecke gleiten, löschte das Licht und versuchte zu schlafen. Nun, nachdem ich mein Manuskript abgegeben hatte, hatte ich erst einmal keine Lust zu arbeiten. Ich wollte weder Leute treffen noch telefonieren. Mein einziger Wunsch war tiefer Schlaf.

Wäre dieser Wunsch nicht zufälligerweise einen Augenblick später erfüllt worden, hätte ich die Aufzeichnungen noch früher zurückgeben können.

2

Wenn Menschen sich aus der Gesellschaft zurückziehen, dann oft wegen Armut, Arbeitslosigkeit, Depression oder aus Entsagung. Nichts jedoch schließt einen so effektiv aus wie Krankheit. Dies lehrten mich die zwei folgenden Jahre.

Wenn man nach einer langen Krankheit wieder auf die Straße tritt, sieht man die anderen plötzlich als eine Gruppe Gesunder. Was ich da durch die Fensterscheibe sah, während ich in Sunyoungs Auto von einem Krankenhaus zum nächsten gefahren wurde, war das Leben auf einem anderen Planeten. Geschminkte Frauen in kurzen Röcken, Studenten in Jeans, Sonnenschein, Geschäfte, Zebrastreifen, Busse, U-Bahn-Stationen – all das gehörte zu einer anderen Welt.

Während des einen Monats, den ich im Krankenhaus verbracht hatte, ging es mir besser. Dort gab es Ärzte und Krankenschwestern. Schwer zu ertragen war hingegen die lange Genesungsphase bei mir zu Hause. Meine Kondition besserte sich, dann wieder verschlechterte sie sich. So war ich mir nie sicher, ob ich diese Zeit überhaupt als Genesungsphase bezeichnen konnte. Das zermürbte mich regelrecht.

An einem Frühsommertag zog ich mich endlich schick an und ging aus dem Haus. Abgesehen von den notwendigen Gängen zu den nahe gelegenen Geschäften war es mein erster, richtiger Ausgang. Ich hatte so abgenommen, dass ich die hellblaue Hose immer wieder hochziehen musste, obwohl ich einen Gürtel trug. Meine fliederfarbene Kapuzenjacke, die vor zwei Jahren in Mode gewesen war, wirkte in dem starken Sonnenlicht wie ausgeblichen.

Ich wollte nur bis zur U-Bahn-Station und dann wieder zurück gehen. Während ich an einer Ampel wartete, lief mir eine Bekannte über den Weg, die auch in der Appartement-Siedlung wohnte. Sie war gerade aus dem Bus gestiegen und schlug den Weg zu den Appartements ein. Ihre elfenbeinfarbene Jacke aus Leinen verströmte einen starken Duft nach Lavendel oder Rosmarin.

»Na so was, ich hätte dich fast nicht wiedererkannt. Du bist aber schmal geworden! Was machst du zurzeit? Schreibst du gar nicht mehr?«

Ich lächelte, als hätte es nie eine Krankheit oder Genesungsphase gegeben, und entgegnete lässig: »Ach, ich habe nur eine kleine Auszeit genommen.«

Da die Ampel auf Grün schaltete, verabschiedeten wir uns. Nachdem ich die Straße überquert hatte, drehte ich mich noch einmal um und sah, wie sie mir, in jeder Hand eine Einkaufstüte, zweifelnd hinterherblickte. Als sich unsere Blicke trafen, nickte sie mir steif zu und tippelte mit kleinen Schritten davon.

Vor dem nächsten Schaufenster blieb ich stehen und betrachtete mein Spiegelbild. Hinter der Scheibe stand das neueste Modell eines gehobenen Mittelklassewagens in Silberblau, auf der Motorhaube ein Korb mit gelben Rosen. Darüber schwebte verschwommen mein mir fremdes Gesicht. Ich interessierte mich schon seit Langem nicht mehr für mein Äußeres. Mein Haar hatte ich aus praktischen Erwägungen kurz schneiden lassen, jetzt wuchs es wild und ungepflegt nach, was mich nicht störte. Nach dem Haarewaschen kämmte ich mich nicht richtig und ein Parfüm zu benutzen, war absolut unvorstellbar.

Ich hatte ausschließlich mit der Krankheit gelebt – es hatte keine Schönheit für mich gegeben, keine Hässlichkeit, keinen Schmutz, aber auch keine Sauberkeit. Mein Freundeskreis war sowieso nicht groß, sodass ich mich in der Genesungsphase nicht besonders einsam fühlte. Einige

Male hatte meine Cousine den langen Weg aus Gwangju auf sich genommen, um mir Kimchi und andere haltbare Gerichte zuzubereiten. Ab und zu war auch Sunyoung vorbeigekommen und hatte mir die Neuerscheinungen gebracht. Hatte ich Geburtstag, tauchte sie mit einer Sahnetorte auf. Manchmal überfielen mich in den frühen Morgenstunden Angst und Verzweiflung. Leider musste ich mir eingestehen, dass ich kein starker Mensch war.

Wie dem auch sei, als ich meinen Blick vom Schaufenster abwandte und den Kopf hob, fiel blendender Sonnenschein auf mein Gesicht. Ich sah hinauf in das dichte Blätterdach der alten Platanen und ging weiter. Ziellos lief ich durch das Viertel, in dem sich einiges verändert hatte: Ein Eisladen war dazugekommen, in dem es Eis mit echten Früchten gab, einige Gaststätten hatten sich erweitert, eine Buchhandlung hatte geschlossen. Müde von dem kurzen Spaziergang, näherte ich mich langsam wieder meinem Appartement. Ich denke, da war ich ein wenig glücklich. Das erste Mal nach langer Zeit summte ich ein Lied vor mich hin. Ich schloss die Wohnungstür auf, schlüpfte aus meinen Turnschuhen und hörte das Telefon klingeln.

Es war Jang Haesuk, Jang Unhyongs Schwester.

3

Sie bot mir an, mich zu besuchen, da ich angedeutet hatte, dass es mir nicht gut ging. Mir war das nur recht, da ich mich damals nicht traute, das Päckchen zu der weit entfernten Post zu bringen. Außerdem sehnte ich mich nach etwas Gesellschaft. Also nahm ich ihr Angebot gern an.

Wir hatten uns für Samstagnachmittag verabredet. Ich holte Jang Unhyongs Aufzeichnungen aus dem Schubfach, in dem ich sie vor langer Zeit vergraben hatte. Ich versuchte, mir sein Gesicht in Erinnerung zu rufen, das ich lediglich für ein paar Stunden gesehen hatte. Die Konturen und der Gesichtsausdruck waren mir noch einigermaßen präsent.

Jang Haesuk erschien eine halbe Stunde vor der verabredeten Zeit. Den Mund voller Zahnpasta, öffnete ich die Tür.

»Oh, ich bin wohl etwas zu zeitig.«

Sie war Mitte dreißig und trug ein schwarzes Kleid mit weißen Pünktchen. Ihr Haar fiel in großen Wellen bis auf die Schultern, ihr dezent geschminktes volles Gesicht wirkte anständig und sanft. Sie war ein Mensch, wie man ihm gern auf der Straße begegnet.

Einen Kaffee lehnte sie dankend ab, sie trinke generell keinen. Also bereitete ich aus dem Chinabeeren-Konzentrat, das mir meine Cousine geschickt hatte, einen kalten Tee.

»Eine schöne Farbe.«

Während sie den roten Tee schlürfte, erzählte sie mir, was inzwischen passiert war. Ihr Bruder und die schöne Innenarchitektin, die auch ein paarmal im Fernsehen gewesen war, waren seit zwei Jahren als vermisst gemeldet. Mithilfe der Aufzeichnungen, die sie mir zugeschickt hatte, habe sie Kontakt zu einigen Leuten aufnehmen können. Die brauchbarsten Informationen bekam sie von dem Möbeldesigner Park, im Manuskript ihres Bruders als P. bezeichnet. Ganz am Ende des Gesprächs habe er noch angedeutet, dass ihn das doch ein wenig verwundere, Jang Unhyong sei nicht der Typ, der auf schöne Frauen steht. Die beiden hätten ja auch keinen Grund zur Flucht gehabt, sie waren beide ledig. Vielleicht ein gemeinsamer Selbstmord … Es tue ihm sehr leid, aber wegen der Blutflecke, die man wohl im Atelier gefunden hatte, habe er so eine ungute Ahnung. Und wenn er es recht bedenke, war ihm die Frau nie ganz geheuer gewesen.

Bei der Polizei hatte man ihr die Auskunft gegeben, dass man eine landesweite Suchaktion starten könnte. Oder eben darauf hoffen müsste, dass sie eines Tages zurückkämen, sofern sie noch am Leben waren. Nun seien zwei Jahre vergangen, ohne dass sie wiederaufgetaucht waren. Die verschiedenen Gerüchte und Vermutungen hätten sich nicht bewahrheitet, und niemand glaubte mehr daran, dass die beiden noch lebten. Ein paar Freunde, unter anderem Park, hätten aus Jang Unhyongs Nachlass eine Ausstellung organisiert.

Mit hitziger Stimme habe Park ihr erklärt, dass es da noch viele gute Werke im Abstellraum gebe, die der Öffentlichkeit zugänglich gemacht werden müssten und die für die Kunst der Gegenwart von großer Bedeutung seien. Jang Unhyong hätte das sicher so gewollt.

»Ich habe damals immer wieder bei Ihnen angerufen. Ich wusste ja nicht, dass Sie im Krankenhaus lagen. In den Verlagen, bei denen Ihre Bücher erschienen sind, hatte ich mich auch nach Ihnen erkundigt, aber man wusste nichts. Ich fragte mich, was los war, ob Sie nun vielleicht auch vermisst gemeldet waren. Ich bin froh, dass Sie die Aufzeichnungen bis jetzt aufgehoben haben.«

Lächelnd spielte sie mit dem Henkel ihrer Teetasse. Um die Augen hatte sie die gleichen sympathisch wirkenden Fältchen wie ihr Bruder.

»Es tut mir leid, dass ich nicht sofort nach der Entlassung aus dem Krankenhaus alles zurückgegeben habe«, entschuldigte ich mich.

Sie wehrte mit den Händen ab: »Nein, nein, es war mein Fehler, Sie um so etwas zu bitten, wo es Ihnen doch nicht gut ging. Und ehrlich gesagt habe ich lange darüber nachgedacht ...«

Sie drehte sich um und warf einen kurzen Blick durch das geöffnete Fenster der Veranda. »Ich nehme die Aufzeichnungen natürlich mit. Es ist aber gut möglich, dass ich sie dann doch nicht ausstelle.« Verlegen streifte sie ihren Pony aus dem Gesicht. »Irgendwie habe ich das Gefühl, dass sie nicht für andere Menschen bestimmt sind. Es war also besser, dass Sie sie aufbewahrt haben. Die Ausstellung wird im August eröffnet. Sie kommen doch vorbei, oder?«

Ich sagte lächelnd: »Selbstverständlich.«

4

Insa-dong hatte sich in den zwei Jahren, in denen ich nicht dort gewesen war, sehr verändert. Die kleinen alten Häuser mit den Ziegeldächern waren abgerissen worden, um modernen viereckigen Gebäuden Platz zu machen. Selbst die Gehwege hatte man erneuert, es lief sich völlig anders als früher. Aber statt dem Vergangenen hinterher zu trauern, spazierte ich ziellos unter der glühenden Sonne durch die Gassen wie ein Kind, das sich mit Absicht verlaufen hat. Einen grünlichen kandierten Bohnenkuchen, der angeblich Grüntee enthielt, schlang ich in einem Bissen hinunter. Ein Plakat, das mir gut gefiel, nahm ich nonchalant ab und steckte es einfach ein.

Dank der Kritiken, die in allen renommierten Zeitungen erschienen waren, stand schon eine recht große Menschenmenge am Eingang der Galerie versammelt. Ich gesellte mich dazu und betrat mit meinen hochgekrempelten Ärmeln – mein langärmliges Shirt war für die Jahreszeit völlig unpassend – den klimatisierten Raum. Vor dem Tisch mit dem Gästebuch saß ein Mann mit Goldrandbrille, vermutlich P., um den Hals hing ihm an einem Band ein Kugelschreiber. Neben dem Tisch standen Jang Haesuk in einem seriösen schwarzen Kostüm und eine große Frau, die ihr wie aus dem Gesicht geschnitten war. Wahrscheinlich waren sie Schwestern.

Während Jang Haesuk die Gäste begrüßte, ging ich an ihr vorbei und sah mich im Ausstellungsraum um. Die Hälfte einer Wand war mit acht Hand-Exponaten ausgefüllt, daneben hing ein großes Schwarz-Weiß-Foto des Künstlers. Auf dem Foto war er Ende zwanzig, sein junges Gesicht zeigte das für ihn typische, ruhige Lächeln. Ein paar Schritte weiter war ein Bild an die weiße Wand projiziert, es zeigte die Hülle eines riesigen weiblichen Körpers.

Drei Werke, die ich durch Zufall schon zu Gesicht bekommen hatte, erkannte ich wieder, darunter die große Bronzehand, die ich damals in der Straßenausstellung in Insa-dong gesehen hatte. Ihr Anblick berührte mich sehr, was vor allem daran lag, dass auf ihrer schartigen Oberfläche die letzten fünf Jahre meines Lebens an mir vorüberzogen. Vor einer Ecke, in der unter dämmrigem Licht Bruchstücke von Hüllen und Negativschalen menschlicher Körper schimmerten, blieb ich andächtig stehen.

Dann drehte ich mich um, weil ich Jang Haesuk zumindest mit einem Nicken grüßen wollte, bevor ich ging. Als eine Gruppe Schüler, die sicherlich wegen einer Ferienaufgabe in der Ausstellung gewesen waren, zurück zum Ausgang strömte, entdeckte ich ein hochgewachsenes Paar. Sie schlenderten durch die Ausstellung, als wären sie nicht sonderlich interessiert. Dann wandten sie sich wieder dem Ausgang zu. Kurz bevor die Frau die Glastür öffnete, wandte sie sich noch einmal um und deutete auf etwas, das ihr der Mann daraufhin erklärte.

Obwohl Jang Haesuk, der Mann mit der Goldrandbrille, die zahlreichen Bekannten von Jang Unhyong und all die anderen, die um den Tisch herumstanden, die beiden gesehen hatten, erkannte niemand von ihnen den Mann wieder.

Ich folgte dem Paar eilig. Die beiden diskutierten immer noch leise, während sie mit großen Schritten in Richtung Anguk-dong liefen. Immer wieder wurden sie von japanischen Touristen mit umgehängten Kameras, Studenten in kurzen Hosen und Sandalen und dann einer Gruppe Männer mit über die Arme gelegten Sakkos verdeckt, und ich verlor sie aus den Augen.

»Entschuldigung! Einen Augenblick bitte!« Ich kämpfte mich durch das Gewühl.

Schon nach kurzer Zeit war ich außer Atem und mein Rücken war schweißnass. In welche Gasse waren sie verschwunden? Nach Luft schnappend und ganz benommen, blieb ich mitten auf der Straße stehen und sah mich schwindlig um. Die Nachmittagssonne brannte auf meiner Stirn.

NACHWORT DER AUTORIN

Ein morgendlicher Traum, der hingeworfene Satz eines fremden Menschen, ein Artikel in einer zufällig aufgeschlagenen Zeitung, eine Erinnerung an längst vergangene Zeiten – es gibt Momente, da erscheinen mir diese Dinge wie Offenbarungen. Besonders, wenn ich an meinen Romanen arbeite, liebe ich solche Momente. Und mag auch der Alltag unverändert bleiben – Fragen scheinen auf, völlig neue Gefühle erstehen in mir, ich erlebe eine kurze, intensive Erweckung, die mir tief zu Herzen geht. Dann fühle ich mich frei.

»Deine kalten Hände« hatte ich vor drei Jahren in groben Zügen zu Papier gebracht und dann zur Seite gelegt. Im Februar des letzten Jahres holte ich den Entwurf wieder hervor und begann zu schreiben. Während der zwölfmonatigen Arbeit verging die Zeit in einem anderen Tempo. Der Roman, der in mir wohnte, veränderte mich. Er veränderte meinen Blick, meine Art zu hören und zu lieben. Still brachte er meine Seele an Orte, an denen sie noch nie gewesen war.

Ich möchte an dieser Stelle all denjenigen, die mir Inspiration und Hilfe waren, meinen Dank aussprechen. Er kommt von Herzen. Auch den Mitarbeitern des Verlages sei gedankt. Vor allem aber bin ich dankbar dafür, dass ich lebe und dass es mir vergönnt ist, als Schriftstellerin zu arbeiten.

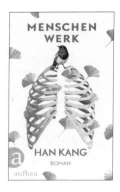

**Han Kang
Menschenwerk**
Roman
224 Seiten. Gebunden
ISBN 978-3-351-03683-6
Auch als E-Book erhältlich

Leid und Poesie der Menschlichkeit

Ein Junge ist gestorben, und die Hinterbliebenen müssen weiterleben. Doch was ist ihnen ihr Leben noch wert? Han Kang beschreibt in ihrem neuen Roman, wie dehnbar die Grenzen menschlicher Leidensfähigkeit sind. Ein höchst mutiges Buch und ein brennender Aufruf gegen jede Art von Gewalt.

»Han Kang zu lesen ist wie in einen Strudel aus Brutalität und Zärtlichkeit geworfen zu werden, aus dem man durchgeschüttelt, perplex und tief bewegt wieder auftaucht.« DORIS DÖRRIE

Regelmäßige Informationen erhalten Sie über unseren Newsletter. Jetzt anmelden unter: www.aufbau-verlag.de/newsletter

Han Kang
Die Vegetarierin
Aus dem Koreanischen
von Ki-Hyang Lee
Roman
190 Seiten
ISBN 978-3-7466-3333-6
Auch als E-Book erhältlich

Ein seltsam verstörendes, hypnotisierendes Buch

Yeong-Hye und ihr Ehemann sind ganz gewöhnliche Leute. Er geht beflissen seinem Bürojob nach und hegt keinerlei Ambitionen. Sie ist eine zwar leidenschaftslose, aber pflichtbewusste Hausfrau. Die angenehme Eintönigkeit ihrer Ehe wird jäh gefährdet, als Yeong-Hye beschließt, sich fortan ausschließlich vegetarisch zu ernähren und alle tierischen Produkte aus dem Haushalt entfernt. »Ich hatte einen Traum«, so ihre einzige Erklärung. Ein kleiner Akt der Unabhängigkeit, aber ein fataler, denn in einem Land wie Südkorea, in dem strenge soziale Normen herrschen, gilt der Vegetarismus als subversiv. Doch damit nicht genug. Bald nimmt Yeong-Hyes passive Rebellion immer groteskere Ausmaße an. Sie, die niemals gerne einen BH getragen hat, fängt an, sich in der Öffentlichkeit zu entblößen und von einem Leben als Pflanze zu träumen. Bis sich ihre gesamte Familie gegen sie wendet.

»Die Vegetarierin ist ein Meisterwerk.«
Frankfurter Allgemeine Sonntagszeitung

»Han Kang erschafft eine Welt, in der alles zur Eskalation führt.«
Sächsische Zeitung

Regelmäßige Informationen erhalten Sie über unseren Newsletter. Jetzt anmelden unter: www.aufbau-verlag.de/newsletter

**Sayaka Murata
Die Ladenhüterin**
Roman
Aus dem Japanischen
von Ursula Gräfe
145 Seiten. Gebunden
ISBN 978-3-351-03703-1
Auch als E-Book erhältlich

»Absurd, komisch, klug, mutig und präzise.« Hiromi Kawakami

Keiko Furukura war schon immer eine Außenseiterin, Gefühle sind ihr fremd, andere Menschen auch. Als sie einen Aushilfsjob in einem 24-Stunden-Supermarkt annimmt, ist ihre Familie zunächst hocherfreut. Niemand ahnt, dass dieser Job zu Keikos Lebensinhalt werden wird. Von Tag zu Tag verschmilzt sie mehr mit den Regeln und Aufgaben des Supermarktalltags, in dem es für jedes Problem die passende Lösung zu geben scheint. Doch dann wird ein neuer Mitarbeiter eingestellt, und Keikos Weltordnung gerät ins Wanken.

Beeindruckend leicht und elegant entfaltet Sayaka Murata das Panorama einer Gesellschaft, deren Werte und Normen unverrückbar scheinen. Ein Roman, der weit über die Grenzen Japans hinausreicht.

Regelmäßige Informationen erhalten Sie über unseren Newsletter. Jetzt anmelden unter: www.aufbau-verlag.de/newsletter

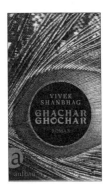

**Vivek Shanbhag
Ghachar Ghochar**
Roman
152 Seiten. Gebunden
ISBN 978-3-351-03733-8
Auch als E-Book erhältlich

Aufstieg und Fall einer indischen Familie

Als der Onkel des jungen Erzählers in den Handel mit Gewürzen einsteigt, ändert er über Nacht das Schicksal der ganzen Familie. Der einst mittellose Clan zieht in ein großzügiges Haus in einer reichen Wohngegend, verschafft sich neue Möbel und einen neuen Bekanntenkreis. Doch mit dem plötzlichen Reichtum werden auch die Abhängigkeiten neu verteilt: An dem Erfolg des Onkels hängt nun das gesamte Wohl der Familie. Und dieses gilt es zu schützen, um jeden Preis. Notfalls auch vor den eigenen Familienmitgliedern. In einem feinen Wechselspiel von Auslassungen und Andeutungen erzählt Vivek Shanbhag vom moralischen Verfall einer indischen Familie. Ein großer Roman, der die Geschichte eines ganzen Landes in sich trägt.

»Ein großer Roman aus Indien. In diesem verdichteten psychologischen Portrait einer Familie ist ein ganzes Universum enthalten.«
　　　　　　　　　　　　　　　NEW YORK TIMES REVIEW OF BOOKS

Regelmäßige Informationen erhalten Sie über unseren Newsletter. Jetzt anmelden unter: www.aufbau-verlag.de/newsletter

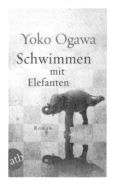

Yoko Ogawa
Schwimmen mit Elefanten
Roman
Aus dem Japanischen von
Sabine Mangold
318 Seiten Broschur
ISBN 978-3-7466-3080-9

Der Poet unterm Schachbrett

Ein Elefant, der auf dem Dach eines Kaufhauses lebt, weil er nicht mehr in den Aufzug passt. Und ein Junge, der daraufhin beschließt, nicht mehr zu wachsen, sondern sich stattdessen von einem alten Mann in die Kunst des Schachspiels einweisen zu lassen. Ein hinreißender Roman über eine außergewöhnliche Freundschaft.

»Eine fantastische Reise in eine fremde Welt, berührend und mitreißend zugleich!« Elle

Regelmäßige Informationen erhalten Sie über unseren Newsletter. Jetzt anmelden unter: www.aufbau-verlag.de/newsletter

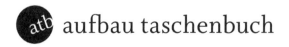

Yoko Ogawa
Das Museum der Stille
Roman
Aus dem Japanischen von
Ursula Gräfe, Kimiko Nakayama-Ziegler
352 Seiten .Broschur
ISBN 978-3-7466-3006-9

Der Zauber der Erinnerung

Im Auftrag einer alten Dame kommt ein junger Mann in ein abgelegenes Dorf, wo er ein Museum einrichten soll, das eine Sammlung vermeintlich alltäglicher Dinge beherbergt. Bald findet er heraus, dass die Gegenstände von der alten Dame gestohlen wurden, um die Erinnerung an verstorbene Dorfbewohner zu bewahren. Als er beginnt, selbst Erinnerungsstücken nachzujagen, wird eine junge Frau ermordet, und er gerät unter Verdacht.

Mit ihrer poetischen, suggestiven Sprache hat Ogawa einen faszinierenden Roman geschrieben, in dem die Grenzen zwischen Realität und Imagination verschwimmen.

Regelmäßige Informationen erhalten Sie über unseren Newsletter. Jetzt anmelden unter: www.aufbau-verlag.de/newsletter

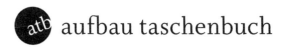